此岸情 彼岸花

ENDLESS LOVE

詹唯欣 —— 著

情深緣淺間的甜蜜與苦澀，在繁複人生中細膩捕捉每一段愛的足跡

默然相愛，寂靜歡喜——與愛相擁的無數良辰美景
從相遇到離別的深情書寫，描繪世間真摯情感的詩意篇章！

目 錄

第一輯　親愛的，我們不必在最美的時候遇見

我願意等到花好月圓 …………………………… 009
萬水千山走遍 …………………………………… 012
向來緣淺，奈何情深 …………………………… 016
知道你冷，所以我來 …………………………… 019
禪意芬芳的心疼 ………………………………… 023
曾經那樣地愛過 ………………………………… 026
只想與你暖暖地在一起 ………………………… 029
與你乾杯，隔著萬水千山 ……………………… 038
永不凋謝的沙漠玫瑰 …………………………… 042
愛淺愛深，都要慧心 …………………………… 048
一個人的地老天荒 ……………………………… 050
90 歲的眼，20 歲的淚 ………………………… 053

第二輯　愛在，便有無數良辰美景

拍攝溫柔的春天 ………………………………… 058
默然相愛，寂靜歡喜 …………………………… 061
愛上她的幸福 …………………………………… 064
此生就都是有情天 ……………………………… 067
與愛相擁，便有無數的良辰美景 ……………… 069

目錄

暗喜深愛…………………………………… 072
那樣愛著有多好…………………………… 075
誰看到那些眼淚在飛……………………… 078
與你一道演繹最美的喜劇………………… 080

第三輯　誰是你今生念念不忘的美

凋落，也是一種美麗……………………… 084
杯酒愛情…………………………………… 086
我不會做一個追飛機的人………………… 089
分手後還要愛……………………………… 091
愛了就會心疼……………………………… 094
她秀恩愛，我晒太陽……………………… 095
清水白菜裡的愛…………………………… 098
此岸情，彼岸花…………………………… 101
愛一回，暖一生…………………………… 104
他依舊……………………………………… 106
心靈總有個角落…………………………… 109
默默地喜歡他，一去經年………………… 111

第四輯　愛是一勺鹽

愛到無語…………………………………… 115
愛在一蔬一飯裡…………………………… 118
久久芬芳的是愛…………………………… 120

陽光 100 ………………………………………… 122

最美的情話 ……………………………………… 125

滿屋的太陽 ……………………………………… 128

愛是一勺鹽 ……………………………………… 131

比一紙婚書更重要的 …………………………… 134

幸福的愛需要經營 ……………………………… 137

低下頭，看到愛 ………………………………… 139

一個幸福的生活家 ……………………………… 141

第五輯　今生你若安好

苦裡的香 ………………………………………… 145

疼痛過後，他們選擇相愛 ……………………… 148

親愛的憂傷，你好 ……………………………… 151

愛那麼真，愛那麼痛 …………………………… 155

有情人也可以不成眷屬 ………………………… 161

我比誰都更愛他 ………………………………… 164

累了依然要愛 …………………………………… 166

愛你只需一個理由 ……………………………… 168

有些愛就是莫名其妙 …………………………… 172

愛到心疼 ………………………………………… 174

落潮的愛是平淡 ………………………………… 176

愛就一個字 ……………………………………… 179

目錄

第六輯　半管口紅，一盞燈

調情是一種情調 …………………………………… 182

遺夢雷克雅維克 …………………………………… 185

淺愛，深喜歡 ……………………………………… 189

寂寞是你給的苦 …………………………………… 192

一念愛生，一念愛逝 ……………………………… 197

一個人的地鐵 ……………………………………… 200

恣意的「歡」，深重的「情」 …………………… 202

身體近了，愛情遠了 ……………………………… 205

最富有的愛情 ……………………………………… 207

邂逅你的苦澀年華 ………………………………… 210

只想遇見你的人生 ………………………………… 213

請允許我擁有一個私密花園 ……………………… 216

第七輯　轉身，便是天涯

一念轉，她讓愛情幸福如花 ……………………… 219

轉身，便是天涯 …………………………………… 222

愛是一杯卡布奇諾咖啡 …………………………… 226

吻多少青蛙才能吻到王子 ………………………… 229

玉碎了，還可以瓦全 ……………………………… 232

只想嫁給幸福 ……………………………………… 235

幸福，謝絕轉身 …………………………………… 238

走上你的桃花島 …………………………………… 241

我只想到一首詩裡走走……………………………… 247
愛情是一部合著的書……………………………… 249
別將你的愛低到塵埃裡…………………………… 252
微甜女人…………………………………………… 254

第八輯　只記得你的好

流淚的散沫花……………………………………… 257
母親在看著我……………………………………… 260
你的美，我知道…………………………………… 262
母親的驕傲………………………………………… 264
愛誰都好…………………………………………… 267
無法刪掉的手機號碼……………………………… 269
只記得你的好……………………………………… 271
用金錢買到幸福…………………………………… 273
把我的明媚送給你………………………………… 275
沉浸在一片靜美裡………………………………… 277

目錄

第一輯
親愛的，我們不必在最美的時候遇見

能夠在生命最華美的季節，結一份神仙都羨慕的情緣，固然值得慶幸，然而，即使是在錯誤的時間、錯誤的地點，擁有一份令人心疼的愛，也同樣值得珍惜。

一 我願意等到花好月圓

在某個雜誌社舉辦的一次筆會上，她遇見了他。當時，25歲的他剛剛考上名校的碩士研究生，正躊躇滿志。而28歲的她，是在流行期刊界風頭正盛的專欄作者。

參加筆會的女作者只有兩個，她被許多男作者簇擁著，微笑著承接那一聲聲「美女」的寵愛，任他們開一些不葷不素的玩笑，一副見慣大場面的灑脫，讓她贏得了更好的人緣。

只是，他有些書生脾氣，不願與大家說笑，對她，很親切地稱「呂姐」。她眉宇間流露出歡喜，碰到別的男作者逼他喝酒，她便挺身而出，呵護有加：「不准欺負我的弟弟！」

「剛認識的弟弟，就被姐姐這麼寵著，真叫人羨慕嫉妒恨啊。」一位大漢說出一大群男作者的心裡話。

「就是寵著了，誰讓你們早生那麼多年，還生得那麼缺少可愛呢？」她一臉的坦然。

短短四天的筆會結束了，她和他竟有些難捨難分了。

彼此留了聯繫方式，他返回北方，她飛回南方。

接下來，便是順風順水的男歡女愛，你儂我儂。

她將自己的稿費寄給他，讓他安心跟著導師做研究，別再擠時間寫稿賺生活費。

因為有了一份幸福的等待，她感覺自己突然又年輕了好幾歲。那些一個人噼啪啦地敲稿子的夜晚，也變得那般富有情調，曾經的寂寞與孤獨，立刻跑遠了。

有愛可以等待，真好。她甜蜜地想像著自己三十歲時，就可以穿上漂亮的婚紗，接受親朋好友的祝福了。

然而，三個秋天就要過去，碩士學位證書剛拿到，學業優秀的他，又考取了美國加州大學的博士研究生。他抱愧地請求她，再等他三年，等他博士畢業，再來娶她。

她一口答應了。親朋至友卻不免為她擔心她已經等三年了，還要等三年，太長了。再說，他比她年輕，到海洋彼岸繁華之地留學，若是受了什麼誘惑，變了初衷，又該如何是好？網路上經常會看到許多因為身處兩地，最後導致原本相愛的人勞燕分飛的悲劇。

她卻一副命運在握的從容、淡定，笑著告訴他：「安心地讀你的書，我等你。」

在許多人看來，隔了重洋，雖然有便利的通訊，幫助兩人跨越時空的距離，但他們那樣愛著，似乎怎麼也不如面對面執手相握，後者更人間煙火一些，更讓人心暖一些。

她卻分明感覺，他就在那裡，不遠不近，兩顆相愛的心，從未分離，也從不會分離。

那些思念纏繞的日子裡，她學會了寫詩，學會用簡短的文字，傳遞綿長的情思。她欣喜地發現，自己彷彿進入了那些古典詩詞描繪的意境當中：守在深閨，翹首期盼著趕考的郎君，早日衣錦還鄉。只是她沒有庭院深深幾許，也沒有那些「一懷愁緒，幾年離索」，更沒有「才下眉頭，卻上心頭」的離愁。

在這樣一個「紙張很貴，感情很薄」的時代，一個人守著一個堅貞的願望，不急不躁，無怨無悔，她可真是修煉到家了。

父母焦急地多次催促她趕緊完婚，她卻好像在說別人似的：「他讓我等，我就等他好了。再說了，他不也是一個人在等我嗎？嘿嘿，我們怎麼也等不到地老天荒的。」

「真是傻閨女！你就不怕……」老人的擔憂不無道理。

「我願意這樣傻，誰讓我愛上了那個傻男子呢？」自己多麼看好這份愛情，她心知肚明。

又一千多個日子過去了。他博士畢業了，正打算結束6年的馬拉松之戀，趕緊回國，與她步入婚姻的殿堂。不料，他的博士生導師極力挽留他在自己的實驗室再工作兩年，協助導師完成一個非常重要的課題。師恩難忘，盛情難卻，他也深知那樣一個好機會，對於他今後回國發展是大有益處的。可一想到她又要等兩年了，他實在難以開口。

她懂得他的心思，輕描淡寫地告訴他：「安心留在實驗室裡，好好做你的研究。我等你，等你給我戴上鑽戒。」

許多人都驚呼她簡直是瘋了，等了整整六年了，她都34歲了，還要等，一個女子最美的時光都交給等待了，難道要等到風捲殘荷嗎？

她微笑著回給大惑不解的眾人三個字我願意。

不是沒有過惶惑，不是沒有過猶豫，只是，既然深深愛了，難道幾

第一輯　親愛的，我們不必在最美的時候遇見

年的等待還是問題嗎？獨自的時候，她喜歡聽《新白娘子傳奇》的主題歌〈千年等一回〉，她覺得那首歌是專門為她這樣的痴情男女寫的，那一往情深、那堅貞不渝、那海枯石爛不變的執著，分明是這世間最美的愛情……

最後，她等來了希冀的幸福。他們圍城裡的婚姻，依然浪漫如詩，絢美如花。誰見了，都會羨慕和讚嘆。

這時，熟悉他們愛情經歷的人們，才恍然發覺：原來，慧心的她，一個人抱著一個美麗的夢，痴痴地等了8年，只為著等到如今的花好月圓。

沒錯，愛情旅途中的一些傻、一些痴、一些愚，其實都藏著聰明，懂得愛情真諦的聰慧之人，才會那樣心甘情願地等待，才會等到歡喜連連。

一　萬水千山走遍

第一次讀三毛的《萬水千山走遍》時，還是在大學一年級，浪漫情懷正濃的年紀，追著三毛漂泊的足跡，思緒肆意地漫過無數奇異的山川大河，似乎自己也變成了一個行走大地的旅者，跋涉的身影就是世間最美的流動風景。

喜歡三毛，喜歡她揹著簡單的行囊，一路風塵，一路灑脫。人們常說，人生在路上，但只有很少的人，能夠真正做到捨棄安樂，迎著未知的風霜雪雨，欣然地踏上遠行之旅。而三毛，選擇用雙腳丈量人生，竟如此輕鬆，如此義無反顧。難怪有人說，三毛的那些文字，是用跋涉的雙腳寫出來的。

一次，在大學寫作課堂上講到三毛的文章，我恍然想起一位來自法國的旅行家。

那是三年前，我去偏遠山區參加一個學術會議。因為早些年就萌生了去探訪的願望，會議結束後，我沒有立刻踏上歸程，而是一個人繼續向西南行進。

一路上，我如願地看到了許多古樸的村落，見識了許多很有特色的古建築，感受到了許多古樸的民風。在一個很小的村落，我停下來，因為我遇見了一個很特別的男子，他來自法國，竟說一口流利的中文。

那天，我正蹲在一條清澈的小河邊，掬一捧清涼的河水，愜意地搓洗臉頰。他不知何時站到了我身後，轉身時，他衝我友好地微笑，我馬上跟他打招呼。他說出自己的名字是帕克，就住在前面的村子。

我問他：「是不是因為喜歡這裡的風景，才停下行走的腳步的？」

他說：「風景當然很美，最重要的是，我在這裡遇到了可愛的妻子達妮。」

我頗感驚訝：「你是說，你的愛情發生在這裡？」

他頗得意地：「是啊，我似乎聽到了上帝的旨意，一路尋愛，走到這裡，遇見了最愛，就再也不想往前走了。」

「你的達妮一定特別漂亮，特別有魅力了。」我猜想他們應該是種浪漫無比的遇見。

「她是最漂亮的，最有魅力的。」帕克的眼睛裡流露著一覽無遺的幸福。

「給我講講你們的故事吧，我很想聽聽。」不只是出於一位作家的職業敏感，我饒有興致地提出這個請求。

於是，我們坐在河邊的青石板上，沐浴著煦和的陽光，帕克開始了妮妮的講述。

原來，帕克出生在法國尼斯的一個殷實的農場主家。巴黎大學畢業

第一輯　親愛的，我們不必在最美的時候遇見

後，他去一家旅行類的雜誌社，當了一名記者。隨著一次次愉快的外出採訪，他迷戀上了旅行，就乾脆辭掉了記者的工作，做了一個周遊世界的自由旅行家。一路走來，他用相機和筆，將自己沿途的見聞，圖文並茂地發給各國的眾多報刊，既賺到了支持自己不停地行走的稿酬，還贏得了世界各地無數的「粉絲」。

五年前，他踏上了這塊土地，在那個隱於大山深處的幽靜的村落，他遇見了達妮。記得，他先是一下子就喜歡上了那幅漂亮的織錦，猛一抬頭，才發現繡者更加迷人，她那麼美麗，清水出芙蓉，纖塵不染。一雙明眸善睞，純淨得如一泓澄碧的湖水。

走南闖北，閱過東西方許多國家無數美女的帕克，望著貌若天仙的達妮，兩條腿立刻就定住了。

接下來，他開始拚命地追求達妮。起初，達妮和她的家人說什麼也不同意，他們不相信一個來自異國的貴公子，會真正愛上一個不知名的村子裡的普通村姑，儘管她美貌出眾，可她畢竟只是國中畢業，20歲之前，她最遠也只是去過一次城市，至今尚未坐過火車。

然而，天生具有浪漫情結的帕克，發瘋地愛上了達妮，雖然痴情的求愛一再受挫，可他並未氣餒，反而激起他堅持下去的熱情。他乾脆住下來，每天跟著達妮的家人下田種地，下河捕魚。達妮編織，他就在一旁幫忙。待他，冷也罷，熱也罷，他一概滿面帶笑，滿眼的愛意盈盈。即便是一塊冰，也要被他那份痴情融化了，更何況達妮對他還不乏好感呢。

很快，達妮的家人不再固執地反對，兩個年輕人的心也越來越近。

相識18個月後，帕克與達妮的愛情終於修成正果。帕克尊重達妮家人的意見，停下了四處行走的腳步，把家安在了那個村子裡，與達妮一

起過起了男耕女織的田園生活。帕克說，他是來自西方的牛郎，達妮則是降臨在東方的織女，兩個人是確確實實的千里有緣來相會。

帕克指著不遠處那一畦菜地，驕傲地告訴我，那是他一鎬一鎬地開墾出來的，他種的菜長得好，村裡的人都翹指誇讚。他說自己在法國，父親的農莊種地，用的是全套的農機具，而在這裡，依然是純正的手工作業，他真正體驗了陶淵明筆下詩意的田園生活。

望著帕克手上磨出的厚繭，我逗他：「為了愛情，西方紳士變成了東方的農夫，不後悔？」

他連連搖頭：「一點都不後悔，我還覺得這樣挺幸福的。」

「一個喜歡行走在萬水千山之中的人，突然蝸居在這樣一個偏遠的小寨子裡，開始的時候，是不是很不適應？」我很好奇，他放棄了周遊世界，難道就沒有一點的遺憾？他為何不帶上達妮，兩個人一同繼續浪漫之旅呢？

帕克告訴我，達妮的父母年紀都很大了，他們世世代代生活在這裡，哪裡也不想去，達妮還有一個身心障礙的哥哥，離不開家人的照料，達妮是一個孝順女，她要陪在父母的身邊，幫著照顧哥哥。而他，既然那麼愛達妮，自然要留下來，和她一起同甘共苦了。

我不無遺憾地慨嘆：「一個喜歡風塵僕僕趕路的人，就此停止了跋涉，你這樣驟轉180度的選擇，真叫人佩服。」

帕克平靜地說：「我無數次在心裡問過自己，萬水千山走遍，又是為了什麼？最終我明白了：一路遠行，是因為心頭有愛的呼喚。當有一天，我找到了自己一生的最愛，為愛停下來，又有什麼不應該的呢？所以，我欣然自己的選擇，認定這是一個行走者最幸福的歸宿。」

面對帕克那十分滿足的笑容，我恍然大悟原來，萬水千山走遍，絕

不是目的，尋找真愛，與愛同在，才是一個行者最美的心願。

那天，我和一位文友無意間聊起了帕克的故事，朋友真誠地讚許後，又向我講述了他父母的故事。

他的父親，當年是一個很優秀的地質勘探員，整年地走南闖北，四處尋礦。那年冬天，他隨勘探隊來到高山下的一條大峽谷，探尋金礦。在一條羊腸小路上，他邂逅了一個眉目清秀的女子，兩人目光那麼輕輕一對，父親那幽閉的心扉，便立刻被開啟了。後來，不顧勘探隊嚴格的紀律，毅然決定要和她戀愛、結婚、生子，一輩子不離不棄。而他，為此付出的代價，是失去了當時很多人羨慕的好工作，淡出了眾人的視線，在那個山中小屋，與她相親相愛。他和她長時間在清貧、辛苦中度過，將兩個孩子培養成大學生，似乎就是他們一生最大的成功。他曾問過父親，是否後悔過當初的決定。父親憨憨地一笑，說一個人無論走多遠，最終都要停下來。而腳步停下來的地方，一定是心裡有了喜歡，誰會為喜歡後悔呢？

朋友不無羨慕地告訴我：「從相親相愛的父母身上，我懂得了行走和駐足，都應該與愛相伴。」

我深以為然，無論是帕克，還是朋友的父親，他們萬水千山走遍，一路留下的都是愛的足跡，都是愛的故事，簡單，或者豐富，都與美好息息相關。

一 向來緣淺，奈何情深

曾經戰時，隨著軍隊的狷狂進逼，某藝術學校被迫遷移至小城對岸。這時，因為連日的奔波，加上當地缺醫少藥，只能用一些土辦法敷衍，他的腳疾一天天地嚴重起來，大面積的潰爛，令他痛苦不堪。

於是，他不得不渡河到城裡求醫問藥。醫生給他做了認真檢查並開了藥方，叮囑他一定要按期到醫院換藥。

第二次去換藥，醫院裡的病人很多，幾位護士忙得沒有片刻的停息。輪到給他換藥時，他已經足足等了兩個小時，快臨近中午了。

那個年輕的護士，歉意地對他微微一笑，雙手捧起他的病腳，輕輕地拆開紗布，小心翼翼地撥去那些已被吸納完畢的藥物殘渣，又用酒精棉細細地擦拭著傷口周圍。然後，慢慢地敷上調好的藥膏，一點一點地纏好紗布。她輕柔地做著這一切，讓他沒有感到一絲的疼痛。

換完藥，她柔聲地叮囑了他兩句，便快步走向另一個病房。

其實，只是那麼盈盈的一眼，他的心頭便已蕩起了層層愛戀的漣漪。她的秀氣，她的文靜，她的溫柔，都那樣深深地印在了他的腦海中。

第二次去換藥，沒有遇到最想見的她，他竟有說不清的悵然，彷彿失落了一件非常寶貴的東西。

有一個週末，他剛剛換完藥，在走廊裡遠遠地看到她的背影，他忙跑過去，很靦腆地問了一句：「小姐尊姓？」

「姓陳。」她羞赧地低頭匆匆地走去。

等她身影消失了，他暗自責怪自己剛才太慌亂了，竟然忘記問她的芳名。

最後一次去換藥，他又沒有見到她，他看到值班表上寫著一個護士替陳護士值班，便以為她那天休班。他向那位替班的護士打探：「那位負責換藥的陳護士叫什麼名？」替班的護士熱情地在玻璃板上寫下「陳克如」三個字。

回到學校後，他便開始埋頭給陳克如寫信，一封接一封，他把熾熱

第一輯　親愛的，我們不必在最美的時候遇見

的情思，都傾注到了那認認真真的字裡行間。然而，那些投寄出去的信件竟然全都石沉大海，沒有一點回音。

「難道她不想與自己交往？還是另有原因，怎麼連一封信都不肯回？」他百思不得其解，心頭泛起絲絲的苦澀。

在學校將要搬離的前夜，他再也坐不住了，準備再去醫院看她最後一眼。他精心挑選了一幅自己最喜歡的水彩畫作為告別禮物，還邀了一位好友隨他同去。那夜，江面上忽然颳起了大風，他與好友頂著狂風渡江來到醫院。當他向一位醫生打聽陳克如護士在哪裡時，那位醫生指著不遠處走來的一位老太太，告訴他她就是醫院的護士長陳克如。

他一抬頭，見到自己在信中一次次傾訴深情的對象，竟是那樣一位老婦人。他羞愧得落荒而逃。

學校搬遷後不久，他便接到了陳克如的一封簡訊。信中陳克如提醒他以後做事不要太莽撞，並告訴他，給他換藥的那位護士名叫陳壽麟，二十一歲。

於是，他又開始給陳壽麟寫了一封封情思綿綿的書信。然而，讓他意想不到的是，這些信同樣石沉大海，杳無回音。

一天，他正在街頭寫生，幾個身著護士服的女子說說笑笑地從前面走過，其中有一個女子長得特別像陳壽麟，他便趕緊收了畫夾，悄悄地跟在她們身後走了一段路。但他始終沒能鼓起勇氣走到跟前，他怕自己唐突了。

回去後，他又給陳壽麟寫了一封信，仍然沒有她的回音。由此，他便長嘆一聲向來緣淺，奈何情深。把一份刻骨銘心的真情，深深地埋藏在了心底。

他就是當代著名的藝術大師吳冠中先生。後來，他在大學任教時，

結識了牽手一生的伴侶朱碧琴。經歷了太多的人生風雨的他，向相濡以沫的妻子講起那些往事時，兩個人都不禁唏噓不已。

1991年，72歲的吳冠中撰文回憶自己那充滿思念與苦痛的沒有回聲的初戀，文章結尾，猶一往情深地追問一句：「她今在人間何處？」

文章釋出不久，已從醫院退休的陳壽麟，方驚愕地獲悉，有一位品識俱佳的小夥子，曾經那樣痴情地愛過她、戀過她，而她竟渾然不知。她在由衷的感動中，讓兒子代她給吳冠中寫了一封信，感激他那沉甸甸的真情厚意。她不無惋惜地告訴他這封不該遲到的回信，回得實在太遲了。她也特別奇怪，不知道到底哪裡出了差錯，他那些飽蘸濃情的書信，她真的連一封都沒收到。

向來緣淺，奈何情深。這樣的故事結局，亦不失為人間真愛之美。

如今，吳冠中大師已經駕鶴西去。他的傳奇初戀，與他的那些經典畫作一樣，依然在歲月長河中久久流傳，熠熠生輝，細細品味，依然令人感動不已。

知道你冷，所以我來

大四那年，曾資助過他讀書的那位老闆找到他，讓他做一次「槍手」，幫其姪子替考闖過公務員筆試那一關。老闆再三強調各個環節都已打點好，他只管放心去考試，保證不會出任何差錯。老闆還遞給他一萬塊錢作替考的報酬。

一方面出於報恩，一方面他此時特別需要錢，因為父親拖了許久的老胃病又復發了，急需住院費。另外，老闆又一再表白他已做了萬無一失的周密部署，他便不再拒絕。

像老闆說的那樣，他順利地幫助老闆的姪子通過了筆試一關，卻沒

第一輯　親愛的，我們不必在最美的時候遇見

想到，在他即將畢業進入那家已簽約的大公司時，老闆的姪子在面試時再度作弊被發現，並由此牽扯出他參與筆試作弊的問題。很快，他受到了學校嚴厲的處罰：開除學籍。他不僅因此很自然地失去了一份好工作，連以後的工作都難找了。

剛結識的女友也立刻與他分手了。一重打擊又加一重打擊，他欲哭無淚，眼下和未來在他心裡都是一片黯然。他茫然地走出大學校園，面對大街上喧囂的人流和車流，他不知道自己接下來的路該怎麼走。

搖搖晃晃地走過那高高的過街天橋時，他腦海閃過那個念頭縱身往下一跳，就此徹底解脫。但是，遠方山村裡，父母蒼老的身影和熱切期盼的眼神，又無比清晰地在他心頭閃過。他告訴自己：所有的苦自己都得嚥下去，所有的難自己都得扛起來，他別無選擇。

冷靜下來，他決定先不告訴父母事情經過，自己先留在城市打拚，等以後拚出一方天地以後再說。主意打定，他先在市郊一家公寓租了一個床位，然後趕赴各個職業市場尋找一份維持生活的工作。

因為沒有大學畢業證書，他只得接受一家貨運公司很髒很累而報酬很低的工作。對此，他只能先忍了，因為他此時沒有與公司討價還價的資格。

那天快下班時，他與工廠長吵了兩句，窩了一肚子氣，拖著一身疲憊回到住處。剛踏進那個殘雪凝冰的破落小院，他便愣住了，眼前站著的是他下一年級的小學妹，一個長得清秀的女孩，他在廣播室當編輯時，她是播音員，曾有過兩次簡短的交談。

「你怎麼找到這裡來了？」他已經換了手機，以為沒有同學和朋友會知道他住在這裡。

「想來看看你，總會有辦法啊！」她淺淺地一笑，把手裡的一網袋水果遞過來。

「謝謝你！快回學校吧，不要再來這個破地方了。」他不願接受憐憫和同情。

「這個地方的確很破，但比我曾住過的地方還是好多了，前面那個大水塘裡還有魚呢，我下午還看到有人在那破冰捕魚呢。」她輕輕搓著冰涼的手。

「是嗎？你什麼時候住過比這更破的地方？」此刻，他的身體和心還有些涼意，他很希望有人能和自己聊聊。

「找個暖和的地方，請我喝一杯酒，給你講講我的故事。」她真有慧眼，一下子明白了他的心思。

他隨她來到她已看好的附近一個小飯館，選了一個有暖爐的包廂。

熱呼呼的包廂，讓他突然有了到家的感覺。一坐下來，她又提條件了：「我來請你喝酒，因為知道你我酒量都有限，花錢少，等花錢多的時候你再請。」

看著她一臉的認真，再聽她那叫人心暖的理由，他點頭同意了。

其實，她和他一樣平時都不喜歡喝酒，但那一刻，他們都特別想喝酒，幾口高粱酒下肚，他和她都被嗆出了眼淚。她臉紅撲撲的，更漂亮了。

喝一口暖心的酒，她給他講了起來，說自己小時候生病，家裡沒錢買藥，父母流著淚看著她硬挺著，她最後竟大難不死；後來，靠賣糖葫蘆維生的父母，竟然還做大了買賣，讓一家人擁有了都市的戶口。聽了她那令人感慨萬端的「故事」，他也敞開心扉，向她講述了自己坎坷的求學經歷。

兩人講到動情處，一邊擦眼淚，一邊響亮地碰杯。他們忽然發現：原來，他們對人生有著相同的感受。

第一輯　親愛的，我們不必在最美的時候遇見

　　那晚，他不再懊悔替考的事情，不再遺憾被學校開除的結果。她也沒對他說跌倒了爬起來之類的勵志打氣的話，他們回憶從前的那些苦日子，也談了各自今後的打算。

　　出了小飯館，迎面而來的料峭寒風，似乎也沒了往日的冰冷。他由衷地感謝她在這個時候來看他，能夠聽他傾訴淤積在心裡的愁苦。她笑著說得感謝他，是他讓她再次咀嚼了生命中那些寶貴的磨難，強化了要做得更好的願望……

　　她乘末班車回學校了，他仍站在那裡，望著她遠去的方向，心潮翻湧。

　　知道她安全回到宿舍了，他忍不住發簡訊追問她：「為什麼今天要來我這裡？」

　　「知道你冷，所以我來。」她簡潔的簡訊，讓他想起了那個秋風乍起的夜晚，他在廣播站值班，她站在門口關切地提醒他：「天涼了，別感冒啊。」

　　「知道你冷，所以我來。」八個讓人心暖的字，八個讓人心動的字，最尋常的字詞裡凝滿了真摯的愛意，幾多關切，幾多期許，讓愁緒散落，讓沮喪遁去，他一遍遍地讀著那八個值得一生珍藏的字，將深深的感激藏在心底。

　　三年後，他擁有了自己的公司，擁有了值得驕傲的事業和幸福的家庭。無數次，他向妻子和朋友們講起他最心灰意冷的那段日子，講起她的到來，講起那溫暖他一生的八個字「知道你冷，所以我來」只那麼輕輕地啟齒，便有綿綿的暖意，穿過悠悠歲月，喚起生命中那些刻骨銘心的往事，清新而美好。

禪意芬芳的心疼

愛上她，是在開往機場航站的地鐵上。

因為要完成碩士論文，按導師的指點，他那兩個月經常乘地鐵去航站，蒐集所需的數據資料。很自然地，他碰見了許多上下班的漂亮空姐。他說，與那麼多美女同行，很養眼。而她，卻搖動了他的心神。

像靜靜的心湖突然投下一枚石子，愛的漣漪，一圈圈地蕩漾開來。

「美女也喜歡這本書啊？」他找到一個很自然的話題。

「是朋友推薦的，裡面有許多動人的故事和深刻的人生感悟，讀著讓人心裡生暖，我還很喜歡書的名字《人生不留遺憾》。」她夾好書籤，抬起頭來。

「是啊，若真能做到人生不留遺憾，那該多好啊。」不能錯過她的念頭，驀然強烈起來。

「有些遺憾也挺美的。」她一語輕輕。

「遺憾之美，緣於對那些生命中的美好未能如願的不捨、不甘和無奈，緣於對完美的渴望和追求。」他喜歡探究問題的本質。

於是，就「遺憾」這個話題，他們把二十多分鐘的行程，縮成了短短的瞬間。

隨後的日子裡，他知道了她的一些故事，竟然可以說是大多與「遺憾」密切相關：在讀高職時，她發瘋地愛上了一個學美術的男孩。那年她18歲。她不惜狠狠地傷了父母的心，跟著男孩跑去都市闖蕩。他們沒有學歷，沒有一技之長，在人才如過江之鯽的繁華城市，他們吃了許多難以想像的苦頭。後來，她有幸簽約了一家北方航空公司，靠她那份穩定的薪水，那男孩進了一所美術大學進修。沒想到，男孩在一次幫朋友進

第一輯　親愛的，我們不必在最美的時候遇見

行室外裝潢時，不慎從 10 樓墜落，沒留下片言隻語便永遠地離開了她。無言的悲傷還未散去，出於對當初自己愛的任性的愧疚，不忍看著父母焦慮，她同意了父母看好的一樁姻緣，嫁給了一家房地產公司的行銷部經理。兩個人的物質生活令人羨慕，可感情上總是疙疙瘩瘩的，說不出的痛，是找不到藥物的內傷，或許只有時間才能療治。

「為什麼要跟你說那麼多呢？」恍然發覺與他竟有些無話不談了，她的心不禁一顫。

「謝謝你把我當作了可以傾訴的朋友。」她的故事，令他想衝動地握住她的手，默默地傳遞憐惜和疼愛。

「也許這就是人們所說的遺憾吧。」她輕輕地嘆息。

「儘管生命中的完美太少，但絕對不應該由此放棄對完美的追求。」他一時不知該對她說些什麼。那一刻，他的心裡也亂得很。

未曾表白就已結束。那短促的愛，準確點說，不過是一場一廂情願的暗戀，卻依舊難以割捨。此後，她便揮之不去地占據了他心靈的一隅。

研究所畢業，他如願地進了一所大學的宣傳部。這期間，許多人給他介紹女朋友，他也認真地去相親，去戀愛，卻怎麼也找不到愛的激情。漸漸地，他便淡漠了愛情，將更多的精力投入到了工作當中。與愛情之路相反，他的事業一帆風順，蒸蒸日上。很快，他就成了那所大學裡最年輕的副處長。

偶爾，他會接到她的電話，聽她講自己的生活經歷。間或，他插一兩句自己的感受，更多的時候，他只是一個聽者，她似乎也只需向他傾訴一下，並不期望從他這裡得到什麼。

只是，他經常想起她的那些遭遇，尤其是一想到她那至今仍如溫吞

水一樣的婚姻，他的心裡便隱隱地生疼，那說不出的疼，皆與她有關。

逢了節日，他也會送上溫暖的問候。她盈盈的感動，他看不到，卻能感覺到。

轉眼間，兩人沒見面三年了，她的一顰一笑，仍清晰地印在他的腦海裡，她的苦辣酸甜，他知道很多很多。好幾次，他想約她出來坐坐，但最終沒付諸行動。他苦笑：相見又如何？只怕是一重傷感再握一重傷感吧？

那天，他在圖書大廈一樓，猛一回頭，他呆住：不過是隔了一千多個日子，她的變化竟那麼大，那裝束，那眼神，那氣質，全然不是他記憶中的樣子。原來，她還是瞞了他許多，只因她不想讓他有太多的牽掛和擔憂。

坐在臨街的咖啡廳，她撫弄那個精緻的杯子，耳畔響著輕柔的鋼琴曲，面對他滿臉的驚詫和急切，她告訴了他另外一些從不願向人提及的遭遇：她丈夫有外遇了，她像許多女人那樣哭過鬧過，但無濟於事，就在她提出分手時，他卻中了情人的美人計，私自挪用公司的鉅款炒股造成不可挽回的經濟損失，被判入獄四年。一夜之間，他們傾盡全部的家產，仍欠公司五百多萬元債務。這時，她的丈夫才驟生悔意，愧疚地說任她怎麼抉擇他都無話可說，只要她願意，只要她能夠幸福。

「還能怎樣呢？畢竟他是孩子的父親啊！」她怒其不爭地嘆了口氣。

等待丈夫洗心革面，或許不是她眼下最好的選擇，但不這樣她又該如何？他無法給她指出一條更好的道路，只是安慰她想開一些，相信經過這麼多的曲曲折折，一切都會變得好起來。他這樣說著，不敢抬頭與她對視，生怕她一眼看穿了他內心的糾結。

只是，從那以後，他給了她更多的關心。向她推薦了很多好書，幫

她查了好些關於怎樣做一個好媽媽的技巧和祕訣，還透過同學的關係幫她調了一份更輕鬆一些的工作，甚至專門去探望了她服刑的丈夫，勸他一定不能再讓她心靈受傷了……他那樣心甘情願地做著自己認為該做的事情，沒有感覺絲毫的辛苦，只有欣然。

她感動地問他為什麼待她那樣好，他淡淡地說了兩個字：「心疼。」

他沒說出的是因為愛，所以心疼。在他愛上她的那一刻，她所有的不如意，便都牽動了他的心，他願意分擔她的痛苦，即便早已清楚，今生無緣牽手，他仍願意默默地為遮擋一些生活的風霜雪雨，只希望她能夠站在幸福的中央……

再後來，他聽了她的話，與她介紹的一位空姐戀愛並結婚了。而她在向他的妻子祝福時，不無羨慕地說了一句：「最懂得心疼的兩個人，你們的幸福裝不下的時候，一定想著分給朋友一些啊。」

他和妻子一同笑著點頭。

因為愛，所以心疼。因為那份真，那份純，他的心疼禪意芬芳，地久天長。

曾經那樣地愛過

曾經那樣深深地愛過：她愛得柔腸寸寸，百轉千迴，他卻是渾然不覺。

在秋葉金黃的十月，在那場大型歌會的人海中，她驚鴻般地回眸，他青春灼灼的容顏，那樣驚雷般地撞入少女的心，她慌亂地低頭，「和羞走」，卻忍不住佯裝無事地轉身，將紅暈拂面的心事悄悄洩漏。

那夜，有多少位歌星登場，又唱了多少首好歌，她全然沒了印象，滿腦子裡搖晃的，都是少年翩翩的身影，他紅色如火的Ｔ恤衫，他激情

晃動的螢光棒，在她的心海裡搖出一片醉人的迷離。

就那樣喜歡了，她不敢用那個珍貴的字眼，那個字是她眼睛裡的瞳仁，是花朵上一觸即碎的露珠，她怎麼能輕易地說出呢？於是，她站在那個距離上，像呵護一個誰都不能告訴的祕密，呵護內心深處的潮起潮落。

好像上蒼有意眷顧，讓他與她就讀於同一所中學，相識時，他讀高三，是理組轉來的學生，她讀高二文組。他們的住處相距不遠，他租住在前街，與她僅隔一條不足三百公尺的馬路。

很快，她知道了他的名字，知道了他是電腦高手，知道了他的夢想⋯⋯甚至知道了他與同學爭論時的習慣動作，和他說話時常用的口頭語。是的，他的一舉一動，一言一行，她都會盡力地去捕捉，都願意去猜測，比如為什麼他走路總是那麼快？為什麼他眼睛裡看不到一絲的憂鬱和煩惱？他的灑脫來自於怎樣的人生經歷？她不敢與他對視，甚至不敢與他對話，她更習慣似乎漫不經心地打量他。當然，她心裡盛滿了渴望，渴望他們能夠在一起無拘無束地暢談，像花開花落那樣自然。只是，那樣熱切的渴望，被她用外表隱忍的平靜掩蓋了。她覺得自己是一個灰姑娘，而他從始至終都是被羨慕和熱愛包圍的白馬王子。似乎能夠在那樣一個距離上關注著他，暗暗地聽著他不時響起的腳步聲和說話聲，便已得了老天的某種恩賜。她不敢奢望走近他，似乎一走近，他就會立刻從自己眼前消失，再無影蹤。

她的喜怒哀樂開始與他有關：他的模擬考試成績優異，她歡欣得像中了大獎似的；他體育課上碰傷了腿，那絲絲的疼，彷彿是從她的骨髓裡滲出來的；甚至從他哼唱的歌曲變化裡，她也能感知他的激動、開心、牽掛和憂傷。他的眉宇之間，刻著她情緒的晴雨計。一天又一天，簡單而枯燥的學習生活，因為他，多了那麼多的明媚。

知道他會回到他來的學校參加升學考試，只是沒有想到，他走得那樣匆匆，令她猝不及防，她甚至沒有來得及跟他打一個招呼，他就在那個早晨不辭而別了。那整整一天的落寞，是李清照的幾十首詞也無法形容的。

草長鶯飛的五月，獨自站在高高的陽臺上，風撩起她有些紛亂的黑髮，那首〈給愛麗絲〉（*For Elise*）的鋼琴曲在心底低低地響起，她的眼睛裡滿是閃爍的晶瑩。面對城市裡萬家燈火，她感到了一股莫名的冷，直入肺腑。

她曾花了很多時間，想方設法地打探他回到了哪裡，想知道他考入哪一所大學了，可是，她最終只得到一個有點含糊的消息：他好像是考入了南方的一所大學。

「好像是」，多麼有意味的一個短語啊，宛若她對他的那份情，那無疾而終的喜歡。她輕輕地呢喃，說不出的痛，柔柔地扯著她。

很快，她就升入了高三。進入了各種題海的包圍之中，為著那個被無數學子鍍上了金色光環的大學夢，開始了昏天黑地的打拚。而他，似乎已定格成了一幀美麗的圖片，被記憶收藏，雖然偶爾還會想起他，還會心海漣漪蕩漾，但她已分清楚哪些是夢哪些是現實，更知道孰輕孰重。

再後來，她上大學、讀研究生、留在城市工作、結婚、生子……日子波瀾不驚地向前推進。她已見多了各種愛恨情仇，已對愛情婚姻有了深刻的體會。偶爾，想起那些鎖在日記裡的愛戀，她便啞然：往事真的如煙啊。

本以為那些斑斕的往事，已被時光沖成了一片蒼白。不曾想到，那一日，隨手翻開一張晚報上，他那被無數次在心底撫摸的名字又石破天驚地闖入她的眼睛。而此刻，他在隔了萬里山河的另一個國度，因一場

突發事件，已長眠在了他鄉。雖然二十年音訊杳無，報紙上他的遺照，與記憶中他那帥氣的面容，已有了很大的變化，但她還是一下子就認出了他沒錯，正是他。

怎麼會這樣？這樣的紙上「相逢」，更像一個黑色幽默，更像一個小小說出乎意料的結尾。握著報紙，她久久地呆立無語，肆意漫過來的記憶潮水，將她淹沒在無處傾訴的悲傷之中。

誰說愛已經遠走？在隨後的日子裡，她開始透過各種方式尋找有關他的消息，努力地想勾勒出他這些年來的生命軌跡。於是，她知道了他一帆風順的求學之路，知道了他的兩段不幸婚姻，知道了他在老家還有一位臥床的母親和一個八歲的兒子。

而她，從此開始經常給那可憐的老人和孩子寄錢，每一張匯款單上，都署名：曾經那樣地愛過。

是的，曾經那樣地愛過，她知曉，天地知曉，時光也知曉。

只想與你暖暖地在一起

漫天飛舞的雪花，都是獻給北方冬天美麗的禮物。走進雪原上的電影文化城，她的歡喜，剛剛持續了不到一天，便被一股更為強烈的寒流，襲擾得涕淚橫流，幾欲倒下。然而，她現在無論如何都不能倒下，因為她好容易獲得這樣的一個只有五分鐘戲份的角色，說什麼也要挺住。

彷彿一場精心設計的劇情，他迎面朝她走來，在她瑟瑟的冬日，驚喜地站到她面前。

兩人緊緊地相擁著，她仍有點不敢相信，以為自己是在夢裡，是高燒導致的幻覺。

第一輯　親愛的，我們不必在最美的時候遇見

　　他被凍得有些冰涼的手，撫過她滾燙的額頭，滿懷的心疼：「丫頭，感冒這麼厲害了，怎麼還硬挺著？」

　　「誰叫你不早點來呢？」他的那一聲「丫頭」，叫得她心裡頓感親切，就像小時候兩個人拉著手走長長的夜路，她一點都沒感到害怕。

　　「其實，一聽說你要隨劇組來到冰天雪地的地方，我就擔心你適應不了這裡的氣候。」他一臉的關切。

　　「我又不是什麼大小姐，哪裡有那麼嬌貴？」她雖說自幼生長在南方，但作為一名最普通的「北漂族」，為了能進一個劇組，哪怕只當一個「路人甲」那樣的群演，她都願意付出別人難以想像的艱辛。這兩年來，她吃的苦、受的難，簡直難以計數了，北方的寒冷又算得了什麼？

　　「可是，看著你這生病的樣子，我心疼。」他為她削了一個蘋果。

　　「這話我愛聽。」她執意要切開蘋果，每人一半，因為分蘋果，就是分平安。

　　聽她說出那麼美好的寓意，他便與她一起，對坐在那張木板床上，美滋滋地吃了起來。

　　「要不然，等這部電視劇拍攝完了，你還是跟我回去，一起經營那個婚紗攝影棚吧。我姑姑說還要給我投資，要把它打造成知名的攝影棚。」他再次向她提議。

　　「不，我就是喜歡當演員，這是我一生要追逐的夢想。」在最艱難的日子裡，她也曾動搖過，但熬過來了，她現在似乎看到了一些成功的希望。

　　「真是一個倔強的丫頭！」他柔情滿懷地嗔怪了一句。

　　她的心裡暖暖的，欲言又止。這麼多年來，他一直順從她，甚至一度放棄經營姑姑專門為他投資的攝影棚，跑到城市裡，陪著她尋夢。若

不是母親泣淚的哀求，他還不肯離開。

沒想到，昨天還虛弱得幾乎走不動路的她，第二天就又像往常一樣談笑風生了。

他興奮地說：「我熬的雞湯，比什麼感冒藥都管用啊！」

「那是啊，那不是普通的雞湯，而是美妙、神奇的心靈雞湯！」她紅潤的臉頰上，漾著鮮亮的幸福。

「那我就不走了，天天給你熬雞湯。」他受了她好心情的感染。

「有你陪在身邊，沒有雞湯，感冒也會嚇跑的。」她拿出閒暇時為他蒐羅的各種奇形怪狀的石頭。

「這個最漂亮！」他撫摸著那個心形的鵝卵石。

「那天去拍外景的路上，車突然拋錨了，我下車後，一個人在附近閒逛，就遇見了它。」她一臉的得意。

「說說你拍片過程中那些好玩的事情吧。」

這個話題，一下子就開啟了她的思路。還記得，第一次，跟著朋友一起租住在一個陰冷的地下室，苦苦地等了三個月，錢包裡只剩下不到100塊錢了，她終於等到了演一個沒有一句臺詞的跑龍套的機會。每天的報酬是300元，外加一頓便當。去劇組報到時，她興奮得心怦怦地跳，好像自己一下子當上了主角。她拍戲很投入，自作主張加的兩個動作，居然受到了執行導演的誇讚，讓攝影師特意給了她一個長鏡頭。

還有一次，她遇到一個草臺團隊，辛苦地拍了10多天，卻沒拿到一分錢的報酬。同去的跑龍套演員都憤憤地咒罵那個劇務是大騙子，她卻釋然地在心裡安慰自己：林子大了，什麼鳥都有。就當是多彩排了幾回，犯不著生氣。

當然，在沒戲可拍的日子裡，她也沒荒廢了時光，而是找了許多表

第一輯　親愛的，我們不必在最美的時候遇見

演方面的書籍，很認真地啃了起來。她始終堅信，只要自己肯用心，能耐心地等待，機會總會有的。

最讓她開心的是，她頂替那個家裡突發變故的配角，在那部古裝劇裡，第一次拍了有20多句臺詞的戲，讓她體會到了一種當明星的感覺。儘管那部戲，至今尚未播出。

他真的留下來了，他說要第一時間欣賞一下她演的女配角。

一月的雪原，天寒地凍。儘管穿了厚厚的棉衣，在風雪中待上一會兒，還是會冷得渾身發抖。常常是幾個鏡頭拍下來，他趕緊跑上去，給她披上新買的加長羽絨服。

有演員逗她：「你很厲害啊，現在就有跟班的啦。」

她有些不好意思：「他是我哥，他就是想看我拍電視劇。」

「別解釋了，瞧你倆那眼神，多幸福的一對啊！」

她就不再解釋了，任他們打趣，心裡滿是歡喜。

踩著厚厚的積雪回駐地，兩個人故意落在最後面。她拉著他的手，撒嬌道：「真好，有你陪著拍戲，寒冷的冬天也變成溫暖的春天了。」

「我還想陪著你走一生呢。」他拂去她肩頭的雪花。

「我也願意！」從小就在一起玩耍，她當然懂得他。

「要是我不陪你拍戲，你會想我嗎？」他輕輕地捏了一下她的手。

「不會，我只會想那個給我溫暖的男人。」她故意裝作嚴肅認真地逗他。

「壞丫頭，我叫你想別人。」他猛地將她到懷裡，緊緊地抱住她，用帶著鬍髭的下巴扎她的脖頸，直到她大喊著求饒。

其實，在他回南方的那段日子裡，她一直有一種沉沉的失落感，她

不止一次地問自己：是不是自己只顧個人的歡喜選擇，有些太任性了？如果演戲和嫁給她，兩者最終不能兼得，自己究竟該怎樣抉擇？思來想去，最後的答案，居然是，她一定努力，好好地演戲，讓他這一輩子都不忍離開自己。

一個月緊張的拍攝結束了。

劇組要解散了，一縷傷感湧上她的心頭，他變戲法似的，拿出兩張機票：「走啊，我們回家探親去。」

她樂了：「啥時候訂的機票啊？你怎麼記得我的身分證號碼？」

「你不說要和我暖暖地在一起嗎？我要經常給你溫暖啊。」要回家了，他好激動。

在飛機上，她忽然不無擔憂地問他，若是他的父母，依然不同意她這個在外面風風火火地等著拍戲，至今還沒拍什麼名堂的女友，該怎麼辦？

他說他們會喜歡上她的，只是可能需要一段時間。他這樣說著，明顯地底氣不足。

沒錯，她所言，的確是他們必須面對的一個棘手的問題。自從她做了「京漂一族」，他的父母，對她的好感，就一落千丈。他們眼裡熟悉的乖乖女，忽然間變成了一個令人難以接受的「潮女」。其實，連自己的父母，也一直不能理解，女兒為何辭掉那份還不錯的工作，自討苦吃地去當什麼朝不保夕的演員。

然而，任是誰來勸導也沒用，她是鐵了心，非要在自己認準的演藝道路上走下去，不管前面有多少荊棘，有多少陷阱。

這兩年春節回家，她明顯地感到了父母的蒼老。她知道，那是因為他們心裡牽掛她，擔憂她一個女孩子在外面闖蕩，卻又無可奈何。

而當他小心翼翼地向父母提及她時，父母直截了當地回答他，我們家要娶一個安穩地過日子的賢惠媳婦，不能娶一個在外面瞎折騰的演員。

他解釋說，那是她的理想。父母堅定地告訴他：沒有人攔著她理想，好女孩有的是，我們家有我們家的理想呢。父母說的有一定的道理，他一時無法給出有力的反駁。

見到她越發瘦削的面頰，母親心疼得直落淚，父親嘆口氣，什麼也沒有說。

望著父母那日漸斑白的頭髮，她真切地感受到時光的無情。她只挑自己的那些有趣的事情，講給父母聽，就像她平素在電話裡，始終堅持報喜不報憂一樣。

看到父母那似信猶疑的樣子，她心裡便多了一份難言的苦澀。畢竟，兒行千里母擔憂，無論她一個人在外面多灑脫，父母都無法釋然。更何況，她至今尚未取得令父母欣慰和自豪的成就。

補償似的，她搶著做各種家事，拚命地找快樂的話題，逗兩位老人開心。朋友約她出去聚會，她能推就推了，她只想著做一個乖乖女，在家裡一天，就多陪陪父母，哪怕僅僅是陪著他們閒聊。

懷著十二分的忐忑，她怯怯地去拜見他的父母。

兩位老人對她不冷不熱，禮節上把握得很有分寸，她挑不出什麼不妥。但敏感的她，還是很容易就察覺到，他們無可挑剔的客氣，已明確地表達了對她的謝絕。

他一再安慰她，她卻分明意識到，她再也回不到從前了，自己再也不會是他父母當年喜愛的那個聰明懂事的小姑娘了。

他每天都忙碌著經營攝影棚，他去陪她拍戲的那一個多月，攝影棚

的生意很是受了一些影響，女強人的姑姑狠狠地訓斥了他一頓，說他是一個大男人，應該首先考慮自己的事業，而不是感情問題。

他諾諾地點頭，明白姑姑的一番好意。

兩個人住得不遠，卻很少有時間見面，大多是透過簡訊或LINE，就像她仍在外面漂泊著。

儘管她能明顯地感覺到他的真愛，她也在愛著他，可是，總有一縷縷的苦澀，不時地湧至心頭，讓她想起一句愛情箴言最深的愛，注定有太多的憂傷。

離正月十五還有三天呢，突然接到在一起合租的好友的簡訊，她立刻收拾東西，要馬上趕到影城，因為好友推薦了她，一位副導演急著要她過去試鏡頭。雖說，依然是一個很小的角色，但機會難得，她不能錯過。

非要走嗎？走到車站了，他的眼神裡，還流露著柔柔的不捨。

必須要走的，父母留不住她，他也留不住她，沒有誰能留住她。她像中了迷人的蠱，只要有拍戲的機會，就會欣然前往。

這一走，也許她的人生會是另一番景象，包括她與他的情感。沒買到座位，她站在擁擠的車廂裡，看著形形色色的旅客，想著自己這些年來的苦辣酸甜，驀然，眼角一陣灼熱。

但願下一站，自己能夠遇到更多的幸福。她擦擦溼潤的眼睛，在心中暗暗地安慰自己：挺住，麵包會有的，一切都會有的。

只是，這一回她遇見的，又是不陌生的一幕：一見面，那個色瞇瞇的副導演，便肆無忌憚地將鹹豬手朝她胸前摸過來。急切之中，她揮手打了他一耳光，也打掉了一次機會。

她清楚，在演藝圈裡面，有許許多多的潛規則，最簡單的一個，就

第一輯　親愛的，我們不必在最美的時候遇見

是要想早日「有位」，就必須得先「出位」。然而，她偏偏不信邪，堅持潔身自好，不向任何潛規則低頭。

見到她黯然回來，同室的好友，說那個傢伙雖然好色，但還是挺有才華的，人也很仗義。

她就像第一次遭遇巨大侮辱一樣，朝好心的室友大聲喊道：「看到他那個色狼的樣子，我就噁心，寧肯接不到戲，我也不會跟這種人上床。」

室友似乎感覺她有些不可理喻，張張嘴，最後還是什麼也沒有說。

室友一次獲得了兩個配角的機會，因為她明白了遊戲規則：要想有收穫，就得先付出。

那一個多月無戲可拍的日子，是那樣的漫長難耐。

每天，她都要花費大量的時間，四處尋覓可能機遇，然後就是焦慮的等待。就在她幾乎要崩潰的時候，他又突如其來地站到他面前。

「不在家裡好好管理攝影棚，來這裡幹什麼？」她的眼淚不爭氣地落下來。

「來陪陪你啊，你不是說最喜歡和我暖暖地在一起嗎？我這回來，就不打算回去了，你到哪裡，我就跟到哪裡，不離不棄。」他輕輕地撫著她的秀髮。

「真的？我現在特別失敗，不值得你犧牲那麼多的。」她感動，又有一點愧疚。

「真的，我已經跟姑姑說好了，攝影棚讓我的表弟去管理；我跟父母也說了，不管他們如何反對，我今生就跟定你了，苦著你的苦，樂著你的樂，只要能夠跟你在一起，就值得。」他十分認真地說。

「你這個小傻瓜！」她破涕為笑。

「我傻，你以後就不要欺負我了，要多多心疼我。」見她心情好了，他很開心。

「遵命。我絕對讓你這溫暖生命的小傻瓜，從我的身邊走開。」這一刻，她感覺自己是世界上最幸福的人了，那麼多的不愉快，都已隨風飄散。

他在她住地附近，找了一份比較辛苦但收入不多的工作。他笑著說，他挺滿意的，能經常看到她，能陪著她一起尋夢、圓夢，就不再奢求別的了。

接下來的日子裡，她忙著到處找拍戲的機會，結果卻總是失敗多於成功，偶爾才能接到一個不起眼的小角色。每當她沮喪的時候，他總會鼓勵她，跟她講某某明星的當年更坎坷的成功之路。說他相信她，說她總會有一天夢想成真的。他用自己賺來的錢，為她買了衣服，請她吃西餐，陪著她看電影。那天，陪著她去美容院裡，做廉價的皮膚護理，他愧疚地說自己將來要賺更多的錢，讓她留住最美的青春容顏……

又是一年將逝。她仍是那個茫茫人海無人知曉的龍套演員，戲裡戲外的各種人生，她卻仔細地觀察到了，體驗到了，思考過了，她驚然發覺在自己苦苦地尋覓和執追求中，她最大的收穫，就是那份來自他的純純的真愛。

那個飄雪的早晨，她為他圍上親手織的紅圍巾，牽著他的手，滿含深情地：「我決定了，這回我要倒過來，選擇跟著你走，你去哪裡，我就去哪裡，一生一世……」

「為什麼？難道我做錯了什麼？」他驚愕她突如其來的改變。

「因為愛，因為我想和你暖暖地在一起，不想讓我們繼續在別人的城市裡漂泊……」她緊緊地在他的懷裡，感受著他那強而有力的心跳。

「好！我和丫頭，一起回家，一起去演繹我們的愛情喜劇。」他幸福地吻著她。

紛紛揚揚的雪花，飄落在他們的肩頭。他和她緊緊地相擁在街頭，任滾滾車流人流從身旁經過，他們的眼睛裡和心裡，滿滿的，都是綿綿的溫暖……

與你乾杯，隔著萬水千山

那樣的遇見，注定我有一份特別的愛要在劫難逃。

風光旖旎的午後，那幾隻翩翩的蝴蝶，是不是也在追逐著自己的夢？我俯下身來，細嗅一朵無名的紫色小花，思緒悠悠，飛不過滄海。

那是我的芳華歲月，一首歌就可以點亮滿懷的熱情，一朵雲便可以陰鬱了一個心事重重的春天。當時，我接二連三地遭受了愛恨情仇的折磨，由此對愛情有了許多雜七雜八的想法，且自以為深刻無比，絲毫不遜色一位看透了滾滾紅塵的情感專家。因此，我一度對是否還能遇到真正的愛情，有了些許的懷疑和憂慮。

獨自一個人，在朋友們的一片驚訝中，我辭掉了那份許多人羨慕的相當不錯的工作，獨自揹著簡單的行囊，開始了我的目的不會太清晰的孤身行走。於是，無數的大山大河，都成了我沿途拜訪的對象，成了我單眼機熱愛的畫面。

我將一路的喜怒哀樂，變成了微博上的文字和照片，接受熟悉或陌生人的關注和評論。可是，在那看似灑脫的行走中，有一種刻骨銘心的孤獨，只有我最清楚，但我不說，也不知如何言說，況且即使說了，也未必有人能懂。

從來不是一個深刻的小女子，卻好似世事皆已洞察。我為自己外強

中乾的矯飾，難為情過，卻不肯坦白，這便又多了一份不可救藥的虛偽。誰讓我被愛傷著了，我軟弱一點、逃避一會兒、自戀一下，又有什麼不可以的呢？這樣自我寬慰，我就釋然了許多。

遇見你時，我正面對一溪清水，如對鏡照花般地自我欣賞，你高大帥氣的身影，突然闖入我眼前那一汪靜靜的水面，不由分說地與我共享那方清澈、柔美。

「你的眼睛裡，為什麼有那麼多的憂鬱？」你一目了然，開門見山。

「誰憂鬱了？人家在欣賞美。」我的狡辯柔弱無力，像一個久病的少女。

「哦，原來是憂鬱入眼啊。」你的幽默裡透著睿智。

「那你是明媚入眼啊！」我在你明淨的眸子裡，讀到了一首古體詩中才有的意境。

你笑了：「我們一起去拉薩，去那天生遼闊的地方，如何？」

我搖搖頭：「我喜歡一個人自由地行走。」

「哦，是這樣，那就祝你一路開心！」你遲疑了一下，轉身離去。

這就是你我的邂逅，短短的十幾分鐘，沒有問過彼此的名字，也沒留下聯繫方式。世間所謂的萍水相逢，或許就是這個樣子吧？

然而，平靜的心湖還是被驚擾了，不禁蕩起了漣漪，一圈一圈地，擴散開來，繽紛的思緒攏也攏不住。

一個人坐在那片榆蔭裡，腦海裡搖晃著你燦爛的笑容，耳畔響著你磁性的聲音，空氣裡瀰漫著你青春蓬勃的氣息……像一個突然墜入愛河的小女子，我竟那麼不可救藥地拚命地去回憶見到你的點點滴滴，一絲甜蜜，那般清晰。

暮色蒼茫時，露珠打溼了鞋子，才恍如夢醒，趕緊起身，慌張地趕回入住的小旅店。

第一輯　親愛的，我們不必在最美的時候遇見

　　為什麼不曾問問：你是誰？從哪裡來？到哪裡去？

　　轉瞬便啞然：原來，三個看似最簡單、實在的疑問，正是最深刻、最難解的哲學命題。

　　你輕輕地走了，卻塞給了我那麼多的想念。我忽然想起在偏遠山區遇到的一位老婦人，經親人百般地勸導，她才勉強同意將自己精心編織就的一方錦飾，賣給一位臺灣來的收藏家，但當收藏家要帶走錦飾時，她卻令人吃驚地上前，剪下錦飾的一角，留下一句震撼收藏家心靈的話：「你可以帶走它的身體，我要留下它的靈魂。」

　　一輪明月升起，咕咕作響的飢腸在提醒我：別在這裡胡思亂想了，該做什麼就做什麼去。

　　然而，奇怪的是：古鎮上那些明明自己非常喜愛的小吃，那一日卻驟然全都失去了往日的滋味。

　　是不是中了你的蠱啊？你這個無名的闖入者。我咬牙切齒，卻又柔腸百轉。

　　於是，帶著你的身影和對你揮之不去的種種念想，我接下來依然孤身一人行走，卻很自然地多了一份苦樂俱存的負載。

　　那天，隨手翻開一本新上市的雜誌，一篇文章的標題，驚雷般地令我僵住：你只是路過。

　　讀罷那個一波三折的情感故事，我與作者一同唏噓不已：是的，在我的生命旅程中，你只是路過，像三分鐘熱風路過一朵花，像一滴雨路過一棵樹，那是很自然的事情，至於最終能演繹出一個美麗的故事，還是誕生一個遺憾的事故，那並非是你我所能掌控的，其間種種因緣巧合、陰差陽錯，都可能讓一個美好的開端，發生根本性的轉折……

　　如是，我不該再懊悔那天沒答應與你同行，也不應遺憾當初沒留你的

通聯方式，而要心水清澈地朝自己笑笑：真好，我受過傷的心，還會愛。

終於，我一路風塵地來到了高原，仰望無垠藍天白雲，眺望無盡的高原，胸襟大開時，我立刻想起了你說的「天生遼闊」。

那天，月朗星稀。夜宿山村，我突然特別想喝酒，想酣暢淋漓地醉一回，哪怕爛泥一樣沉醉一回。於是，我換上了最漂亮衣裳，推開賓館的窗戶，邀請明亮的月光，今宵且來我的桌前，陪我深情啜飲。

當然，你更是我盛情邀請的嘉賓，雖然不知道你那時正身在何處，或許你與我正隔著萬水千山，但那又何妨呢？那一輪皎潔的明月都欣然趕赴我的約會了，我權當你此刻就坐在我的對面好了，你正微微笑舉起一杯清冽的瓊漿，與我共飲眼前這美麗的清風明月。

與你乾杯，只因你我都是山水的知音。

與你乾杯，只因你讀出了我不為人知的憂鬱，就像我一下子就被你的明媚所感動。

與你乾杯，隔著萬水千山，我不問你的姓名，也不問你的曾經和未來，只相信此刻我們心心相印。一念起，天涯便化為咫尺。所有的生疏，都在剎那被輕輕地揮落。彷彿我們早已相知相親，甚至在我們的邂逅之前。

一杯又一杯，我在異鄉，我沉浸在自己臆想的幸福裡，清醒著、迷離著、回憶著、憧憬著……如水流動的月光，照見我簡單的心事，照見我濃濃的情思。

原來，我還可以這樣灑脫自己與自己碰杯，卻不是獨自啜飲，因為心裡有你，杯裡盈盈的，也是一份感動自己的深情。那一刻，就連詩仙李白的「舉杯邀明月，對影成三人」也黯然失色，沒了那份穿越千古的韻致。

與你乾杯，隔著萬水千山。很藝術，很人間煙火。

第一輯　親愛的，我們不必在最美的時候遇見

一 永不凋謝的沙漠玫瑰

　　也許是讀三毛的作品讀得太多了，她對三毛筆下神奇的撒哈拉沙漠充滿了憧憬，也幻想有一天能夠遇到一位荷西那樣優秀的男人，遇到一段刻骨銘心的浪漫愛情。

　　大學畢業後，她去了叔叔創辦的一家大公司，並如願地獲得了去北非工作的機會。當她第一次踏進浩瀚無際的撒哈拉大沙漠時，她突然有一種前所未有的震撼：那深邃的星空，那連綿起伏的沙海，那迅疾跑過的成群結隊的野羚羊，還有穿長袍、裹頭巾的藍色圖阿雷格人，都那樣神奇，令她不禁遐思悠悠。

　　她的工作很清閒，主要是蒐集公司產品的市場回饋消息並尋找新的合作夥伴，她大學所學的是國際貿易，正好派上用場。她還年輕，有的是熱情，工作起來風風火火，短短兩年的時間，她便在市場開拓方面有了不俗的業績，成了公司在北非的市場行銷總經理。

　　只是，她的愛情，並沒有像她的事業那樣順風順水。那個與她戀愛了一年多的帥哥，只去了一次撒哈拉，便受不了那裡的空闊和乾旱，留下一句「那裡根本不適合愛情生長」的抱怨，就跑到了風光秀麗的加勒比海西岸，去擁抱自己舒適、慵懶的現代生活了。對於那段無疾而終的愛情，她倒是沒有多大的傷感，因為心中早已厭倦了那如同溫吞水的愛情，她倒要感謝他的主動退出，不僅免了分手的牽牽絆絆，還讓心裡少了一份愧疚。

　　她背了簡單的行囊，像一個灑脫的游俠，行走在北非的阿爾及利亞、利比亞、突尼西亞、摩洛哥等國家，去看那些被風沙剝蝕的古堡，去親近森林公園裡那些稀有的野生動物，去那些小集市上淘各種稀奇古怪的小東西，去結識與沙漠生命相依的各民族的人們，阿拉伯人、柏柏

爾人、圖布人、圖阿雷格人⋯⋯都對她表達了難忘的友好。她有很好的語言天賦和隨遇而安的性格，這讓她充滿新鮮感的一路行走，從沒有遭遇過任何的寂寞，倒是時常會遇上一些頗能談得來的朋友，往往僅僅是幾句簡單的交流，她和他們便心有靈犀了，她向他們學習最基本的交際用語，他們則向她學習神祕的方塊字。有時，她是一個勤奮好學的小學生，有時，她則成了一個叫人敬佩的老師。

認識吉爾是在摩洛哥的一個小集市上。那天，穿著一身洗得發白的牛仔，她漫無目標地正閒逛著，眼睛忽然一亮，那把犀牛角梳子一下子吸引住了她的目光，雖然它做工不夠精細，但用料絕對是罕見的犀牛角。握著那把梳子，她一下子便想到了荷西當年送給三毛的愛情信物：那個駱駝頭骨。她多麼希望遇見一個願意陪她行走天涯的男子，在休憩的時候，拿出那把珍貴的梳子，輕輕地梳理她的一頭秀髮，而她一定會依偎在他的胸前，幸福地看著時光如何在髮際間流淌。

還沒等她問梳子的價格，賣主卻從她手裡取回了梳子。她驚訝地問：「難道這把梳子不是要賣的嗎？」

賣主點頭，但告訴她，這梳子已經有了買家。她有些不相信，既然賣了，為何還要擺放在那裡，忙問他賣給了什麼人。

「賣給了吉爾，一個走南闖北的趕駝人。」賣主跟吉爾很熟悉。

「他出了多少錢？我多給你一些錢，你把它賣給我吧。」那麼好的梳子明晃晃地放在眼前，誘惑著她不肯輕易放棄。

「不能賣給你，因為我已答應給他留著，一會兒他就要來取的。」賣主沒有絲毫商量的餘地。

「那你放在那裡幹什麼？」她有些氣惱被人奪了所愛。

「放在那裡讓人欣賞啊，好東西雖然有時不能擁有，卻可以欣賞

第一輯　親愛的，我們不必在最美的時候遇見

啊。」賣主沒在意她心情的變化。

這話說確實有些意味深長。既然不能買下那把梳子，那麼就好好地欣賞欣賞吧。她蹲在那個小攤前，又細細地打量起那把犀牛角梳子，彷彿在看一位擦肩而過的老朋友，說不出的依戀，盈在眼裡。

吉爾走來時，那把梳子已裝在了她的心裡。她很奇怪，她為什麼偏偏對那把梳子情有獨鍾，難道真的冥冥中有某種神示嗎？

吉爾是圖阿雷格人，他個子不高，很健壯，他穿長袍，頭裹面紗，臉膛紫紅，眼珠很亮，聲音有些嘶啞，牽著雙峰駱駝，上面馱了很大的箱子。他衝著賣主嘿嘿一笑，彎腰拿了梳子便走。

她忙起身，擋了他的去路，指著那把梳子：「我特別喜歡，你可以把它賣給我嗎？」

吉爾一愣，旋即搖頭：「不，這是我準備送給母親的。」

「哦，是這樣！」她惋惜地嘆口氣，轉身要走，吉爾卻喊住了她。

她歡喜地問他：「你改變主意了？」

「不，我這裡有一樣東西，你可能更喜歡。」吉爾說著，從駝背上的一個皮囊中掏出一塊奇異的沙石：那紅褐色的沙石，通體好像是由花瓣堆砌而成，花瓣薄薄地翹起，邊沿圓潤，層層疊映，宛若一朵朵燦然綻放的玫瑰花。

「啊！這是從哪裡採來的石頭花？」她立刻驚奇得張大了嘴巴。

「美麗嗎？」吉爾把它放到她手中。

「何止是美麗，簡直是美豔驚人！」她輕輕撫摸著石頭花。

「這是沙漠玫瑰，來自撒哈拉大沙漠的深處。」吉爾告訴她，這是他運送鹽巴的途中找到的。

「沙漠玫瑰，太神奇了。你帶上我，我跟著你走，讓我也能找到沙漠玫瑰吧。」她充滿渴望地拉住吉爾的手。

「你不用跟著我吃苦受罪了，既然你喜歡，這一枚沙漠玫瑰就送給你了。」吉爾的慷慨，令她簡直有些受寵若驚了。

「真的？把它送給我？」她有些不敢相信地捧著那枚沙漠玫瑰。

「真的，送給你了。因為我去過亞洲，在那裡讀過一年的書，要不是母親生病了，我可能會在那裡唸完大學，甚至留在那裡呢。」吉爾只會說很簡單的中文。但對來自亞洲的她，顯然有一種特別的親切。

「謝謝你！送我這麼珍貴的禮物，我學過一句古語，叫『來而不往非禮也』，我就送你這串桃木珠子的項鍊吧，願它保佑你平安。」她摘下頸間掛著項鍊，那是她在家鄉買的。

「這個我喜歡，謝謝！」吉爾沒有推辭，很爽快地接納了。

接下來，他們又聊了許久，才依依不捨道地別。

吉爾走後，她有些後悔沒有跟著他一起走，或許跟著他走，一路上還會有許多新奇的發現，會有很美麗的故事呢。這樣的念頭一閃，她的心便怦怦然了。

她把沙漠玫瑰一直放在背囊裡，帶著它走了好多個國家。後來，她也在一些大賣場和一些小市集上，遇見過天然的或者經過加工的沙漠玫瑰，大的，小的，便宜的，昂貴的，豔紅色的，褐色的……

在一個月光皎潔的夜晚，她受了盛情邀請，在撒哈拉沙漠深處，參加了圖阿雷格人組織的一個篝火晚會，一大群青年男女圍著篝火載歌載舞，然後便有情投意合的年輕人，相互拉著手歡快地朝沙漠裡走去，藉助月光去尋找象徵愛意的沙漠玫瑰。

第一輯　親愛的，我們不必在最美的時候遇見

　　她沒有去尋找，她坐在月光裡想念吉爾，想他帶著駝隊風塵僕僕的跋涉，想他一定會給她找到更漂亮的沙漠玫瑰，因為他說過，他還會來找她，會給她帶來新的禮物。

　　半年後，吉爾真的來了，他很興奮地告訴她，那天她告訴他的那個中藥配方，對她母親的病療效很顯著，老人家一再叮囑他要好好謝謝她這個東方姑娘。

　　她開玩笑地逗他：「那你打算怎麼謝謝我啊？」

　　「我也不知道，再送你一朵沙漠玫瑰吧。」一朵色澤紅豔如火的沙漠玫瑰遞過來。

　　「這個有什麼寓意嗎？」她已經知曉圖阿雷格人喜歡用沙漠玫瑰表達愛意。

　　「它生在寂寞中，忍受風吹日曬，熬過了乾旱和貧瘠，卻綻放出永不凋謝的美麗，象徵熱情、堅貞、忠誠，還有……」吉爾突然停住了。

　　「還有什麼？」她看著靦腆的他，調皮地追問。

　　「還有，送給你這把梳子。」他忽然轉了話題，拿出那把犀牛角的梳子。

　　「你不是買給母親的嗎？」她驚訝地望著他。

　　「我把你送我的項鍊給了母親，她很喜歡，她說應該把梳子送給你這位美麗、善良的姑娘。」他把梳子放到她的手上。

　　「我，我……」她突然很想見見他的母親，她相信那一定是一位慈眉善目的老人。

　　「如果你願意，我可以帶你穿越一次撒哈拉大沙漠，讓你領略一下世界上最大沙漠的雄奇。當然，我也希望再到你的家鄉時，你也能給我當一個好導遊。」吉爾突然提議道。

永不凋謝的沙漠玫瑰

「好啊。一言為定。」她興奮得恨不能馬上就跟著他的駝隊出發。

因為公司總部來電，她要立刻趕赴阿爾及利亞去洽談一項重要業務，只能與吉爾相約，等他兩個月後回來，他們再一起去穿越撒哈拉。

僅僅用了半個多月，她便處理完手頭的工作。然後，她便開始做長途跋涉的準備，她買了優質的睡袋，買了高倍的望遠鏡，還訂購了產自歐洲的專供旅遊食用的罐頭。

她開始計算吉爾歸來的日期，想像與他在一起風沙無阻的艱辛而浪漫的行旅，她的心越發焦急而神往了。

那天早上，她隨手開啟電視，一條簡短的新聞，驟然將她震呆：吉爾的駝隊在沙漠中遭遇了一夥不明身分的劫匪的突襲，他不幸中彈。被發現時，已因失血過多而死去。據說，那條危險之路，很多駝隊都不敢走，吉爾也是第一次走，因為距離近一些，他可以早一點返回。據說，吉爾臨死前，手裡還捧著一束光潔的沙漠玫瑰。

如果沒有那些急待處理的業務，如果那天她陪著他出發了，相信他一定不會走那條近路，那樣，他就不會……她懊悔地捶頭，淚珠不停地滾落下來。

後來，她特意去看了吉爾的母親，給老人留下一些錢。然後，她毅然地離開了北非，回到了國內。吉爾送她的那兩朵沙漠玫瑰，依然那樣燦然，熾烈如火。那把犀牛角的梳子，她再也沒用過，因為在她的想像裡，應該是她與他相對而坐，她看著他笨拙地輕挽她如瀑的黑髮，柔情似水地梳過……

沒有開始便已結束。可是，有一種懷戀，卻像那沙漠玫瑰，一直開在她心中，永不凋謝。

愛淺愛深，都要慧心

她說：那麼多的苦，那麼多的痛，都只是因為自己愛得太深。

一個人愛得太深了，就容易走火入魔，容易癲狂，容易陷入難以自拔的境地。若是某一天，對方流露出了些許的冷淡，開始有意無意地疏遠自己，自然會難以承受那突如其來的打擊，難免會痛不欲生，甚至會由愛生恨，將愛推向極端。

她說自己年輕的時候，發瘋地愛上了一位儒雅博學的老師。她明明知道自己的愛，是那麼的不現實，就像一隻空中的飛鳥愛上了水裡的魚。老師已有了幸福的家庭，她仍固執地不管不顧，依舊痴痴地愛他，飛蛾撲火一般。她關注他的一舉一動，幸福著他的幸福，悲傷著他的悲傷。他的一個笑臉，會燦爛她一整天的心情；他的一抹別人不曾在意的憂戚，會牽扯得她坐臥不安，彷彿發生了天大的災難。

因迷戀那位老師，她錯過了好多牽手愛情的機會，就像岸邊一棵沒有開花的樹，執意錯過無數的春江月明。一晃，她就成了大齡「剩女」，而老師的婚姻依然堅如磐石。

某一天，她聽到了巫啟賢深情低迴地演唱李敖作詞作曲的「不愛那麼多，只愛一點點，別人的愛情像海深，我的愛情淺。不愛那麼多，只愛一點點，別人眉來又眼去，我只偷看你一眼」聽著聽著，她便不由得淚流滿面原來，有些愛，只需淺淺的一點就夠了。這麼多年了，她一直懷抱著感動自己的一往情深，已無法挽回地失去了太多太多。

我問她：那麼，什麼樣的愛，只要淺淺的一點點呢？

她答：一個人的愛。

我繼續追問：你說的是暗戀吧？

愛淺愛深，都要慧心

她斬釘截鐵地告訴我：暗戀也好，明戀也好，若只是一個人動情，都只需淺淺的，一點點的愛，就好。

我笑了，為她似乎終於明白了「愛是一個人的事情，愛情是兩個人的事情」

然而，我又心生疑惑：若遇到了自己怦然心動的對象，誰能夠做到只是淺淺地愛？而不滑向深愛呢？那樣的「理智」，豈不是愛得太不夠？太過冷淡了？

她一怔，喃喃地說：你說有道理，或許一個人只有等到真的心疼後，才會懂得淺愛。

我繼續刨根問底：難道你要說深愛在前、淺愛在後？

她一臉的「曾經滄海」：也可能淺愛在前，深愛在後。重要的是，每個渴望愛的人，都可以從別人的悲劇或遺憾中，明白愛的真諦，拿捏愛的分寸，免得讓愛灼傷了自己。

我點頭：這話有道理，愛得深也罷，愛得淺也罷，其實最關鍵的，是拿捏好尺度，只要不傷害別人，不傷害自己，深一點或淺一點，都無大礙。

一位年輕的學子，對我上述看似很辯證的愛之深淺論，面露不屑的微笑。

我趕緊問他：對於把握好愛的深淺，你有什麼高見？

他不以為然：何謂深？何謂淺？愛就好了，只要快樂就好，其的別管那麼多。

我馬上搖頭：愛並不意味著始終伴隨著快樂，記得一位哲人說過美麗的故事一開頭，莫名的憂傷便開始如影相隨。愛亦如此，不單單有甜蜜，還有難免的傷心和痛苦。

他一臉的輕鬆：既然愛了，就不用擔心後面跟著的是甜蜜還是痛苦，該來的總會來的，能承受的就承受，不能承受的就不去承受好了，沒啥大不了的。

　　我讚賞他的灑脫，但還是強調必要的謹慎：不憂慮忡忡沒錯，但早早有一點憂患意識還是好的。

　　他笑我的四平八穩：你這是瞻前顧後，愛，常常不講道理，不能輕易就斷定愛淺還是愛深。

　　我驟然無語。沒錯，真正發自心靈的愛，往往是說不清楚的，而愛的深與淺，恐怕就更難以把握了。要愛得深，還是要愛得淺，是一個永遠沒有標準答案的問題。

　　如是，請記住一位詩人的話語：愛淺愛深，都在於慧心把握。聰明的人，懂得欣賞愛的花朵；愚笨的人，則會將愛弄得一塌糊塗。

一個人的地老天荒

　　她是他的初戀。當時，她已在一家銀行上班，他還在英國留學。

　　積攢了兩年的休假，她滿懷欣喜地飛去倫敦看他。她來，他比小時候過年還興奮，恨不得將喜悅向每個遇見的人。然而，晴天一個霹靂，將他幾乎震傻：她搭乘的巴士，從機場趕往大學的途中，與一輛重型貨車迎面相撞，她香消玉殞了，沒給他留下片言隻語。

　　抱著她不再柔軟的身子，他欲哭無淚，一遍遍呢喃著：怎麼會這樣？怎麼會這樣呀？

　　捧著她給他帶來的兩枚猴年紀念幣，他心如刀割。

　　半年過去了，他仍無法走出悲傷的陰影。他常常一個人呆呆地坐在

那裡，恍惚中似又聽到了她的腳步聲，感覺她正款款地朝自己走來。睜開眼，面前卻只是一片空空。

他細細地整理好她發來的每一封郵件，把他們 LINE 的聊天紀錄都下載下來，妥善存好。那些細碎的文字，照片一樣記錄著青春歲月裡的點點滴滴。每一次閱讀，往事都會潮汐般地湧來。

拿到博士學位，他回國做的第一件事，就是來到她的墓前，獻上一束她最喜愛的白百合。坐在墓碑前，他絮絮地向她講這幾年的苦辣酸甜，好像那個歪著頭，笑盈盈地望著他的小女孩，正與他促膝對坐。

陽光明媚的五月，他轉了兩次車，一個人去了與她初相識的那個北方小鎮。臨街的那個小酒店，已被翻蓋成一家很有氣勢的婚紗攝影棚，進進出出的戀人們幸福洋溢。

站在攝影棚外，櫥窗裡那個模特身上一套漂亮的婚紗，看得他的眼睛泛紅。熱戀時，他曾許諾，結婚那一天，他一定將她打扮成世界上最美的新娘。

樹葉金黃的秋日，他又去了她的家鄉，再次走進那片鬱鬱蔥蔥的白樺林，撫摸著白樺樹那些黑亮如疤的眼睛，他彷彿又看到了喜歡抱著一棵白樺樹，調皮地讓他一遍遍地說「永遠愛你」的那個可愛的小精靈。那些愛的細節，如此清晰，好像一切都發生在昨天。

山坡上的許多草都枯沒了，只有紫色的矢車菊仍在秋風裡，默默地開著。他不由得想起與她一同朗誦過元稹的詩句：「取次花叢懶回顧，半緣修道半緣君。」

是啊，她便是他今生遇見的最美的花，他無法忘懷她的純美的笑靨，無法走出曾經的真愛。似乎她的猝然離開，一併帶走了他對愛情的熱忱，不少人熱情地要給他介紹女朋友，他一律婉言謝絕，執意不肯再涉愛河。

第一輯　親愛的，我們不必在最美的時候遇見

　　於是，他在眾人的敬佩、不解、惋惜中，一個人懷抱著對她始終不能割捨的那份愛，工作著、生活著，沒有人知道他那樣的選擇，內心有著怎樣的痛楚與幸福。日子一天天地流逝，一晃，就是八年。

　　直到遇見佟馨，他才開始動心，決定再走愛情之旅。

　　與其說是佟馨的認真和執著打動了他，不如說是彼此相似的經歷，讓佟馨更懂得他的拳拳的心意，更懂得他的「唯不忘相思」，不是他們愛的羈絆，而是愛的通道。

　　他們交往了好長一段時間。某一天，佟馨問他：還那麼無法割捨她？我也不能替代？

　　他乾脆俐落地：是的，在我的心中，永遠有她的位置。

　　佟馨笑了：那請允許我陪著你一起愛她，好嗎？

　　他有些抱愧地：我不能給你百分之百的愛，難道你不介意？

　　佟馨真誠地：我敬佩你的認真，欣賞你的執著，也很羨慕那個女孩，此生能夠有一個人願意把一份無言的愛，堅守到地老天荒。我更希望，我也能像她那樣，贏得一份今生永遠不捨不棄的真愛……

　　從佟馨閃動的眸子裡，他讀到了無法拒絕的一往情深，他的眼角一陣灼熱。

　　婚後的日子裡，佟馨從沒有因為他念念不忘那個天堂的女子，而嗔怪他一點點，更不要說是吃醋了。相反，佟馨還十分讚賞他的忠貞不渝，每當他獨自一人靜靜地待在屋子裡，任思緒自由飄逸時，她都會悄然躲到一旁，暗暗祈禱，他的痴情，天堂的她能夠看到。

　　正是佟馨如此善解人意，如此柔情滿懷，讓他感到了莫大的幸福，他一次次感慨自己真幸運，一生中竟能遇見兩個好女子。

　　如今，他與佟馨的愛情，一如初戀一樣甜蜜。

當然，在他心靈的一角，有一個特別的位置，只為她而留，不管時光怎樣流逝，她的那一抹燦爛的笑容，永遠是他心底搖曳的美，柔柔的，暖暖的。

90 歲的眼，20 歲的淚

那是 1938 年的夏天，23 歲的德國青年肖恩跟隨叔父來到巴黎。他先領略了塞納河兩岸旖旎的風光，又去了輝煌的羅浮宮和凡爾賽宮，然後沿著香榭麗舍大街一路走去，體會這座世界名城非凡的意蘊。接著，他又觀賞了著名的凱旋門。

那天，頂著濛濛細雨，肖恩來到了舉世矚目的艾菲爾鐵塔前。仰望眼前這一人類建築史上的奇觀，他油然而生一種敬慕。他是一位大三的學生，所學的就是城市建築學。他對艾菲爾鐵塔了解得十分詳盡，從它的設計到建築的整個過程，都知道得比普通人更多，但那都是在閱讀中獲取的，而此刻，這偉大的建築就矗立在他面前，他就要走上前去，親手去觸控一下那些被賦予了深厚的文化意蘊的鋼鐵。

他正心情激動地向前走去，忽然，在他的左前方不遠處，一個滿頭銀髮的老婦人搖晃著身子，向後仰去，他快跑兩步，但還是沒有接住她，老婦人肥胖的身軀重重地摔倒在地。起初，他還以為老人是心臟病猝發，等走近了，才知道老婦人是眩暈症發作，才突然摔倒的。

躺在地上的老婦人，一手按著受傷的大腿，一手撐地想站起來。肖恩上前想幫她一下，老婦人忽然痛苦地咧咧嘴，顯然她傷得不輕。老婦人向肖恩求援，小夥子，幫我打個電話，叫一臺救護車，送我去附近的醫院，再通知一下我的孫女。

肖恩的法語還不錯，老人的話全能聽懂，他安慰老人，沒問題，我

懂得怎麼做。

救護車很快到了，他陪同老婦人去了醫院，陪同著老人做了一系列的檢查。還好，已年屆八旬的老人，只是大腿骨折了，身體其部位並無大礙。

老人的孫女斯芬娜匆匆地趕到了，看到病榻上的祖母，女孩含著眼淚，輕輕地嗔怪祖母不該獨自上街，摔傷了自己，也嚇壞了她。

我也不知道怎麼突然就眩暈了，現在沒大事了，醫生說靜養一段時間就好了。對了，你可要好好謝謝這位德國來的小夥子。老婦人指著身邊的肖恩，眼睛裡滿是慈愛。

斯芬娜趕緊擦去眼角的淚珠，向肖恩深鞠一躬，謝謝你救了我的祖母，上帝也會感謝你的。

舉手之勞，不用客氣。肖恩竟靦腆得有些手足無措了。四目相對時，肖恩驚訝地發現，斯芬娜是一個非常漂亮的女孩，尤其是她那雙清澈如水的眼睛，散發著令人過目難忘的魅力。

得知斯芬娜剛剛接到巴黎大學的錄取通知書，學的也是建築學，肖恩興奮地說，我們以後就是同行了，應該互相交流啊。

你是師兄，你可要多幫助我啊。斯芬娜甜甜的笑容，是那樣的美。

沒問題，如果我有需要你幫助的，你也不能拒絕啊。那一刻，肖恩突然在心底感謝斯芬娜的祖母，讓他有緣認識眼前這位可愛的女孩。

那當然了。斯芬娜回答得很乾脆，她也喜歡上了眉清目秀的肖恩。

隨後，斯芬娜陪同肖恩登上艾菲爾鐵塔，兩人並肩而立，極目遠眺，巴黎美景盡收眼底。微風輕輕拂過，兩人內心蕩起了輕輕的漣漪。

回國後，兩人開始頻繁地通訊，兩顆心也貼得更近了，那一段跨國之戀，讓兩個年輕人感覺到了生活的甜蜜和人生的美好。他們在信中相

約，一定加倍努力學習，將來一起設計出讓後代讚嘆的建築。

然而，沒過多久，第二次世界大戰便幾乎讓整個歐洲都陷入了戰火中。隨著巴黎的失陷，斯芬娜跟隨父母逃難到瑞士。肖恩也在大學畢業半年後，被強行徵召入伍。愈演愈烈的戰爭，徹底中斷了兩個年輕人的聯繫。

1943年，肖恩所在的部隊被派往法國，肖恩和兩位要好的朋友冒著危險，來到冷清的艾菲爾鐵塔下。他悄悄掏出當年與斯芬娜在鐵塔前的合影，輕輕地吻了吻，內心翻湧著說不出的甜蜜與苦澀。

在諾曼第戰役中，肖恩受傷被俘，他沒有任何挫敗感，反而有一種解脫的感覺。他想，他已退出了該死的戰爭，最令他痛心的是，斯芬娜寫給他的那些陪伴他無數次穿過槍林彈雨的書信，在他受傷後全都下落不明。

在戰俘營裡，肖恩不斷地猜想斯芬娜與他音訊杳無後的情況：她現在哪裡？戰爭沒有傷害著她吧？她和他還會有夢想的未來嗎？每一個問題，都撕咬著他的神經，讓他疼痛不已，卻忍不住一再追問。

戰爭終於結束了。帶著傷痛，肖恩回到了滿目瘡痍的柏林。那場不堪回首的戰爭，讓他失去了親愛的父母和可愛的弟弟，失去了尊敬的叔父。而縈繞在心頭的斯芬娜，仍下落不明。

一段黯然神傷的日子過後，肖恩意識到自己不能總是陷在回憶中，必須要振作起來，他相信：不管斯芬娜如今在哪裡，她都一定會希望自己還有夢想，還有充滿陽光的生活。

他進了一家建築設計院，幫助人們重建被戰火摧毀的家園。即使是在那些特別忙碌的日子裡，他也沒放棄打探斯芬娜的消息，他甚至委託好友去巴黎大學查詢過。然而，他一次次的努力，換來的是一次次的失望，斯芬娜彷彿在人間消失了，再沒有她的任何音訊。

第一輯　親愛的，我們不必在最美的時候遇見

　　肖恩四十歲那年，與一位建築師結婚了。兩人一同走過了三十年平平靜靜的婚姻生活，他們沒有生育一個孩子，那些散落在城鄉間的大大小小的建築物，凝聚了他們無數的心血，成了他們熱愛的孩子。

　　妻子病逝後，肖恩獨自生活了十年後，搬到了自己設計建造的養老院。就在他淡然地望著鏡中一天天蒼老的面額，等待著去天堂與親人相聚時，他偶然在一張報紙上讀到了一篇署名斯芬娜的文章，作者在文中講述了自己的初戀，雖然沒有寫出他的名字，但他還是根據文中所提及的那些細節，斷定寫文章的斯芬娜就是他苦苦尋覓的戀人。

　　很快，在報紙編輯的幫助下，肖恩與斯芬娜通上了電話。

　　原來，斯芬娜的父母帶著她避難到瑞士後，她因為心中特別牽掛肖恩，沒過多久，她就獨自返回巴黎，卻不幸遭到一位納粹軍官的蹂躪。她一時萬念俱灰，想縱身躍入塞納河，結束自己年輕的生命。是一位流浪漢救了她後，她去了法國南部的一個小山村，做了一名教師，一生未曾婚嫁。

　　在那場劫難發生之前，她也曾多方打探肖恩的消息，和他一樣沒能如願。遭遇了那場不幸以後，她覺得已無法將最純潔的自己交給最愛的人了，她便將那份深愛埋藏在心底。只有夜深人靜時，她才會一邊翻閱肖恩寫給她的那些信，流著淚默默地為他祈禱和祝福。

　　蘇德戰爭勝利六十週年前夕，心中一直不曾割捨的那份情思，讓斯芬娜在耄耋之年，拿起筆來，向世人講述了自己鮮為人知的初戀。而上蒼似乎也被他們的愛打動了，於是，命運讓他們在別離了六十七年後，再次驚喜地重逢，讓浪漫的愛情經歷了那麼多坎坷後，終於有了一個美好的結局。

　　裝飾了鮮花的婚車，緩緩地從艾菲爾鐵塔前駕過，兩個銀髮飄飄的

老人緊握著手,眼睛裡滿是幸福的淚水。

在巴黎市郊的一座教堂內,神父向許多聞訊趕來見證這一跨世紀婚禮的人們,深情講述了他們令人唏噓不已的愛情故事後,說了下面這樣一段話:

什麼都無法阻止愛的花朵美麗地綻開,什麼都無法摧毀藏在心頭的真愛,蒼老的只是歲月,而愛會永遠年輕。

溫暖的讚美詩唱響了,兩位老人幸福地相擁而泣。

不要慨嘆愛的遲來,90歲的眸子裡,流淌的依然是20歲的深情。面對他們跨越了無數阻隔的愛的相擁,整個世界都應該轉過身來,為他們獻上敬慕和祝福。

第二輯
愛在，便有無數良辰美景

不管歲月如何荏苒，無論世事如何艱難，只要我們的心底始終有愛的花朵在綻放，此生的每一寸光陰，便都會因為那些愛意的浸潤，變得有情有意，變得色彩斑斕。

一 拍攝溫柔的春天

那個飄雪的冬天，他不惜重金買了一臺高單價的相機，準備多給葉子拍攝一些漂亮的照片。因為他在一個網友的社群上，看到了網友用相機記錄下來的戀人倩影，簡直是美不勝收。

葉子是一位舞者，在他身處人生谷底的時候，她的不離不棄，讓曾一度消沉的他重新振作起來。他不止一次說過，葉子是上帝派到他身邊的天使。每一次，葉子都笑著提醒他：「別老是甜言蜜語的，用行動表達你對天使的愛吧。」這時，他會很愉快地答應，一定要讓她享受到女王一樣的待遇。

他是一個行勝於言的男人。家境優越的葉子，愛上當時還十分潦倒的他，最重要的一個原因，就是喜歡他這個優點：認準的事情，不多說，只管埋頭去做。她篤信，他不會一輩子碌碌無為。果然，不到三年時間，他就贏得了許多人驚訝的成功。

第一次帶葉子開車去城外拍照，兩人都很興奮。站在茫茫的雪野

上，葉子歡悅地擺著各種造型，他或站或蹲或跪，取景、對焦、調距，像一位高級攝影師，他一絲不苟，咔嚓，咔嚓，不斷地按動快門。

拍攝了大半天，兩人心滿意足地驅車回城。快進城區時，災難驟然降臨那臺失控殘土運輸車，在撞翻了三臺車後，發生了側翻，滿車的建築垃圾，全都砸到他的車上，差一點掩埋了整個車子。

迅速趕來的救援人員，拆解了被壓得變形的車體，才將兩個人拉了出來。那場飛來的橫禍，讓葉子永遠地失去了一條腿，他則被壓折了兩條肋骨，截去了三個手指。

出院好多天了，撫摸著那些美目流盼、笑靨如花的照片，他的眼角還一陣陣地灼熱。他特別懊悔，那天若是少拍兩張，早一點回來就好了，那樣，他們就避開了那突如其來劫難。

像一朵被疾風吹落、無法重返枝頭的花，熱愛舞蹈的葉子，從此再也無法翩然起舞了。

安上假肢後，葉子穿上那條自己最喜愛的長裙，在地上輕輕地旋轉一圈，卻差一點摔倒。她沒讓他攙扶，而是請他再拍一張照片，還笑著安慰他：「瞧，我的舞姿還很輕盈，像一隻蝴蝶。」

他強忍要湧出眼眶的淚珠：「是的，你還是我心中最美的白天鵝。」

她爽朗地笑了：「好啊，那我就不飛走了，一輩子陪在你身邊。」

步入了婚姻殿堂後，葉子提議開一家網店，坐在家裡當老闆。他欣然支持，自告奮勇地要幫她拍攝要上傳網路上的產品圖片。葉子搖頭，要自己來拍攝讓他只管忙自己的事業。他卻說，好好照顧她，也是他事業的一部分。

她說自己不需要照顧，她只是不能登上舞臺給觀眾演出了，但她還要在生活的大舞臺上，演好自己精彩的人生。

第二輯　愛在，便有無數良辰美景

　　葉子的網店開得並不順暢，試著換了好幾個經營方向，也很努力，但效果都不大理想。

　　不過，他欣然地發現：聰明的葉子很有攝影天賦，短短的幾個月，她就拍攝出許多漂亮的照片。他提議：「你別開網店了，乾脆專心鑽研攝影吧，或許哪一天能拍出名堂來呢。」

　　葉子受了他的鼓勵，欣然同意。於是，她開始揹著相機走街串巷，風雨無阻。

　　很快，在她的鏡頭裡，出現了暮色中忙碌的清潔工，烈日下執勤的交通警察，菜市場上挽著手臂買菜的白髮蒼蒼的老倆口，街角悶頭工作的修鞋工，開心地吃喝的「破爛王」，飽經滄桑、默默無語的老榆樹，電線桿上休憩的燕子……一張張內容拙樸的照片，流溢濃郁的生活氣息，看著就讓人心暖。

　　他給葉子的照片起了一個好聽的名字「溫柔的春天」。

　　兩年後，葉子拍攝的一些照片陸續地在報刊上發表，還在攝影大賽中獲獎好幾次。

　　若不是偶然的一次體檢，誰都不會相信，葉子居然是先天性的色盲。

　　許多人特別困惑：先天色盲的葉子，怎麼能拍出那麼多構圖精美、色彩繽紛的照片呢？

　　葉子笑了：「我也不知道啊，或許我有一雙心眼，幫我辨清了肉眼區分不開的色彩吧。」

　　「沒錯，葉子有一雙心眼。」最了解葉子的他，特別贊同這個美好的解釋。

　　第一次見到葉子的攝影作品時，我便有震驚的感覺。得知了葉子的

人生遭遇，我更多了一份震撼。不用問，我相信：葉子之所以能夠拍出那麼多的好照片，是因為她始終抱擁著一份春天般的愛，每一天都愛意盈盈，無論順境，還是逆境。自然地，她的鏡頭，就會源源不斷地流出美麗的照片，溫柔如春。

默然相愛，寂靜歡喜

芳草青青的大草原上，他騎一匹炭紅色的駿馬疾馳而來。一個年輕的漂亮女孩，手捧一束格桑花，正翹首眺望。徐徐的輕風，吹起她飄飄的長髮，像一首雋永的詩。她明亮的黑眸裡，閃著甜蜜的流盼。遠遠地，他在向她使勁地揮手，那隻牧羊犬急不可耐地迎上前去。他跳下馬來，一下子將她連同那束花擁到懷裡，緊緊地摟住。過了一會兒，他將她抱上馬，她歡喜地偎在他胸前，紅馬像是特別懂得他們的心思，馱著他們朝水波粼粼的草原之湖緩緩走去。悠悠白雲，在藍天上親密著。此刻，他與她是草原上甜蜜洋溢的戀人，無限的遼闊，無限的靜美，都成了他們幸福的背景。

那是我在草原旅遊時偶然碰見的一幕。我後來得知，女孩來自南方，是來草原支援教育的老師。而他，是來自西班牙的留學生，他是在一個義工論壇上認識她的，因他們對支援教育有不少相同的見解，兩顆年輕的心越來越近。他決定不再回去幫著父親經營公司，而要留在這裡，和她一起，去圓草原上那些孩子的夢想，做草原上最美麗的格桑花。

離開草原好久了，我還記得那對年輕人自然而熱烈的擁抱。那份純美的愛戀，就像綠茵茵的草海上那些無名的小花，雖然很少有人知曉，但那條靜靜流淌的小河，一定會念念不忘，那些青春歲月中的記憶。

我是在一條幽靜的小街上，見到他的。他臉上的皺紋很深，有著濃郁的滄桑味道。那會兒，他坐門前的陽光裡，手裡拿著一個現在很少有人聽的老式的半導體收音機。他面前，擺一臺簡易的冰淇淋加工機。顧客稀少，幾近於無。他好像並不在乎生意的清淡，只管悠然地晒著太陽，聽著咿咿呀呀的京劇。過了一會兒，從那扇敞開的大門裡，顫顫巍巍地走出一個滿頭銀髮的老婆婆。他趕緊起身過去，攙她坐到那把籐椅上。然後，他拿來一支冰淇淋，放到陽光裡，直到它變軟了，快融化了，他才輕輕吮了一口，然後遞到她嘴邊，看著她小心翼翼地舔了一下。接著，兩個人你一小口，我一小口，慢慢吮吸著那支冰淇淋。

我先是驚訝，繼而有些感動：守著那麼多的冰淇淋，他們卻要恩愛地分享一支。原來，他們不是出於節儉，而是在旁若無人地享受那甜蜜的愛，寧靜而芬芳。

隨後，我知道了他們動人的愛情故事：當年，他是來自都市的知識青年。在那個奇寒的冬天，他上山伐木。回來的路上，疲憊不堪的他，依在一棵紅松旁，想休息片刻再趕路。卻不料一下子睡著了。醒過來時，他的兩條腿已凍得邁不動了，他使勁地呼救，四周卻只有寂靜的山林和厚厚的積雪。

就在他絕望時，她找尋而來。誰也不曾想到，那麼瘦小的她，竟連揹帶拖帶拉，硬是將他救回了家中。稍稍喘口氣，她馬上用雪為他搓紅了全身，又熬了一小耳朵薑糖水。兩天後，他才完全恢復過來。

他感謝她的救命之恩，她的臉一片緋紅，像一朵好看的雲。再後來，他向她求婚。開始，她竭力拒絕，不是不愛，是因為她家庭背景不好，還大他8歲，最重要的是，此時正值知識青年返城的高峰，各方面條件都相當不錯的他，是很容易重回繁華的都市的。他卻執意地留了下來，他反反覆覆的一句話「我會陪你一輩子的」，讓他們有了此後近40年

不捨不棄的守候。

沒想到，在兩位老人看似乎淡無奇的生活背後，竟藏有那樣鮮為人知的摯愛真情。望著那對老人陽光裡相濡以沫的情景，我不禁心生羨慕：多好啊，守著生命裡的真愛，平凡的日子，也可以如此雲淡風輕，又如此動人心魄。

她是一位年過五旬的詩人，家住城市。每一年，她都會坐最慢的那趟火車，顛簸10多個小時，再搭乘公車，然後緩緩地步行，去鄉下的一片竹林。在那裡，長眠著她的戀人。

那是情竇初開的年紀，高三剛開學，她便痴迷地愛上了自己的語文老師，正要與女友談婚論嫁的老師，在一陣慌亂之後，竟也不可遏止地愛上了她。女友一時愛恨交織，跑到學校大鬧了一場，讓他們在眾目睽睽之中，接受了審判般的指指點點。他們驚世駭俗的愛，注定要掀起軒然大波。來自多方面的種種刺眼的眼光和曖昧的猜測，使他們再也無法在校園裡了。於是，他辭掉工作，而她，也放棄了學業，兩人牽手，踏上了私奔之旅。

他們簡單的行囊裡，裝了好幾本詩集。是詩歌，點燃了他們愛的激情，也是詩歌，鼓勵他們勇敢地迎著世俗的箭簇，要在有限的人生中，無悔無怨地抵死纏綿一回。

向遠山遠水一路奔走的那些日子，是他們生命中最甜美的時光。他做了她斷了仕途的士子，她做了他柔情似水的娘子，兩個人發誓要將此生的每一天，都過成意境深邃的沁園春和如夢令。

然而，他們的幸福很快便被攔腰斬斷那天，他攀上一塊崖石，欲為她採回一束盛開的杜鵑，不慎失足墜下山崖。將他葬在那片他們無數次吟誦詩文的竹林，她呆呆地，欲哭無淚。很快，她又露出了笑容，因為懷上了他的孩子，她要好好活著，將他們的愛綿延下去。

此後，她有了自己成功的事業，把漂亮的女兒培養得相當優秀。只是，她謝絕了所有男子的求愛，一個人守著曾經那樣蕩氣迴腸的愛，富足而淡然。

我讀過她的一些詩，最喜歡她那首〈你不是我的彼岸花〉，她這樣抒寫餘生的每一寸光陰裡深深銘記的愛：「你不是我的彼岸花，不是湖稍縱即逝的漣漪，不是驀然回首時的一道彩虹，不是筆尖匆匆走過的那些風景，不是永遠遙迢難以觸及的浩瀚星空，不是撥動心弦又了無蹤跡的曼妙音符。」她願意「從一粒被巖隙收容的種子開始，此後的時光全部用滿懷的守望充盈」。

那個寂靜的午夜，我品讀世人廣泛傳抄的六世達賴倉央嘉措的彷彿天籟般純淨的情詩，不禁想到了在路上不期然遇見的上面幾位，和他們那散在生活裡的熠熠閃光的愛的碎片，美麗而生動。一時間，我的心裡暖暖的，滿是幸福的感動，為他們波瀾壯闊的愛，為他們風平浪靜的愛，為他們演繹的那些真，那些善，和那些無法形容的美。

此刻，我願意與更多的人，一同幸福他們的幸福，願意借用倉央嘉措的美妙詩句，呈上我由衷的祝福和真誠的祈禱：「你愛，或者不愛我，愛就在那裡。不增不減。你跟，或者不跟我，我的手就在你的手裡。不捨不棄。來我的懷裡，或者讓我住進你的心裡。默然相愛，寂靜歡喜。」

愛上她的幸福

他是從美國留學歸來的哲學博士，就職於國內一所著名大學。剛過35歲，便晉升為教授，成為博士研究生導師。他開幾門課，被學生譽為「真正的精品」。他長得也很帥氣，人品好，學問做得好，絕對稱得上才貌雙全。還有，他的家境也不錯，父母都是高級知識分子。

無疑，像他這樣各方面都很優秀的男人，身邊的追求者一定絡繹不絕。其實，還在讀高中時，就有大膽的女生向他表白過愛慕之情；等入了大學，向他頻送秋波的女生就更多了。然而，他似乎十分挑剔，他心動的女生極少，只有一個有了些許好感，但相處一段時間後，也無疾而終了。

　　令人難以置信的是，過了35歲生日，他仍是校園裡有名的「黃金單身漢」。

　　很自然地，人們開始紛紛暗中猜測：上帝將那麼多寶貴的禮物都賜予了他，會不會也給他留下了一些難言的遺憾？是不是他哪裡出了問題？

　　大家的困惑尚未解開，他又拋向眾人一個巨大的驚嘆號，大家不禁對他的異常之舉驚詫不已，「過盡千帆皆不是」，他千挑萬選的愛人，竟是一位很普通的公司職員，相貌平平，學歷一般，似乎更不般配的是，她離過兩次婚，帶著一雙兒女，年齡還比他大四歲。

　　當他鄭重地宣布要與那個女人結婚時，眾人都特別驚愕，大家實在弄不懂：聰慧的他，在愛情和婚姻問題上，怎麼會如此令人跌破眼鏡？他為何如此「新潮」？

　　難道愛情和婚姻真的都是鞋子，合不合適，只有當事人最清楚？人們可以有一千個納悶、一萬個想不明白，但這並未妨礙他欣然地愛了，愉快地娶了，並進入了幸福的婚姻生活。

　　也有朋友替他擔心：他的婚姻或許不會維繫長久，因為他與她的差距太大，即便他能做一個好丈夫，恐怕也難勝任好爸爸這個角色。

　　然而，他們的甜蜜婚姻，既人間煙火味十足，又不乏玫瑰色的浪漫。他要做家務，她總會攔阻他：「你忙你的，這是我的特長。」他只要有時間，就會親自駕車，先送孩子上學，再送她去上班。他真誠地說她是他的王妃，她則一臉幸福地說，他是她的王子。

第二輯　愛在，便有無數良辰美景

　　週末，人們經常會看到他與她牽手漫步在校園裡，像一對熱戀的年輕人，又像一對歷經滄桑的伴侶，她的那一雙兒女，則在不遠處歡快地玩耍著，見他們玩得那麼開心，他忍不住了，拉她湊過去，一家人童心十足地玩起來。孩子跟他撒嬌，他與孩子辯論，一家人其樂融融，陽光一樣親切、自然，叫人看著眼熱、心暖。

　　一位記者在電影院裡，目睹了他們一家親密無間的情景，忍不住對他刨根問底：「你那麼優秀，為什麼要娶她這樣一位孩子媽媽？」

　　他笑容可掬地反問道：「你看我們現在的樣子，不就是最好的答案嗎？」

　　「我知道你們現在特別幸福，可我想知道你當初為什麼會愛上她？」記者很想知曉當初令他怦然心動的原因。

　　「很簡單，我是先愛上了她的幸福。」他十分坦然。

　　「先愛上了她的幸福？」這個原因很特別，記者不由得陷入沉思當中，似有所悟。

　　沒錯，正是看到生活條件不算好的她和孩子，每天都幸福洋溢的那些生動情景，他在心生羨慕和讚嘆的同時，強烈的愛意油然而生。待走近她，他更是驚訝地發現：原來，她是那樣一個懂得尋找幸福、創造幸福、享受幸福的智慧女人，與她在一起的那些時刻，他感覺到有那麼多的幸福，空氣一樣包圍在自己周圍，觸手可及，美妙無比。於是，他毫不猶豫地愛了，她也欣然地愛了，因為真正懂她的，是他，似乎曾經的兩次失敗的婚姻，只是命運安排他與她相遇並牽手一生……

　　愛上她的幸福。多好的愛情理由啊。愛上了幸福，跟著幸福走，怎麼會沒有幸福呢？仔細地打量他的選擇，真該敬佩他在愛情上的慧眼獨具，更敬佩他的愛心芬芳。

此生就都是有情天

初春時節，我回到闊別了三十年的故鄉。那個山腳下的小山村，早已物非人非。可是，與故鄉人圍坐，話題朝往昔只那麼輕輕一推，許多似已塵封的往事，便載著暖暖的愛意，悠悠而至，漂泊已久的心，瞬間便有了抵港的安妥。

老鄰居王爺爺馬上就 90 歲了，他銀髮銀鬚，一派灑然，記憶力好得令人驚奇。他拉著我的手，樂呵呵講我的那些少年趣事，快樂的舊時光翩翩而來。而我剛剛知道，他六十歲那年因胃癌，將胃切掉了三分之二；他唯一的兒子 20 年前死於一次車禍，承受不住打擊的老伴，瘋瘋癲癲了 10 多年後，也跳了河。

即便這樣，我從王爺爺那溝壑縱橫的臉上，卻看不到絲毫的悲傷和尤怨。他那句話說得真好：心裡有愛，有捨不得的牽掛，生活就不會是一團黑。

樸素的一語，重鎚般扣動我的心扉：愛如陽光，自然會驅逐陰霾。

當年，我大學畢業，被分配到那個偏遠的林區小鎮，在一所非常普通的中學裡，度過了一段難忘的青春時光。還記得，有位同學去我簡陋的宿舍，見我正興致勃勃地練毛筆字，驚訝地問我：在這艱苦的地方，你也能找到樂趣？

我平靜地回了一句：心裡有愛，哪裡都有風景。

那是我青蔥歲月裡對生活的一種詩意的理解，至今仍堅信不改。

學校附近有一座光禿禿的小山，我常常沿著坑坑窪窪的山路，爬到山頂。望著山下密密麻麻的平房上面升起的縷縷炊煙，望著藍天上偶爾飄過的一片白雲，一任思緒繽紛。那份簡單，那份純淨，令我油然而生

第二輯　愛在，便有無數良辰美景

縷縷歡喜。那些日子裡，我沒有絲毫的落寞，反而有一種難以形容的充盈。原來，許多幸福，一如那兀自生長的茵茵小草，擁緊自己熱愛的那方天地，就觸手可得。

就像我至今仍喜歡閱讀詩歌，尤其是冬日的晚上，在柔和的燈光下，默默地讀著那些精美的詩句，彷彿一瓣瓣晶瑩剔透的雪花，正在我的周圍靜靜落，它們帶給我一片潔淨的暖，讓我真切地感到，與童話世界相通的生活，真好。

那天，在人聲鼎沸的早市上，我見到一位賣魚的小夥子，他戴了一頂顯得有點滑稽的翹角小帽，怡然自得地吹著口哨，笑容可掬地為顧客忙碌著：選魚、過秤、去鱗、剖膛、除雜……每個動作，都那麼乾脆俐落，遊刃有餘，洋溢著一種叫人羨慕的熱愛。

見我駐足欣賞，他忙得更歡快了，那一臉的自豪，讓我立刻想到一部小說裡被愛情鼓盪的那位少年。我衝動地對他說，我要送給他一本我新出的書。

他驚訝地問我為什麼，我告訴他，我從他這裡看到了熱愛的魅力。

週末，約了三五知己，來我的小屋。大家圍攏在我身邊，看我繫了圍裙，饒有興致地研磨獨家配方的「崔氏卡布其諾咖啡」。尚未啜飲，彼此先有了三分沉醉。然後，天馬行空，且說，且吟，且唱，偶爾，也激動地爭辯，也慷慨激昂，彼此口無遮攔，看似雜亂的話題，或隱或顯的，其實都繞不開那個中心詞「愛」。

歲末，我參加兩位老人相親相愛六十年的「鑽石婚」慶典，仔細地打量，他們是父母包辦的舊式婚姻，似乎根本就沒有什麼風花雪月，也沒有什麼百轉千迴，他們只是津津有味地經營著柴米油鹽的日子，一天又一天，彷彿每個日子都平淡無奇，甚至找不到一件值得珍藏的大事，然而，

他們卻做到了「執子之手，與子偕老」，每一天都恩恩愛愛，柔情綿綿。

面對眾人的羨慕和讚嘆，已是耄耋之年的兩位老人，滿臉幸福地說出了一句令眾人感喟不已的愛情箴言只要愛在，此生就都是有情天。

是的，不管歲月如何荏苒，無論世事如何艱難，只要我們的心底始終有愛的花朵在綻放，此生的每一寸光陰，便都會因為愛意的浸潤，變得有情有意，變得色彩斑爛。那撲面而來的，就多是蓬蓬勃勃的歡喜，多是令人陶醉的芳香，多是說不盡、道不完的美麗⋯⋯

一 與愛相擁，便有無數的良辰美景

市郊偏僻的一角，那一排老舊平房，租住的大多是外地來的工作者，其中有一家收購廢品的，我常常遇見。男的高個、細瘦，愛笑，愛唱歌；女的矮胖，是個啞巴，也愛笑；女兒被們打扮得花枝招展，雖然渾身上下都是廉價的地攤貨，卻常見她像一隻歡快的蝴蝶，飛舞在他們身邊。

沒錯，他們租住的條件十分簡陋、寒，夫妻二人每天都在為一份溫飽生活而忙碌，女兒在政府專門為農民創辦的簡易學校讀書。然而，見過他們的人，幾乎都不無羨慕地說，他們真是幸福的一家子。

我曾多次看見他蹬著一臺破舊的三輪車，敲著一個破塑膠桶，穿梭於一條條街道、一個個小區之間，收購各種破爛。他的嗓音渾厚，一聲聲的「收破爛嘍」，竟被他喊得抑揚頓挫，味道十足。第一次與他打交道，便產生了極好的印象。因為他好聽的聲音，因為明媚的笑臉，更為他把那些破爛當作寶貝的那份認真。

我留了他的電話號碼，攢了一大堆要淘汰的東西，便給他打電話，叫他隨時過來取。

第二輯　愛在，便有無數良辰美景

我發現，他對我準備處理掉的那些舊雜誌、舊書特別感興趣，便慷慨地要送給他，他卻執意地按舊書收購。他說：「你是大學老師，又是作家，你不要的，也是好東西，我不能白要。再說了，你把它們留給我，就很看得起我了，我要是不收錢，那不成乞丐了？」他呵呵地笑著，我心裡滿是感動與敬佩。

漸漸地，我知道了，他來自北方，他的妻子原來在廣播站當過播音員呢，後來因為一場大病，便啞了。可是，每次提到妻子，他眼裡都會閃著叫人羨慕的興奮，驕傲地告訴我，她做的手拉麵，有多麼的好吃，在他生動的描述裡，我都禁不住口舌生津了。

我問他：「比最道地的蘭州拉麵還好吃？」

「那當然了，我要是有錢了，開一個拉麵館，保證顧客盈門。」他滿臉的自信。

有一次，他又向別人炫耀她做拉麵的手藝，她羞澀地直攦手，嘴裡咿咿呀呀著，似乎在謙虛自己的手藝。他反倒更開心了：「我老婆還挺低調，還能進步。」

那個瑞雪紛紛的冬日午後，我站在陽臺上，突然被眼前的一幕吸引住了：只見他推著車子，她與他並肩而行，忽然，她轉身來，為他繫了一下那條蓬鬆的圍脖。見他臉凍得有些發紅，她又搓搓兩手，放到他的臉上。他有些不好意思地朝四下望望，兩人眼睛裡的幸福，看得人心暖。

誰說「貧賤夫妻百事哀」？在他和她的臉上，我沒有看到過一絲的愁容。即使那天他提到遠方的母親病了，自己卻無法回去探望，因為女兒的上學的事情還沒辦妥，他依然像是安慰別人似的，豁達道：「過日子，總會有一些不順心的事，咬咬牙，就過去了。憂沒有用，愁也沒有用。」

因為我這些年來，發表了許多勵志類的文章，賣給他的許多樣刊，他竟然都閱讀了。那天，他很誠懇地告訴我：「你寫的那些文章，真好，讀著讓人感動，給人力量。我都留著，等我女兒認識字多了，我拿給她看，肯定對她有幫助。」

既然他那麼喜歡我寫的文章，也算是遇到知音了，我提出贈他新出的書，他有些受寵若驚地連連道謝，一遍遍地看著我的題字和簽名，喃喃道：「這下子，回到老家，又有驕傲的啦，有作家贈我書呢。」

不久，他送給我一大布袋的決明子，讓我裝到枕頭裡，做枕芯，能促進睡眠。

原來，我此前不經意地說過，自己好長一段時間睡眠品質不大好，他居然記住了，打電話給老家，特意蒐集了決明子寄來送我。我要付給他錢，他執意不肯：「你把我當朋友了，送我無價的精神食糧，我給你一點東西，怎麼能收你的錢呢？」她也在旁邊打著手勢幫腔。我不再堅持了，他們竟像得了很大的實惠，開心地笑了。

日子在悠悠地向前滑行。時常地，我能看到他和她穿街走巷的身影，看到他們在早市上手牽手買菜，聽到他爽朗的聲音，看見他們陽光明媚的笑容，還有他女兒成長中的點點滴滴的喜悅，他們遇見的新鮮事⋯⋯在我的印象裡，似乎他們的每一天，都是享不盡的良辰美景。

我把他們的故事講給我的學生，把那些動人的細節寫進文章裡，講給更多的讀者。我相信：無論是誰，只要能夠像他們那樣，懂得與愛相擁，知道享受眼前每一刻的歡悅，那麼，即便是生活裡面有許多的不如意，也依然可以讓自己擁有無數的良辰美景。

第二輯　愛在，便有無數良辰美景

一 暗喜深愛

　　莫名地就心生喜歡了，喜歡他走路的姿勢，喜歡他伏案的背影，喜歡他說話的聲音，喜歡他爽朗的笑，甚至他素樸的衣著，他簡單修剪的短髮，她都喜歡。那樣無遮攔的喜歡，似一泓蕩漾的湖水，滿滿地盈於心田。當時，她25歲，剛剛大學畢業，他亦不過三十出頭，兩人都正值躊躇滿志的大好年華。

　　她知道，他是名牌大學畢業的高生，是公司積極培養的人才。還知道，他已成家，妻子是他曾經的同窗，是一個美麗而賢惠的女子，在一所明星高中任教，他們的幸福令人羨慕不已。但這又何妨呢？她只是那樣默默地喜歡他，不曾奢求什麼，更不曾表白什麼，潛滋暗長的喜歡，是悄悄流淌的小溪，只有春風和明月知曉，只有青山白雲知曉。

　　暗暗地喜歡他，的確是很美的事情。沿著散落了些許花瓣的石板小徑去辦公室，她心清氣爽，步履輕盈，彷彿重新回到了草色青青的16歲，滿眼皆是絢麗的花朵，皆是繽紛的詩句。偶爾，遠遠地看到他的身影，她會駐足在一叢丁香花前，假裝彼此只是雲淡風輕的偶遇，直到他的聲音遠去，她仍失魂地站在花前，彷彿小小的幸福剛一萌生，便被一陣疾風劫掠。

　　暗暗喜歡他，輕鬆中夾著淡淡的落寞，理智中藏著點點的衝動。獨自的時候，她會細心地對鏡梳妝，將新衣一件件地換來換去，想著哪一件會讓他眼睛一亮，哪一件會讓他驚訝失聲，所有的辛苦都變成了甜蜜，她一個人慢慢品味，像午夜的那杯濃咖啡，點點滴滴，都是意猶未盡。

　　由此，她謝絕了愛情。一個人守著一份無言的喜歡，悠然地看花開花落。

有時，她不禁自問：這樣無由頭的喜歡，是不是有些自作多情呢？很快，她便搖頭否決。喜歡就是喜歡，才下眉頭卻上心頭的喜歡，那樣明亮，那樣自然，欲說還休，彷彿易安女士如訴的聲聲慢，怎一個「情」字了得？

　　而他，始終帶著一副命運在握的自信與從容，以無可挑剔的優秀，走在事業輝煌和家庭幸福的路上，並不知道她的那些喜歡。也許他感知到了一點點，卻沒過多地在意，也許在他眼裡，她不過是一個有些可愛的普通女子，他匆匆向前的目光不會停在她身上。

　　他近乎冷漠的淡然，非但沒減弱她的喜歡，反讓她感覺到他的灑脫，感覺到他脫俗的高雅，她心中的喜歡越發強烈了，夜深人靜時分，那些奔湧的喜歡，潮汐一樣撞擊心扉，一下又一下，那決堤般的潰敗，讓她剎那間拋卻了所有的矜持與羞澀，像一個任性的小女孩，大聲地喊出了那個金子般的字眼愛。

　　只是，當陽光進小屋的時候，她又收攏起恣意流淌的愛，甚至連同那些喜歡也一併收藏起來。若無其事地上班下班，一身輕鬆地逛街、會友、旅遊，沒人發現她在他面前遮掩的那些喜歡，更沒人知道她在他背後那些膨脹的喜歡。

　　當喜歡的小樹，在她那方不為人知的心田中快速地生長起來，日漸枝繁葉茂時，她在人們的驚訝中，突然選擇了遠走異國，去了沙漠連綿的西部非洲。此時，她已過了三十歲的生日，許多簡單的外語單字都交給了遺忘。而他，已是公司最重要部門的經理，他與妻子、女兒牽手過馬路的景象，是公司裡的人們津津樂道的幸福寫照。

　　從一個陌生的國度到另一個陌生的國度，她像一隻被命運追逐的螞蟻，辛勤地做義工、做導遊、做商人，孤獨過，落魄過，也成功過，但她始終一個人承受著種種苦辣酸甜，只把快樂傳遞給國內的親人們，從

第二輯　愛在，便有無數良辰美景

沒提及那些刻骨銘心的痛苦。

西部非洲漫卷的風沙，吹皺了她的肌膚，卻無法吹散她內心沉甸甸的喜歡，她常常不由自主地想起他，想起他令她喜歡的種種的好。儘管她沒去打探過他後來的情況，但她相信他一定被幸福簇擁著。而這，就足夠了。守住自己心中的那份喜歡，只站在那個美麗的距離上，靜靜地看著他一天天地走在幸福的路上。無論是與他同在一家公司工作，還是她在異國他鄉漂泊，她一直恪守這樣的信條，痴得發傻，也認真得可愛。

世事無常，她無論如何也不會想到，一直被命運寵愛的他，也會遭遇人生的滑鐵盧，也會碰上足以令其一蹶不振的慘敗。那年，他辭去了那家大公司的要職，雄心勃勃地想開創更大的事業，一次投資不慎，他陷入了巨大的困境，欠下銀行數百萬元的貸款，焦頭爛額時，他的妻子又在一次車禍中失去了雙腿。

再次四目相對時，她心裡湧過陣陣疼痛：世事弄人，僅僅十幾年的光景，那個英俊瀟灑的他，竟蒼老得令人不忍面對，他鬢髮斑白，眼神黯淡，說話的聲音也有些弱不禁風了。

那一刻，她真想抱住他，大聲地告訴他：我一直默默喜歡的人，絕對不是這個樣子，絕對不應該是這個樣子。然而，她最後只是淡淡地勉勵了他一句：我相信你會站起來的。

不久，她把這些年來所有的積蓄都拿給了他，做他東山再起的資本。起初他堅決不肯接受，她便說算是暫且借給他的，他什麼時候發達了再還給她就是了。他不解地問她為什麼要這樣？她仰起頭來，只輕輕地回答了兩個字喜歡。

喜歡？望著她盈滿深情的雙眸，他語塞，一時無法讀懂那重若千鈞的兩個字。

是的，那橫亙歲月的內涵豐富的兩字喜歡，在她心頭縈繞了這麼多年，她都無法清楚地解釋，他又怎能驟然明瞭呢？

深深的喜歡，是愛嗎？是讓生命遠離滄桑的綿綿的愛嗎？無論是深深掩藏在心底，還是輕輕撥出，她都真切地感受到有一種無言的幸福，正沿著那兩個溫柔的字，穿過遼遠的時空，始終新鮮如初地簇擁在身邊，那樣美好，如花，絢麗綻放。

那樣愛著有多好

夏日，來去匆匆的地鐵上，那樣不經意地一次回眸，她便心生喜歡。儘管他與她沒有交流一句，彼此連對方的名字都不知曉，但那又何妨呢？她只相信上蒼讓她在最美的時候遇見了他。

此後整整一年，每天上班，她都要早起二十分鐘，繞遠乘坐那班地鐵，只為再次見到他。而他，竟如一陣突來的輕風，轉瞬飄逝，再難覓蹤影。

若干年後，她已為人婦、人母，與朋友聊起初戀的故事。她依然能描述出他的容顏，他的微笑，他的短袖衫，他肩上的挎包，甚至他手中那本雜誌的封面。

似乎一切都還沒有開始便已結束，那個他卻深深地植入了她的記憶，像一粒閃爍的星子，一直明亮在她愛的天空。

多麼神奇的暗戀。很簡單，很深邃。

某一本小說，我看了三次仍看得心潮澎湃，唏噓不已。

那不過是一位女子自傳性的回憶：一個女孩邂逅了一個男人，便一發不可收拾地愛了，而那男人天生風流，從一個國度到另一個國度，他的身邊一直不乏美麗、豔麗或浮浪的女子，他與她們真心或假意地揮霍

第二輯　愛在，便有無數良辰美景

著激情，對女孩痴情的追隨不屑一顧，可她仍那樣無怨地愛他，快樂而心疼地愛他。後來，他患上了愛滋病，幾乎所有的人都躲瘟疫似的遠離了他，唯有女孩義無反顧地走近他，關心他，呵護他，一直陪著他走完生命的最後一程。

在彼得堡遠郊的林中小木屋裡，女孩像一個勤快的主婦為他煮好咖啡，與他一起望著窗外紛飛的雪花，靜靜地傾聽著時光遠走的聲音。那一刻，女孩覺得自己是這個世界上最幸福的人了。

那樣執的愛，很古典，很現代。

在一期《今生有約》的電視節目裡，我見到了那樣一段走過漫長的人生依然新鮮如初的愛情：整整守望了六十年的她，終於在彌留之際，與海峽彼岸歸來的他雙手緊緊地握在一起。已是耄耋之年的他們，儘管許多舊事早已淡忘，卻依然清晰地記得當年他們走過的林間小路，記得她第一次與他約會時臉上羞澀的紅暈，記得他離別前匆匆的叮囑，記得他拿筷子的習慣，記得她走路的姿勢……

記者問病榻上幾乎已說不出話的她：「為什麼無怨無悔地等那麼久？」

她輕聲而清晰地答道：「因為相信他在等我。」

再問當年他們只是訂了親，還沒有走進洞房便被迫遠走他鄉的他，在幾十年音信杳無的日子裡，是否想過放手的問題。他連連搖頭：「根本沒有，因為相信她在等。」

只因為相信彼此都在等待著對方，所以，六十年的煙塵歲月，一點也沒有模糊彼此心中那曾經花樣的形容，沒有淡去心中濃濃的情思。那綿長的等待，因愛意充盈的浸潤，每一個細節，都散出了沁人的馨香。

那樣深情的愛，很輕柔，很凝重。

像一樹樹的花開，那麼多美麗的愛，就簇擁在我的周圍，隨時隨

地，我都會與各各樣的愛相遇，比如，那些一見鍾情的愛，那些纏綿悱惻的愛，那些生死相依的愛，那些清水白菜的愛，那些富麗堂皇的愛，那些或深或淺的愛，那些濃或淡的愛，那些或短或長的愛，那些或輕或重的愛……它們清風明月般地伴在我的左右，它們似水柔情地陪在我的身邊，將溫馨、溫暖、溫潤的芬芳，徐徐地吹送。

我喜歡《魂斷藍橋》(*Waterloo Bridge*)、《鐵達尼號》(*Titanic*)、《羅馬假期》(*Roman Holiday*)、《真善美》(*The Sound of Music*)等影視作品中的那些愛，那些穿越了遙遠時空，依然送來久久的感動與羨慕的愛，只那麼想想，心裡便暖暖的。

我也喜歡紅塵中那些凡夫俗子每日上演的那些愛，譬如，那位站臺上追著緩緩啟動的列車將一包橘子塞進車窗的老農，那位和丈夫一起推著收廢品的小車笑呵呵的妻子，那位像做研究一樣認真得一絲不苟的修鞋工，那位守著一脈青山怡然自得的老人，那一對懸在高樓間擦亮城市的年輕夫妻，那兩位牽手去西部支援教育的剛畢業的大學生……那些人間煙火味中的愛的織錦，一片一片地鋪展開來，就是一簇簇美麗的花朵，美了眼睛，富了心靈。

那樣愛著有多好。

因為懂得，因為疼惜，因為真摯，因為堅持，即便只是清純的一次邂逅，也有了那樣始終縈繞生命的懷戀，即使只是平常得近乎平庸的日子，也有了那樣有滋有味的故事，縱然只是因為一語簡單的承諾，也有了那樣足以橫亙歲月的傳奇……那樣愛著，很真，很善，很美。只輕輕地看上一眼，便叫人由衷地喟嘆那樣愛著有多好。

世間匆匆行走的每一個人，多麼希望你們能夠像我一樣時常地，隨處地，遇見愛，握住愛，與愛同行，書寫愛的篇章。那樣的日子，該是怎樣的美好？那樣的人生，該是怎樣的幸福？

第二輯　愛在，便有無數良辰美景

一 誰看到那些眼淚在飛

　　他叫梁思成，一位為建築而生的偉大人物，他的著作《中國建築史》至今仍是中外建築界的權威讀本，他與一代才女林徽因的愛情婚姻，完全可以媲美李清照、趙明誠那令人豔羨的曠世絕配。《林徽因傳》裡有一個非常貼切的比喻：「如果用梁思成和林徽因終生痴迷的古建築來比喻他倆的組合，那麼，梁思成就是堅實的基礎和梁柱，是宏大的結構和支撐；而林徽因則是那靈動的飛簷，精緻的雕刻，鏤空的門窗和美麗的闌額。他們是一個厚重堅實，一個輕盈靈動。他們的組合無可替代。」

　　面對飛蛾撲火般追求林徽因的詩人徐志摩，梁思成沒有心生醋意，他知道，徐志摩與林曾有過縷縷戀意，但已像《人間四月天》裡描寫的那樣，成了林徽因心靈深處的一道風景。所以，當徐志摩 1931 年 11 月 19 日飛機失事遇難後，梁思成從北平趕去處理喪事，從現場撿了一塊燒焦了的木頭，拿回去給了林徽因，林徽因把這塊木頭掛在臥室的床頭。直到她 1955 年去世，一直就這麼掛著。

　　獨自面對那塊木頭時，梁思成覺得那個浪漫無比的詩人，其實還是挺幸福的，因為他始終活在一個自己愛著的心靈裡。這時，他的眼角不禁一陣灼熱，恍然發覺，有些愛，原來可以如此純潔，如此執。

　　1932 年的一天，林徽因哭著告訴梁思成，自己苦惱極了，因為她發現自己同時愛上了兩個人。

　　聞聽此言，梁思成的整個心似乎都被攫住了，無法形容的痛楚，讓他近乎於崩潰。

　　他說讓自己好好地想想，一個人走回書房，拉上門，雙手掩面，心海波濤洶湧。許久許久，他的情緒才慢慢平靜下來。他開始感激林徽因的坦白和信任，開始思考：林徽因和自己在一起幸福，還是與金嶽霖在

一起幸福？他覺得自己的文學藝術修養還可以，但沒有金嶽霖的哲學頭腦。最終，他把選擇權交給林徽因，說她是自由的，如果她選擇金嶽霖，他會送上衷心的祝福。

林徽因流著眼淚，把他的話告訴了金嶽霖。金嶽霖感嘆道：「看來思成是真正愛你的，我不能去傷害一個真正愛你的人，我應當退出。」

自此，金嶽霖將一份深愛埋藏在心底，終生未娶。三個人清純、美麗的愛情故事，成為人們傳誦的佳話。

1937年，身為名門貴公子的梁思成，帶著同是名門千金的妻子林徽因，一同爬上覆蓋著千年塵土的山西佛光寺大殿的梁架，耐心細緻地對其進行了詳盡的測繪，並拍攝了大量的照片。

走過泥濘的山路，拖著滿身的疲憊，來到下榻的簡易的旅店。他仍掩飾不住內心巨大的喜悅，一個人站在院子裡，面對浩瀚的星空，潸然淚下，因為他知道，他有了自己學術生涯中最重要一次建築考古發現，山西省五臺山附近深山中建於西元857年的佛光寺大殿，至今仍是在中國能夠找到的最古老的木建構築物之一。

後來，梁思成為保護北京的古建築，不停地四處奔走、呼籲、上書，然而，他這位充滿古典主義精神的美學家的遠見卓識，在那個處處拆舊布新的時代，越來越少了知音，千年古城被破壞得令人痛惜不已。

在那些很有文物價值的歷代帝王的牌樓被拆掉後，梁思成一個人躲在屋子裡痛哭了好幾次。因為每一處從眼前消失的古建築，都是他心中無價的寶貝。他實在無法理解，1949年之前當局竭力保護的那些古建築，為何會在現代化建設時期，被曾經的「保護者」毫不珍惜地毀掉了呢？他內心的困惑與痛苦，無人懂得，他聲嘶力竭的呼告，無人傾聽。

他只能一個人，蝸居於斗室內，面對著自己為北京描繪的難以實現

的城市美學藍圖，忍著心靈被啃咬的苦楚，暗暗垂淚，渾然不知已是午夜時分。

偶爾，有人看到，梁思成一個人徘徊在北京正在拆毀的城牆下，守著那些殘垣斷壁，淚溼衣襟，失魂落魄。正像一位作者所描述的那樣：「這就是梁思成，一個失敗的美學家，最後一名為古典北京哭喪的人，一個在家園意識和古典審美中左右奔突的迷路人，一個讓我們熱愛、讓我們悲傷的中國知識分子。」

斯人已逝，風骨猶存。他愛那麼真，無論是對愛情，還是對建築藝術。誰看到了他那些紛紛飄灑的淚？誰看到了那一滴滴的晶瑩裡，藏著一塵不染的愛，藏著柔軟如玉的善，還有那任何語言都顯得蒼白的大美。

與你一道演繹最美的喜劇

1942 年的冬天，被譽為「美國半個世紀美的化身」的女子烏娜‧歐尼爾（Oona O'Neill）從曼哈頓來到紐約，參加了那個菁英匯聚的沙龍。她剛一走進屋子，周圍一切都在瞬間黯淡下來，所有的光亮都驟然湧向她。在場的藝術家們的目光都毫不掩飾地落到了她身上，都驚詫於她那超凡脫俗的美麗和由此產生的不可抗拒的魅力。

她搖曳的身姿，飄逸的秀髮，典雅的笑容，澄淨如水的明眸，如詩的羞澀……無一不抵達了美的極致。面對她驚豔卓世的美，那一刻，所有的語言都蒼白無力，所有的色彩都黯淡無光，所有的聲響都靜寂下來，大家全都屏住呼吸，靜靜地欣賞她無與倫比的美。

「她美得光彩照人，含而不露的巨大魅力，讓人禁不住要憐惜地托在掌上，生怕她會像陶瓷一樣被碰碎。」閱人無數、身邊一向美女如雲的

著名喜劇家查爾斯·卓別林（Charles Chaplin），只那麼驚鴻般的一眼，就被她神奇的美震顫了。

她與他目光只輕輕地一對，彷彿時光倏然滑過了萬水千山，滑過了前世今生。

「讓我們一起演繹最美的喜劇吧！」他盈滿愛意的熱切一喚，她年輕而浪漫的心便被迅速點燃，她飛蛾撲火般地向他奔來，奔向他熱情張開的雙臂。很快，他們便忘情地墜入了愛河。那一年，烏娜17歲，卓別林53歲。

他們的愛情在一開始便遇到了極大的阻力，烏娜的父親尤金·歐尼爾（Eugene O'Neill）1936年諾貝爾文學獎的得主，雖然自己是一位典型的風流才子，但他決不容許自己的寶貝女兒，嫁給家庭生活極其混亂、緋聞一直不斷的卓別林。要知道，在認識烏娜之前，卓別林已有過三次婚姻，即使是他與烏娜熱戀那段日子裡，他也依然緋聞不斷。

烏娜的父親更看好的是後來以一部《麥田捕手》（The Catcher in the Rye）名揚天下的青年作家沙林傑（Salinger）。烏娜在去紐約之前，沙林傑在烏娜的家裡認識了她，並在她父母的讚許下，兩個人有過一段甜蜜的約會。在曼哈頓的大街小巷，烏娜與沙林傑曾留下愛的足跡。然而，天生不懂得浪漫，不會經營愛的沙林傑，此時因突然爆發的戰爭，應徵入伍，被派往前線。隨著空間距離的拉大，兩顆心的距離也拉大了。

儘管父親竭力地反對，甚至達到了父女反目的境地，儘管眾多世俗的、鄙夷的和懷疑的目光，一直追隨著他們，烏娜和卓別林的愛情卻沒有被扼殺掉，反而蓬勃地生長起來。

終於，纏繞在他們身上的麻煩一一地被清理掉，橫在眼前的障礙一個個地被搬開，烏娜和卓別林的盛大婚禮場景，占據了全球各大媒體重

要的版面。看到報上他們幸福的結婚照,遠方的沙林傑心裡十分難受,他在隨後創作的小說中,對卓別林進行了一番暢快的羞辱。

卓別林幼年時父母離異,曾給他心靈投下一抹濃重的陰影;成長的歲月中,他又飽嘗飢寒和羞辱,加上母親精神病不時地發作,使他這位銀幕上的喜劇之王,生活中的浪子,只能靠一部部作品和一個個女人消解內心深懷的恐懼。

誰也不曾想到,正是烏娜執而熱烈的愛,給卓別林一度悲傷無助的心靈送上了最好的慰藉,給他帶來了從未有過的安定感和幸福感,他一直瀰漫心頭的巨大的恐懼和憂鬱,在烏娜溫柔的呵護下,很快便一掃而光。

從此,卓別林像換了一個人,開始了全新的生活。那些娛樂記者很難再發現他的緋聞,倒是很容易就捕捉到了他和烏娜相親相愛的幸福情景,那些自然、美好的情節,令許多當初不看好他們愛情和婚姻的人們跌破眼鏡。

應該說,烏娜是一個絕對優秀的愛人,從最初義無反顧地嫁給卓別林,到後來在卓別林被政府驅逐出境、流亡歐洲的那些艱難歲月裡,她一直是卓別林最可靠的堅強支柱。她甚至冒著極大的風險,像一個機智的特務,將支票藏在大衣的夾層裡面,躲過海關人員的重重檢查,來到瑞士,與卓別林共度美好的晚年。

著名作家波娃(Simone de Beauvoir)和薩特(Jean-Paul Sartre)在拜訪卓別林後的文章中,也對烏娜優卓的表現大加讚賞,說她是一個「偉大的妻子」,她的高貴和樸素,她的天真與成熟,都是那樣顯而易見。

卓別林在他的自傳裡回憶了以往生活中的一些女人,對她們吝嗇得幾乎沒有一句褒揚的話,對烏娜,他卻慷慨地獻上了綿綿的讚賞:「她是

我生命中最美的女神」「我們開始了天作之合的幸福生活」「我一心只想將一切毫不保留地獻給她」……

儘管與烏娜結婚之後，卓別林再沒有更好的作品問世，但他絲毫不後悔。烏娜給他生了 8 個孩子，尤其是定居瑞士德班堡以後，卓別林和烏娜盡情享受了家居生活的寧靜與幸福，享受了美好愛情恆久的甜蜜。

1977 年，88 歲的卓別林在平安夜的喜慶中，安詳而恬靜地謝世。14 年後，烏娜追他而去，在天堂中繼續他們的幸福時光。

斯人已逝，但他們傾情為世人演繹的一段人生喜劇，演繹的一段美好的愛情絕唱，卻仍在歲月的長河中熠熠生輝。

第三輯　誰是你今生念念不忘的美

第三輯
誰是你今生念念不忘的美

誰是你心陌上不謝的花蕊？誰是你永不褪色的記憶裡的風景？誰是你萬水千山走遍依然美麗如初的倩影？百轉千迴以後，始終無法忘懷的愛，如此遙遠，又如此近切，遠山一樣深邃，春風一樣溫馨。

凋落，也是一種美麗

一位法國女詩人說，有一種愛情，就像花朵，美麗不在綻放的時候，而是在凋落的時刻。

可是，幾乎所有的人，都特別喜歡枝頭繁花錦簇，卻很少意識到，當愛開始飄墜的那一瞬，另一種美麗已開始啟程。

一個男子，愛上了一個女子。他和她從小青梅竹馬，中學時便開始戀愛了，為了能夠在同一座城市讀大學，男子放棄了好學校，選擇了家鄉的一所很普通的大學，只因她考得不理想，勉強進了家鄉的一所高職。大學裡，他年年拿一等的獎學金，還轉讓了一項發明專利，得了十萬元的報酬。他慷慨地幫助她，為她交學費，給她買漂亮的衣服，陪她去聽演唱會，像對待公主那樣，對她呵護有加。一晃，兩人讀完了大學，他與她談論婚嫁的事，她反而不急，說再等等。這一等，便是兩年多，而他等來的最終結果，卻是她要遠嫁異國。原來，讀大四那年，她戀上了新加坡來的一個留學生，她要嫁的是他。

凋落，也是一種美麗

　　他把自己關在小屋裡，枯坐了三天三夜。他怎麼也不會想到，本以為堅如磐石的愛情，匆匆地說走就走了。若不是自己親歷，他說什麼也不肯相信，她決地離開時，似乎並沒有多少愧意。儘管後來那個「橫刀奪愛」的新加坡小夥子，要替她塞給他一筆錢，算是補償。而他，斷然拒絕了。愛已走開，再多的錢，又有什麼意義呢？

　　難道就那樣便宜了那個負心的女子？好友憤憤地要代他去找她，質問她為何辜負了他的痴情，再羞辱她一番。他連忙擺手，阻攔了好友義憤填膺的「討伐之舉」。

　　好友不解：「你那樣卑微地愛她，沒有半點抱怨？」

　　他若有所思地反問了一句：「你會抱怨一朵凋落的花嗎？」

　　好友有些困惑：「當然不會。」

　　他一語平淡：「愛如花，凋落的時候，也同樣無抱怨，只默默地面對凋落的美麗。」

　　好友依然有些不解：「一個渴望花開的人，欣賞凋落的美麗，難道不會心痛？」

　　他平靜道：「一個真正會愛的人，懂得愛的萌芽、愛的綻放、愛的凋落，其實都是愛的枝頭流動的美麗，都值得欣賞，就像欣賞雲捲雲舒一樣。」

　　原來如此！

　　好友不禁讚嘆他的襟懷和睿智。

　　這時，他卻有些不好意思了：「當初，她突然地離去，我也曾痛不欲生，甚至一度懷疑過世間是否有真愛存在。就在我心灰意冷之際，我讀到了那位法國詩人寫的回憶錄，在詩人動情的講述中，我恍然明白了既然有些愛，注定要像飄落的花瓣隨風而去，無論怎樣的努力，都無法挽

第三輯　誰是你今生念念不忘的美

留，那麼，為何不平靜地目送花落，就像欣然地看著花開？因心中的那一份慈悲，會驀然發覺那逝去的愛，也有一種無言的美，只要慧心地品味……

多年以後，他又遇到了美好的愛情，並如期地走進了幸福的婚姻殿堂。

偶爾，他也會想到那個遠在異國他鄉的她。對她，他心裡早已沒有了一絲的恨，只有一份真真的感謝，謝謝她在青春如花的年紀，曾陪他走過苦樂相伴的一程，並讓他真正地讀懂了愛情的要義。

記得一位哲人說過，看一個人的品性和智慧，不能看他得到的時候，而要看他失去的那一刻。

能夠從絢爛的花開時節，看到美麗的風景和詩意，那是小孩子都有的眼睛；能夠從飄落的花瓣裡，看出美麗的詩意和思想，則是智者才有的眼睛。

如是，渴望愛的人，還有什麼理由，為那些離去的愛，一再哭泣呢？須知：錯過了月亮，還有星星呢，更何況，許多的錯過，誕生的不僅僅是遺憾，而是另一次美麗的花開。

杯酒愛情

認識他是在朋友組織的一個飯局上。她遲到了 10 分鐘，因為胃有點不舒服，她先順路去藥店買了一瓶胃舒寧。

一進門，她便感覺居於主位的那位中年人，有些老謀深算。果然，她剛一落座，那位張處長便提議她自罰一杯酒。她解釋自己身體不適，朋友忙起身代她喝了一杯。但只過了幾分鐘，那位張處長又舉杯，要她乾一杯酒。她拿出了藥瓶，也不被放過。朋友也有些愛莫能助了，大家

杯酒愛情

一起望著她，酒桌上的氣氛立刻尷尬、緊張起來。

這時，他起身端起她的酒杯，一咬牙，將滿杯的酒一飲而盡，嗆與辣，讓他立刻涕淚橫流。而那位張處長對他的「英雄救美」很是惱火，非要逼著他再喝兩杯，理由是他剛剛說過自己滴酒不沾的。他漲紅著臉，一再表白自己的確是酒精過敏，說著擼起袖子，大家都看到了他紅斑點點的手臂。然而，那位張處長仍對他不依不饒，任是誰求情也不行。

好脾氣的她也惱了，拉起他便往外走。剛一出門，他便吐得一塌糊塗。

打車將他送到住處，看著他那痛苦的樣子，她心疼地拍著他的後背，讓他使勁地往外吐。直到他吐到癱軟，連遞到手裡的紅糖水都端不住了。

她問他：「既然不能喝，為何還要逞能？」

他輕輕地說了一句：「當時，我只是不想讓你難受。」

她的心不禁一顫彼此只是初相識，尚不了解，他便不顧眾人的嘲笑，拚了命，也要替她喝下那杯烈酒。真是一個仗義的好男人。

接下來的情節，就像許多童話故事一樣：他們先是戀愛了，然後走進了結婚的殿堂，從此過上了幸福的生活。

然而，就像某些俗套的故事老舊的轉折，他和她的幸福婚姻，剛過了「七年之癢」，便宣告結束了。說不出從什麼時候開始，兩人的感情便一天天地淡了，努力地彌補也無濟於事。最後，只好一個向東，一個向西。

平靜地分割了財產，去戶政事務所辦完了必要的手續，已是暮色蒼茫時分。路過一家西餐廳，他提議再共進一次晚餐。她默許了，兩人一前一後走進去。

第三輯　誰是你今生念念不忘的美

　　他點了她平時最喜歡吃的罐裝烤肉和法式牛排。精緻的菜餚端上來了，她卻突然沒有了一絲的食慾，只想喝一杯紅酒。

　　她苦笑著問他是否也來一杯，他立刻搖頭：「我有點頭痛，不想喝。」

　　她突然想逗他一下，有點撒嬌地盯著他：「難道你看著我一個人喝，你不能陪我喝最後一杯？」

　　他有些愧疚地低頭：「我知道你心情不好，還是不要喝了吧。」

　　她狡辯：「我心靜如水，無所謂好與壞。」

　　說著說著，她心裡尚存的那絲絲縷縷的牽絆，突然間就賺斷了，像一根繃斷的琴弦，她分明聽到了心底的那一聲脆響。她慢慢地端詳那杯紅酒，像端詳一段起伏的人生。

　　走上燈火闌珊的長街，清涼的夏風，撩起她如瀑的秀髮，她猛然想起一首題為〈這一杯〉的詩：「這與秋風一道暢飲的一杯，這與落葉一同絢美的一杯，這與清愁一刀兩斷的一杯，這與無悔一生追隨的一杯……我虔誠地雙手舉起，舉到渴望燃燒的唇邊，一滴未沾我就已經沉醉。」原來，一杯酒，可以濃了一片愛，也可以醉了一段愛，還可以忘了一份愛……在每一杯酒裡，都可能藏著許多愛的苦辣酸甜。

　　那就是真的愛了，我那般奮不顧身，為你拚一醉，大口地灌下辛辣的烈酒，多麼柔弱的一個小女子，也會驟然剛烈得令五尺男人也要敬畏三分。同樣，若是愛走遠了，怎樣妖嬈的月色，也沒了欣賞的興致，任是多麼濃香的花雕，無論怎樣地細品慢酌，也只淡淡的無味的一口白水。

　　酒有濃淡，愛情亦然。

　　曾經愛得那般一往情深，蕩氣迴腸，可隨著時光的流轉，那愛已模糊了形容，黯淡無光了。正如那拔了木塞的紅酒，沒過多久，就再也不堪啜飲了。

如果過了很久很久，那愛仍在，且日久彌堅，一如陳年的那罈老酒，越發地甘冽、醇厚。

那無疑是深愛了。

無論是淺斟慢酌，還是暢快豪飲，我都喜歡那些如酒的愛情，可以熱烈，可以綿長，可以迷醉，可以回味……可以獨自舉杯，一個人地老天荒；也可以兩個人四目相對，邀來清風明月，撞響盈盈愛意，與無邊的幸福時光酣暢對飲。一杯，一杯，且歌，且醉。

我不會做一個追飛機的人

那時，他還是一個窮學生，是她將辛苦爬格子累積的稿費全拿了出來，幫他讀完了研究生。還是她，費了無數的周折，了那麼多的笑臉，終於幫他留在了城市，並謀到一份相當不錯工作。

新婚之夜，他滿懷感激地說：你為我做了那麼多，今後我一定好好地回報。

她捂他嘴：別說生分的話，因為愛你，為你做什麼，我都願意。

他更感到幸福了，激動地發誓要一輩子好好地愛她。

兩個人你唱我和，恩恩愛愛，日子流水般地奔淌。轉眼間，進入婚姻七年了，誰也沒想到，曾信誓旦旦的他，也未能逃脫「七年之癢」的魔咒，沒能抵住一個比她更年輕、更漂亮、更懂風情的女孩的誘惑。

他愧疚地提出分手時，她沒有哭，也沒有鬧，甚至沒有半句的責怪。好像這一天的到來，她早已料到，儘管此前一天，她還幫他熨好了週一要穿的西服，替他擦亮了皮鞋。

她沒有接受他補償性的照顧，與他平分了家產，拖著一個小拉桿

第三輯　誰是你今生念念不忘的美

箱，走出那個留下了許多歡聲笑語的溫馨小屋。那一刻，她那樣出奇地平靜，彷彿自己只是出一次遠門，衝他說了一聲「好好照顧自己」，便轉身離去，一次都不曾回頭。

她也有洶湧的淚水，但沒有在眼睛裡流淌。

住進朋友開的賓館裡，她平生第一次，那麼長時間地將自己坐在澡盆裡，整個身子都被翻騰的白色泡沫包圍著。她一遍遍地揉搓著不再柔嫩如初的肌膚，好似要搓去一截光陰。

開大了音響，眼淚簌簌如雨，而後便是撕心裂肺般的啕。

情緒漸漸平緩下來，她給自己斟了一小杯紅酒，慢慢地啜飲，她開始有一種解脫般的輕鬆。那一夜，她沒有服一片安眠藥，竟能安然入睡，甚至還做了一個讓她差點笑出聲的美夢。

第二天早上，當滿懷擔憂的朋友來敲門時，她正哼著一首流行歌曲，怡然地對鏡梳妝呢。

朋友一臉的驚愕，上前摸摸她的頭：「不是發燒，是神經出問題了吧？」

她居然沒心沒肺地安慰朋友：「託菩薩保佑，本女士身體健康，心理健康。」

不糾纏也就罷了，為什麼不傷、不惱、不怨、不恨……朋友一頭的霧水，怎麼也想不透。

她笑呵呵地把朋友扳到沙發上坐好：「很簡單啊，我不能傻得去做一個追飛機的人。」

朋友恍然想起，那次兩人到黃山旅遊，中途塞車，朋友急得抓心撓肝，恨不得生出雙翅，飛過那蠕動如蝸牛的汽車洪流，直達機場。轉身看她，滿臉雲淡風輕的不以為然。

朋友焦急地搖著她的手臂：「若是趕不上飛機怎麼辦？」

「那就等下一班唄，反正我不能做一個追飛機的人。」那年，她 25 歲，卻有著 52 歲的淡定。

既然明知留不住，為何還要死死地挽留？本已受傷的愛，為何還要弄得千瘡百孔？何況當初，彼此相愛是發自內心的，有著美麗動人的情節，就像今天他們的緣分已盡一樣，一切都是真實的。

她最喜歡張愛玲的小說《廣島之戀》最後一句：「我們就到此為止，僅此而已。而且，永遠停留於此。」

從那以後，她將舊愛擱到了彼岸，一個人悠然地跟著一群老太太在公園裡晨練，一個人神清氣爽地去健身房做瑜伽，一個人坐在路邊攤裡邊吃邊看風景，一個人在酒吧裡寫詩歌，一個人去了馬達加斯加，甚至一個人沿著三毛當年走的路線，穿越了一次撒哈拉……

誰也不會料到，她當年愛得那麼熾烈，卻分手分得那麼決。如今，一個人，活得依然精彩，依然有滋有味。

如果，一段愛到頭了，請想想那個聰慧的小女子說的和做的，輕輕地告訴自己即便那愛再美，卻走就走了，一個人繼續趕路。絕不去犯傻，不去做一個追飛機的人。

分手後還要愛

英國歌唱家朱莉婭在巴黎留學時，愛上了一位著名的音樂製片人柯里斯。當時，柯里斯已有妻兒，她曾專程拜訪過他的妻子，與其有過推心置腹的交談。沒想到，那位金髮碧眼的女子，坦言丈夫確實很受異性歡迎，但她自信地告訴朱莉婭，誰都無法從自己身邊奪走丈夫。

朱莉婭知難而退了。但她並未由此退出他的視線，而是繼續在他的

第三輯　誰是你今生念念不忘的美

工作室兼職。此後，她竟與他的妻子成了無話不談的好朋友。她說，那很正常，因為們都愛那個優秀的男人。

回到家鄉後的朱莉婭，依然同柯里斯夫婦保持著密切聯繫，她經常會收到柯里斯寄來的最新流行音樂唱片。她第一次結婚時，柯里斯還專程前來祝賀，並當眾獻上了一枚心形的寶石項墜。

從最初的相識，到後來彼此相互真誠的關注，親如一家人，一晃就是50年。這期間，朱莉婭在事業上一路高歌猛進的同時，也經歷了三次失敗的婚姻。柯里斯在贏得了一項項大獎的輝煌歷程中，飽嘗了妻子病逝、兒子進了精神病院、自己患了尿毒症的種種痛苦。

那個落葉金黃的秋天，在香榭麗舍大街上，他們再次相逢。昔日的妙齡男女，均已是年過花甲的老者。彼此的眼睛裡，流露的仍是溫暖的愛戀。誰說紅顏彈指老？他們歡悅交流，一如爛漫的曾經，彷彿老去的只有時光。

不久，由尿毒症引發的併發症，將原本健碩無比的柯里斯折磨成了一個瘦削的小老頭。她聞訊，再也坐不住了。立刻趕到他身邊，拉住他的手，請求陪他走過生命的最後一程。他被她的認真感動了，同意她與他住到了一起。她像一個特別稱職的妻子，細心地照顧著他衣食起居。在同病魔頑強的抗爭中，他們將一份至愛演繹得如此靜美，一如那些經霜的紅葉。

一場以分手開始的愛情，最終卻走向了令人唏噓不已的圓滿。那不止關乎優雅的歐式風度，更關乎始終瀰漫在心靈深處的真情摯愛。

在那期的情感訪談節目中，一位三十多歲的女生，剛剛經歷了一場撕心裂肺的愛情背叛。談了7年的戀愛，那麼多的海誓山盟，似乎早已將兩個人連在了一起。然而，毫無徵兆地風雲突變，他竟愛上了她的從國外歸來的好友。分手時，他說自己依然愛著她，只是不能給她一份婚姻了。

她憤憤然，既然分手，又何必說什麼愛呢？她實在無法容忍他的「那種虛偽」，認為他的這番表白，是對她的欺騙，更是對她智商的嘲笑。

專家問她現在是否還恨他，她毫不遲疑地一連串蹦出三個字恨，恨，恨。

專家微笑著告訴她：我相信，他分手時說愛你，不是欺騙，不是虛偽，只是無奈。就像你此刻恨他，其實是心裡有扯不斷的愛。

她面帶困惑地盯著專家：我現在恨不得殺了他，哪裡還有愛啊？

專家一語驚心：恨，是因為有放不下的愛，如果不愛了，就會淡然或淡漠，不會像你現在這般在意他。因為，愛的反面，不是恨，而是淡漠。

女生點頭承認，他仍未走出自己愛的疆域。

曾經讀過一篇文章〈緣盡時，請讓我們說愛〉，兩個年輕的博士，平靜地分割了財產，道了祝福，在溫馨的咖啡廳，聽著舒緩的鋼琴曲，彼此叮囑著分手後的生活裡，各自需要注意的事項。甚至，兩人還開了一個友善的玩笑，彷彿他們不是在分手，而是在趕赴一場愉快的約會。

他們說，曾經愛得纏綿悱惻，現在只是感情淡了，並非消失了。既然擁有過許多美好的往昔，為何不在分手時，多留下一份愛，多留下一些美好的東西？

我們都是人間煙火裡的凡夫俗子，在愛情和婚姻的道路上，有聚，就難免會有分。分手之後，依然能夠真誠地說愛，就是對愛的最好的珍惜。分手了，但生活依舊，收藏起曾經的甜蜜與憂傷，我們還要繼續趕路，多一份愛陪伴，相信後面的路會走得更好。

如是，若真的面對分手，請你依然說出你的愛，請我也坦然地接受那份愛。就像我們曾經幸福地走到一起，我們平靜道地別，互致愛意，歲月靜好，現世安妥。

第三輯　誰是你今生念念不忘的美

一 愛了就會心疼

那天，隨手開啟電視，正直播一檔頗受歡迎的相親節目。在親朋好友推介環節，她竟邀來了前夫，而他，這樣誠懇地請求她未來的愛人：「有時，她焦慮了，會出現微微的偏頭疼，愛上她的男人，一定要讓她少一點焦慮。還有，吃魚的時候，別忘了幫她挑一下刺。」

若不是她的特別介紹，誰都不會想到，鏡頭中對她細緻入微地呵護的那個他，竟是已與她分手了五年的前夫。

主持人忍不住好奇地問她：「他那麼體貼你，你有什麼話要對他說嗎？」

她未加思索，輕柔地提醒前夫：「希望你一定按時吃早飯，你的眼睛不好，別在電腦前工作的時間太長，還有，想著每天晚上一定要泡腳，免得你那油性的腳底又乾裂了。」

已經姻緣兩斷的兩個人，在那樣一個萬眾矚目的場合，竟如此真切地關心著對方，從那些尋常而重要的細節裡，從真情流露的語氣裡，仍能感受到他們彼此的念念不忘。

佛家有言：愛過了就會慈悲。你的好，我會記得，你的痛，我也會記掛著。因為曾經愛過，無論走出多遠，儘管你我已有了新的生活，但仍會為對方心疼，希望對方過得更幸福……

記得在報紙上曾讀過這樣的一則動人的新聞：

一對從偏遠的鄉村到城市裡尋夢的戀人，經過多年艱苦的打拚，終於累積了一大筆財富。苦盡甘來的男人，被大都市驀地誘惑，一時迷住了眼睛，對身邊日漸顯得蒼老的女人，少了熱情，開始迷戀更年輕的女子，直至兩人平靜地分手。若干年後，男人患了肝癌，必須進行肝臟移植，才能挽救生命。這時，已遠嫁他鄉的女人得知了他的病情，沒有絲

毫的猶豫，便走進了醫院。經過化驗，她竟然符合肝臟移植的配型要求。接下來，她不顧親朋好友的一致反對，毅然決定捐肝救男人。

結果，手術非常成功，男人感動而愧疚得熱淚滿面。

當記者採訪她：「難道你不恨他當年對你的情斷義絕嗎？」

她一語平淡：「當然恨了，不過，那已是過去的事了。」

「現在呢？」記者追問她。

「現在，我只希望他能好好地活下去。」她語氣裡充滿了溫柔的疼愛。

原來，分手後，她並沒有忘記他的壞，但更記得他的好。即使不再愛了，也還有心疼。

那心疼，源自於曾經綿綿的愛，也承載著如今不肯割捨的愛。

她秀恩愛，我晒太陽

袁泉和男人曾經一同在國內外辛苦打拚，數年後，終於有了房子、車子，雖然在城市裡那仍只能算是小富，男人卻開始移情別戀。那個讓他轉身的名叫張悅的女子，年輕，漂亮，還有一點才情，寫一手不錯的文章。

知道已然覆水難收，袁泉不糾結，不糾纏，灑脫地放手，絕不拖泥帶水，很大度地將房子、車子盡歸男人，存款對半平分，她轉身而去，臉上甚至有淡淡的微笑。

閨蜜責怪她不該便宜了那個「第三者」，應該要房子，多要存款。

袁泉輕描淡寫道：「男人都拱手相送了，房子、金錢還重要嗎？」

「我是說，你一個人生活，需要堅實的物質基礎。」閨蜜考慮她未來的幸福。

第三輯　誰是你今生念念不忘的美

「從前，最困難的時候，錢包裡只有買兩袋泡麵的錢了，都挺過來了。」袁泉似乎對接下來的生活信心十足。

沒想到，張悅搶了別人的老公，居然沒有半點羞愧，還在部落格裡晾晒自己與那個「二手男人」的恩愛：從日常的家居生活，到旅遊度假，從工作的舒心，到二人世界的溫馨，一張張幸福洋溢的照片貼出來，一首首情深意切的詩歌貼出來，甚至連她煲的湯、攤的雞蛋餅，也拍了照片放到部落格裡，引來許多的圍觀者。

有網友知曉了張悅的愛情婚姻來龍去脈後，對她高調的張揚，開始評論、留言，說她做了「小三」，還不知羞恥地大秀恩愛。對此，她卻全然不懼，頂著那些蜂擁而至的嘲諷、譏笑甚至謾罵，依然旁若無人地繼續大秀夫妻恩愛。

那個被順勢推到風口浪尖的男人，似乎真的被幸福陶醉了，竟站出來，撰文逐一批駁那些對妻子指責的言論，毫不掩飾地婦唱夫隨。

閨蜜將這一切講給袁泉時，袁泉彷彿在聽一個有趣的故事，面露微笑：「好啊，他們幸福，就好。」

「難道心裡就沒有別的滋味？」閨蜜有些忿忿不平。

「沒有啊，她秀恩愛，我晒太陽，我們各尋各的幸福，這樣的結果，難道不是最好的嗎？」袁泉一副世事洞明的平靜。

其實，從分手那天開始，袁泉就決定過一種新的生活，她要像灑脫的三毛那樣，揹著簡單的行囊，萬水千山走遍，讓不同緯度、經度的陽光，陪伴自己一路前行。

她一個人去了夏威夷的西海岸，躺在溫暖的沙灘上，靜靜地享受溼潤的海風和暖暖的陽光，她驚然發現，從前的很多忙碌，實在沒有多大意義。還有，在哈瓦那島上，聽著那首〈美麗的哈瓦那〉，陽光在頭頂跳

躍著，她和當地人一同懶懶地坐在椰樹下，望著碧藍的大海，什麼都可以想，什麼都可以不想，彷彿真的進入了一個自由的世界。

那天，她在撒哈拉大沙漠裡迷了路，居然一點也沒驚慌，一個人裹著一張毯子，躺在白天晒得很熱的沙窩裡，仰望深邃的星空，思緒悠悠，一夜無眠。

沒有想到，她這個學理工的，有一天會拿起筆來，把自己一路行走的見聞和感受，變成那些鮮活的文字，並且很快就引來了那麼多關注的目光。有出版社編輯找到她，給她出了一本書《人生要懂得晒太陽》，銷得出奇地好，為她贏得了不少粉絲。

她接受了許多網友邀請，設計了最省錢、最便捷的行走路線，很多時候，她都選擇搭順風車，住汽車旅館，或者睡網友的沙發，錢包裡即使只剩下很少的一點錢，她也從沒發愁過。她說，一個人心裡有了遠方，接下來要做的，就是邁開雙腿。

她特別喜歡晒太陽，在海濱、在大漠裡、在繁華的都市、在偏遠的山野；灼熱的陽光、和煦的陽光、刺眼的陽光、輕柔的陽光……她沐浴陽光，接受陽光的親吻，陽光戀人般地陪伴著她。

袁泉在一篇文章裡，講到在海地大地震發生後，她看到一幅震撼心靈的情景：在一片廢墟上，十幾個皮膚晒成古銅色的難民，圍成一個小圓圈，跟一位來自歐洲的志工學習器樂演奏。不知他們從哪裡弄來的那些稀奇古怪的樂器，努力了半天，也難以合奏成一支簡單的曲子。可他們卻饒有興致，很認真地聽從志工指揮，賣力地吹拉彈唱，濃濃的陽光，晒得他們滿臉滿身都閃著晶瑩的汗珠。

她說：那些陽光裡的演奏者，讓她無論如何也無法與「災民」這個稱呼聯想在一起。

第三輯　誰是你今生念念不忘的美

她至今依然獨身，卻從未感到孤獨和寂寞。她甚至感激那場突如其來的婚變，因為從此她開始了另一種生活，並由此更深刻地領悟了人生。她寫了許多有意思的文章，許多哲思性的話語，被不少讀者傳抄。其中，最令讀者喜歡的，是那八個擲地有聲的字：她秀恩愛，我晒陽光。

真好，一個人的時候，可以一邊欣賞別人的風景，一邊成為別人欣賞的風景。

清水白菜裡的愛

第一次出差到北京，忙完了主管交代的工作，他便給若藍打了電話，她興奮地邀請他去她那裡，說要給他煲一道特別好喝的湯。於是，他轉了兩次地鐵，又坐了半個多小時的公車，來到若藍租住的小屋。

若藍獨居的小屋雖然不大，卻溫馨飄逸。她在一家廣告公司做設計，很多工作可以放在家裡做，每週只去公司一次即可。從讀大學時便特別偏好美食的若藍，很講究飲食營養。她常常在開啟電腦前，先將一大堆主料、佐料一起放進陶罐裡，將火開到最低的一檔，並開啟廚房的門。然後，便坐到桌前，安安心心地開始工作。等小屋裡飄滿了好聞的香氣，她會停下來，很愜意地嗅幾下，舒暢一下心情，偶爾，還會有靈感悠然而至。

「你這樣工作，魚和熊掌兼顧，可真小資啊！」他不禁心生羨慕。

「這算是小資嗎？我只是在忙碌工作時，不忘了照顧一下自己的腸胃罷了。」若藍依舊那樣淡定自如。

「你真會生活，不像我們許多上班族忙碌起來，就上頓下頓地吃泡麵，有空閒了，便去酒店狂吃海喝，錢沒少花，卻沒吃出一點品味，也沒補充多少營養。」他頗有感慨。

「那以後就娶一個喜歡烹飪的妻子，和她一起把簡單的日子過得有滋有味。」

「你這個建議不錯，我得放在心上。」他慢慢地品味著她煲的湯，味道真的是極好了。

也許是上天有意的安排。不久，他的公司遷到了北京，他便有更多的機會去若藍那裡，喝她煲的各種鮮美的湯，聽她柔聲細語地講許多職場中的趣事。在她的眼裡，那充滿硝煙的職場，竟多了不少的詩情畫意。他便說可能是她那些精心熬製的菜湯，把她的性情都熬得與眾不同了。她就笑笑，給他介紹了幾種湯的煲法，一見她列出的那麼多的材料，還有那麼複雜的程序，他便舉手求饒了。轉過身來，半開玩笑地說：「要不，你就嫁給我吧，讓我出去賺錢，你在家裡天天給我做美食，為我煲好喝的湯。」

她便嗔怪道：「美得你，我可不會隨便嫁人的。」

話雖然這麼說，還是動了心。一年後，若藍真的變成了他的老婆。

他就幸福、很心安理得地享受著她巧手做的各種美食，很陶醉地品著她慧心煲製的各種湯。其中，有一道清水白菜湯，不放一點油，只是尋常的白菜，加了清水，放了一些佐料，在陶罐中熬上數小時，竟會瀰漫出一股特別的味道，輕輕地抿一口，口齒間便生出淡淡的清香，忍不住再品，口中又有說不出的舒暢。

他問過若藍，那道清水白菜湯是怎麼煲出來的，為什麼那麼好喝。若藍回答道：「很複雜的，你要是想學，我可以教你。」

他趕緊搖頭，簡單的尚且不肯學習，複雜的他就更要逃避了。再說，身邊有這樣的煲湯高手，他也懶得動手。

日子波瀾不驚地向前推移。「七年之癢」過去了，「十三年之癢」卻

第三輯　誰是你今生念念不忘的美

沒挺過去。陷入尷尬中的他，底氣不足地辯解是自己一時酒後亂性，跟那個年輕的女孩上錯了床。其實，敏感的若藍，早在他平素的異常舉動和閃爍其詞裡，便已察覺到了他的感情出軌。那件情事的曝光，不過是讓她更加毅然地轉身而去。

剛離開若藍時，他並沒感覺有多少失落，換了一種生活方式，他倒是感覺到新鮮和刺激，便也樂此不疲地沉浸在燈紅酒綠中，何況他手頭並不缺錢。

長時間沒有規律的暴飲暴食，讓他的腸胃支撐不住了，大把的藥片已無法舒緩不時的疼痛。去醫院檢查，醫生的診斷，令他膽顫心驚他自以為能消化得了鋼鐵的腸胃，如今病得相當厲害。

他聽從了醫生的建議，遠離了那些胡吃海喝的飯局，開始留意電視和報紙上介紹的營養餐。其實，早在此之前，他便開始懷念與若藍在一起的那些幸福時光。生病後，他更想念若藍的那些營養豐富、味道精美的湯了。有時，只那麼一想，那些溫馨和溫暖便飄蕩過來。

那天，他決定動手嘗試著做一做那道清水白菜湯。上網查了資料，又買齊了所需的各種佐料，他按照學來的方法操作起來。幾個小時後，湯煲好了，卻寡然無味，沒有一點若藍煲湯的味道。他不服，重新再煲，依然如是。

幾經躊躇，他撥響了若藍的電話，問她那道清水白菜湯的煲法。若藍耐心地告訴他，要怎樣選白菜，怎樣將白菜裡的水分擠出來，怎樣先熬了老湯，怎樣濾去老湯裡的油星，怎樣放佐料，怎樣控制火候，怎樣攪拌，用怎樣的器皿去盛裝……一道道程序，一項項內容，一個個注意，聽得他目瞪口呆原來，看似簡單的清水白菜湯，卻要經過如此繁複的過程，才能煲出那特別的滋味。這需要怎樣的耐心和細心，還有怎樣的愛意啊？

一直以為,只要肯學習,就能煲出鮮美的湯來,殊不知,若是缺少了那最為關鍵的材料愛,無論如何也煲不出可口的湯。誰能看見,浸潤在那清水白菜裡面,是怎樣的深情摯愛?

　　望著無語的白菜和無辜的湯罐,他不禁潸然淚下。

此岸情,彼岸花

　　第一眼看到她,他便被她的美麗震懾住了。那時,他還只是一家小工藝品公司的打雜工。而她卻以出色的藝術才識,成為那所大學裡最年輕的副教授。

　　當時,極度自卑的他,不敢向她表白心中的愛慕,甚至不敢坦然地迎向她明淨的眸子,怕她一下子看輕了,從此淡出他的視野。可是,年輕的心湖,已不可遏止地泛起了愛的漣漪。從此,他再也無法將她從心頭揮去。那個寒冷的冬天,對於孤寂地尋覓人生前路的他來說,她不只是一團溫暖的火,還是一盞明亮的燈,給了他明媚的方向和神奇的力量。

　　在他借宿的那個堆滿雜物的零亂的倉庫裡,他生平第一次拿起畫筆,像一個小學生一樣認真地畫起人物素描,他畫的第一個人物就是不斷地在腦海中浮現的她。他說:「她無與倫比的美,是我今生所見到的最超凡脫俗的美,它屬於經典的名畫,屬於永恆的詩歌,是應該以定格的方式傳於世的……」

　　終於鼓足了勇氣,他將自己幼稚的畫作拿給了她,她只是那樣禮節性地說了兩個字「還好」,便讓他受了巨大的鼓舞,感覺到自己有一天也能在藝術上有所造詣。他暗自告訴自己:暫且把熾熱的愛深藏起來,努力再努力,盡快做得更出色,以便能夠配得上她的出類拔萃。然而,他

又擔心等不到他成功的那一天,她便已芳心有屬,那樣,他就會只有遺憾痛苦和無奈的結局了。那些進退皆憂的煩惱,攪得他一時寢食難安,僅僅兩個月,他便消瘦了十多公斤。最後,他還是把真摯的愛燃燒成一首詩送給了她。她那樣優雅地回了一句感謝,並堅定地告訴他他們的關係只能止於友誼,而不是愛情。

對於她理智如水的拒絕,他雖有絲絲難言的苦澀,卻不僅沒有一點點的抱怨,反而有深深的感激,因為她始至終都沒有做錯什麼,她有她的方向和自主的選擇。或許自己足夠出色了,她才能夠明瞭自己的那份橫亙歲月的深愛。於是,他離開了城市,去了其他地方,又飄洋過海去了歐洲許多藝術聖地,開始四處拜師學藝,開始埋頭苦練畫藝,常常為了繪畫達到忘我的境地。

就在他忙碌著在巴黎舉辦個人畫展時,他收到了她婚嫁的消息。雖然早已想過會有這樣的結果,早已想過會有傷感不絕如縷地湧來,只是沒有想到巨大悲傷竟會洶湧成河,讓他幾乎徹底崩潰。他呆呆地坐在塞納河畔,一任秋陽揉著滿臉的憂鬱,一任往事悵然地拂過,失魂落魄的樣子,像一株遭了寒霜的枯草。

好容易止住了心頭的愴然,他給她寫下的祝福簡短而真誠:「相信你會擁有幸福的愛情,因為你的美不只是外在的,還有你的思想,你的靈魂,最愛你的人會將你獨特的優秀看得清清楚楚。」

再相逢時,他已是聞名海內外的藝術大師,他風格獨具的作品正被拍賣行高價競拍,被世界各大著名藝術館爭相收藏。而她正在那份不好不壞的婚姻裡,品味著世俗生活的苦辣酸甜。終是無法割捨的情懷,讓已閱讀了無數滄桑的他,再次坐到她面前的那一刻,仍手足無措地慌亂,連面前的那杯咖啡,都有了一種別樣的滋味。那天,他送給她一幅題名〈永遠〉的油畫,畫面上那條悠長的小巷,在默默地訴說著他脈脈的

心語，澄明而朦朧。

她提醒依然孑身一人的他應該考慮成家的問題了，他看到她眼神中倏地滑過的一絲悵然，點頭道：「是啊，有情歲月催人老，不能總是在愛的路上跋涉，可是……」他的欲言又止，像極了那些留白頗多的繪畫，他不說，她亦懂。

當他得知她的丈夫在漂流中遇難的消息後，迅速終止了重要的國際藝術交流活動，第一時間從義大利飛到她身邊，不辭辛苦地忙前忙後，幫她料理後事。有人問他為什麼要那樣，他說他已經把她當作了自己最親的親人。她感動而感激，但對於他依然認真的求愛，她仍是乾脆的兩個字拒絕。

她沒有給出理由，似乎也不需要理由，就像他對她的一見鍾情，幾十年的紅塵歲月，非但沒有沖淡那份愛，反而讓那愛變得更深沉、更綿長。儘管她的一再拒絕，讓他品味到了許多酸澀，品味到了許多苦楚，可是，他由此體會到了難以形容的甜蜜。在希望與失望的跌宕中，在痛苦與幸福的交織中，他咀嚼著一份無怨無悔的真愛。他說：「她是的彼岸花，始終在那個距離上，美麗著，芬芳著。」

有評論家讚賞他的作品鮮明的藝術風格總是那樣明媚而熱烈，即使偶爾有一點黑色的陰鬱，也總無法掩住紅色的希望……很少有人知道，他是怎樣蘸著苦澀，一次次描繪著渴望的幸福，更難有人能夠體會到，當他的畫筆酣暢淋漓地遊走時，他內心裡又澎湃著怎樣的愛的大潮。

再後來，他與法國畫家喬治·朱麗婭結婚，定居法國南部小城尼斯。但始終與她保持書信聯繫，他們的情誼愈加深厚。她曾意味深長地說：「沒能與他牽手，或許不是我今生最好的選擇，卻讓我擁有了一生的幸福。」

第三輯　誰是你今生念念不忘的美

她 55 歲那年，因腦溢血溘然辭世。聞訊，他把自己關在畫室內，一口氣畫下有人出千萬美元他也不賣的絕作〈彼岸花〉，並宣布從此退出畫壇，不碰丹青，隱居國外，謝絕任何採訪。

他就是世紀著名的油畫家任千秋，她的名字叫謝小菊。他們的愛情故事，就像他最後的傑作那樣如今，那些美麗的往事，雖然已是彼岸的花，但隔著歲月，向我們綿綿吹送的，依然是時光無法洗去的溫馨與美好。

一　愛一回，暖一生

如果是動心的真愛，愛一回，就能溫暖一生。

他與她是在旅途上遇見的。炎炎夏日，荒野山道上，舉目四望，盡是乾渴的亂石堆。突然，她的越野吉普拋錨了。她趕緊下車擦一把汗，取了備胎，準備換上。他的車本已開過去了，又馬上倒了回來。他下車，動作嫻熟地幫她解決了麻煩。

幾句交談，兩人驚喜：他們去的目的地一樣，於是，兩車結伴而行。

車到目的地，他的大學同窗已做好了接風準備。他邀她一同前往，她推辭了一下，見他很真誠，便欣然同意了。奔波了 10 多天了，她也想放鬆一下，或許還能在酒桌上結識一些新朋友。

那晚上的酒，大家喝得很開心，她的幽默風趣，活躍了酒桌的氣氛。而她的好酒量，也贏得了一桌子男女的普遍好感，都說她不愧為一個灑脫的行者。

分別時，他說了一句話：「你走了，我會想你的。」

她一臉的陽光：「這樣親切的話，我喜歡。」

再後來，他們有了一段浪漫無比的愛情。兩個人一起駕車去了危險叢生的達卡，穿越了「死亡之地」羅布泊。她說，她願意跟著愛走天涯，不管前面的路上有多少磨難。

但那樣幸福的時光，只有短暫的 8 個月。他在那次毫無徵兆的空難中，猝然而去。而她，那天正從另一座城市開車前往下個目的地，準備與他會合，一同遊覽那個「可以作為故鄉的地方」。

那天，她對我說：「他走了兩年多了，我卻依然感覺他還在身邊，還在陪著我一路前行。」

我說：「一位高僧說過，愛一回，要暖一生。」

她點頭：「這話說真好他也說過，一朵花不止會芬芳一個春天。」

我驚訝她胸前垂掛的「沙漠玫瑰」，那是我所見過的最美麗的佩飾。她說那是他從撒哈拉沙漠找到的。戴著它，她能真切地感覺到他的溫暖。而此時，她正新婚燕爾。

有人說，無論多麼深的感情，都會被時間流水沖淡的。然而，她的一言一行，卻分明在生動地告訴我們，即使愛走遠了，那愛的溫暖，卻可以陽光一樣，一直陪伴著自己。

突如其來的大地震，若楠在一夜之間失去了 5 位親人。那時，她正在讀研究所。給了若楠百般呵護，讓她從巨大的悲傷中走出來的男友，卻在一次體檢中，被宣布得了可怕的白血病。男友來自一個偏遠的小村，家境極為貧寒，讀大學時的貸款，尚有五萬多元沒有還上。

面對那張冰冷的診斷書，若楠淚流滿面：「你要挺住，我想辦法幫你湊齊醫療費。」

男友笑著安慰她：「要挺住的是你，答應我，你一定要學會愛自己，好好地活著。」

兩個月後，男友平靜地走了。在他生命的最後時刻，除了抱愧養育自己多年的父母，他最牽掛的就是若楠，他眼神裡的依戀和關切，一想起來，她的心就會湧過一陣溫暖的疼。

研究所畢業後，若楠本可以留在城市工作的，她卻毅然來到男友的家鄉，當了一名清苦的偏鄉老師。她現在的丈夫，是她參加工作後認識的，年齡比她大8歲，是一個很老實的人。她愛上他，一個很重要的原因，是他願意和她一起照顧男友的父母。

若楠的同學見到她那面相蒼老的丈夫，有些惋惜她的選擇。她卻幸福地告訴同學：「其實，我第一眼看到他時，就愛上了他，因為他的眼睛裡有春天一樣的溫暖，就像一直活在我心底的第一個男友一樣。」

原來，如果真的愛過，即使愛的人走了，那愛，也會依然久久地溫暖此去的人生。

曾閱讀過無數風景旖旎的愛情故事，我最喜歡的，還是那些溫暖綿長的，那些連時光都肅然起敬的溫暖，無疑是對愛至真至善至美的最好詮釋。

一 他依舊

她是一個慈眉善目的老人，八十多年的風風雨雨過後，她成了那個兒孫滿堂的大家庭裡最年長的老人。

她的夕陽歲月，是平和的，溫馨的，每日裡，在庭院裡澆澆花，到公園裡散散步，或被兒孫們領著逛逛街。一覽無遺的幸福，綻在面頰那深深的皺紋間。

偶爾，她會遺憾地慨嘆一兩句：「傻瓜，走那麼早幹啥？還有那麼多的好日子沒享受呢。」

他依舊

　　她嗔怪的「傻瓜」，是她死去的丈夫，他在55歲那年，被一次車禍奪去了生命。那天，他本來不打算回家的，突然決定擠上那臺嚴重超載的黑車回來，他是想給她一個驚喜，因為那天是他們的結婚紀念日。

　　捧著那枚沾著丈夫鮮血的紅髮飾，她哭得厥過去。兩天裡，滴水未沾，一個人呆呆地坐在屋子裡，往事紛紛奔湧而來。

　　其實，她當初嫁給他是不情願的，很有些被侮辱的色彩。姻緣的開啟，是一次酒宴上，她的父親與他的父親打賭輸了，一向溫順的她，便成了父親一諾千金的賭注。

　　她也曾流淚反抗過，最終，她沒能扭過說一不二的倔強父親。

　　既然嫁了，就和丈夫齊心協力地過日子吧。她的勤快、大度、堅等一系列優秀特質，很快便顯現出來。自然地，她贏得他家上上下下的一致讚賞。丈夫待她也好，心疼她，雖然生活始終拮据，卻並沒妨礙他們恩恩愛愛，將一個個清寒、樸素的日子，過得有滋有味。

　　丈夫去世後，身子柔弱的她硬是撐起了那個大家庭，照顧公婆安享晚年，操持兒女的婚嫁，照顧孫輩，直到八十歲了，大家的生活都好起來了，她才開始輕閒下來。

　　八十五歲那年，她突然中風失語。如果不是她那天的一個反常的舉動，所有的家人或許永遠都不會知道，她心靈深處，始終刻骨銘心著另一個男子。

　　那天，孫女在朗讀雜誌上的一篇文章，讀到一個叫亞軒的名字，臥床多日的她，竟突然掙扎著坐起，急切地示意孫女拿雜誌給她。孫女疑惑地將雜誌遞到她顫抖的手上，看著她枯瘦的手指，輕輕撫摸著文章裡那個人的名字，眼睛裡閃著淚花。

　　孫女驚訝：祖母怎麼了？為何她那麼敏感於那個叫亞軒的名字？

第三輯　誰是你今生念念不忘的美

　　於是，孫女去問家裡的長輩們，在大家零零散散的回憶裡，孫女知道了她的那段難以忘懷的特殊情緣。

　　原來，在她十八歲那年，她的一位遠房的表哥，從都市偶爾來鄉下串門，情竇初開的少女，面對英俊的表哥，不禁情愫暗生。聰慧的表哥看到她那欲語還休的羞澀，也喜歡上了眼前這個清純無比的表妹。

　　四目相對，兩個年輕人眼睛裡流淌著彼此都懂的深情。

　　只是，彼此尚未來得及表白，表哥便回都市了。臨行前，表哥送她一方繡了梅花的白手帕，她贈給表哥一枚紅鈕扣。

　　後來，表哥去了國外讀書、工作、定居；她嫁人，生兒育女。從此，她與表哥音訊斷隔，彷彿再未相見。表哥的名字就叫亞軒。而這些，都已是六十多年前的舊事了，她從未提起過，似乎往事早已消逝如煙。

　　孫女驟然想起白居易的詩句「老來多健忘，唯不忘相思」。讀中文系的孫女立刻明白了：祖母嘴裡從沒有提起亞軒，她心裡卻始終記得那位緣慳一面的表哥，無論時光怎樣流逝，他依舊是她心頭抹不去的美……

　　一天，孫女不經意地看到了她的那個古舊的首飾盒，懷著好奇開啟。在一個藍手帕裡面，包裹的正是表哥送她的那方白手帕，雖然顏色有些發暗了，但那上面的梅花依然開得濃烈。手帕裡藏著一張紙，上面是墨色淺淺的三個字：他依舊。

　　哦，他依舊。

　　孫女的目光被那三個字攫住：原來，那段往事，一直在祖母內心裡深深埋藏，無論怎樣的紅塵滾滾，他依舊是她生命中無法割捨的。而究竟什麼是真愛啊？是她與丈夫相親相愛的人間煙火味的那種？是她與表哥無法言說的默默珍藏？

　　他依舊。愛依舊。

心靈總有個角落

　　他是一個標準的好男人，在公司裡是好員工，在家中是好丈夫和好父親。他很愛她，每次出差回來，都會給她帶一些禮物，讓她驚喜地依偎在他的懷中，感受愛的溫馨。週末，他會一個人鑽進廚房忙碌，讓她做一回驕傲的公主。他對她的那份寵愛，溢在眉眼間，花朵一樣開在尋常的日子裡，連外人都看得見。

　　一個夏日的黃昏，他和她在街上漫步，如織的人流中，兩隻相握的手，牽著幸福慢慢地走。街角搭了一個舞臺，聚攏了一大堆過往的行人，有專業的和業餘的演員輪番登臺，且歌且舞，為商家大肆宣傳，使勁地凝聚人氣。

　　他和她不想過去湊熱鬧，只想隨便看兩眼就走開。不想，只那麼不經意的一瞥，他的心便驟然一顫，雙腳驟然站定：舞臺中央那個清純的歌手，多麼像自己高中時坐在前桌的那個她呀！

　　見他呆呆地發愣，她搖他的手，不解地問他：「發什麼傻呢？遇見誰了？」

　　他依然沉浸在漫遊的思緒裡，像是回答她，又像是在喃喃自語：「太像了，太像了。」

　　「太像誰了？」她看見有好奇的目光向他們投來。

　　「你看那個唱歌的女孩，特別像我以前跟你說過的竹筠。」他興奮得讓每一句話彷彿都有了花的氣息。

　　她再抬起頭看，那女孩已翩然退場，只留下一個背影，她在記憶中搜尋著⋯⋯哦，想起來了，戀愛時節，她曾撒著嬌，從他那裡刨出一些很想知曉的他的過往，那些淡淡的印痕，似乎更像若有若無的花香。其

第三輯　誰是你今生念念不忘的美

中，有一縷香就來自竹筠，她曾在他的書桌裡面悄悄地塞了稿子和筆，曾向他索要過詩稿，向他問過數學題，她黑葡萄一樣的瞳仁裡面，藏著荳蔻年華裡的真與純。而這些，都是二十年前的事了，似乎早已被流淌的歲月塵封。

走出很遠了，他仍心不甘地一再回頭。她便嗔怪他：「想起了前桌的那個她，是不是有一種初戀回歸的感覺啊？」

他的目光越過湧動的人流，悵然一語：「欲寄彩箋兼尺素，山長水闊知何處？唯有祝願她一切靜好。」

她見過竹筠的倩影，在他那張褪色的中學畢業照上，那個穿粉格衫的女孩燦燦的笑靨，是他心陌上的一朵小花，柔柔地開著，無聲無息。那會兒，被幸福簇擁的她，曾霸道地命令他以後不要再看那張照片了。他默默地收起了照片，鎖到書櫃的一個抽屜裡，真的許久不曾翻動，彷彿那一段雲淡風輕的青春歲月，永遠地定格成了兩首簡單的小詩。

晚上，她在客廳裡看十分煽情的韓劇，淚眼模糊地喊他要紙巾，在書房裡的他竟沒有聽到。她過去推開虛掩的門，見他手裡捧著一本書，眼睛卻呆呆地望著雪白的牆壁，彷彿靈魂已出竅。她輕輕地走過去，開啟那個抽屜，拿出壓在最下面的那張照片，放到他面前。

他將她攬在懷中，一隻手緩緩地拂過那有些斑駁的照片，輕聲道：「她真的很美！」

她點點頭，懂得他的深情。她一直都幸福地知道，她是他掌心裡的寶，是他今生的最愛。她也清楚，在他心靈幽深處的一個角落，藏著一個她永遠都去不了的世界，也叫美好。

靜靜的午夜，一陣急促的電話鈴聲突然響起，海洋彼岸的一聲問候，穿越了萬水千山和滄桑歲月，一下子便喚醒了她的記憶那個會吹好

聽的口哨的男子，是她的初戀。還記得他跑了好幾公里，頂著風雪為她買糖葫蘆，記得他用柳枝為她編織的花冠，記得蜜月旅途中接到他的祝福時的潸然淚下……原來，滄海可以變成桑田，而有些往事卻依然清晰如昨。

那天，她讀到一篇優美的散文，作家在回憶了自己一直難以忘懷的兩個舊時知音後，如是感慨「其實，每個人的心中，都棲息著一些歲月無法沖淡的往事，都搖曳著一些名字、一些笑容，他們會在不知不覺時讓心怦然一動，會在不經意時突然來訪，一瞬間便會攪得心海難平。那些金子般的珍藏，無經常地翻閱，仍可以久久地溫暖我們的人生。」

或許，就在此時，在一個遙遠的地方，那個叫竹筠的女子，正守著床頭桔黃的燈光，輕輕地翻看著幾張簡單的詩稿，而思緒卻飛回了從前的某一時刻，與某一雙手在遐思中緊緊地相握，滿懷的溫柔，滿眼的晶瑩……

誰是你心中念念不忘的美？誰是你記憶永不褪色的風景中最濃的那一抹笑容？誰是你萬水千山走遍依然縈繞心頭的那個年輕的倩影？青山一樣不老，碧水一樣長流。像澄澈的晴空，輕輕地告訴我們歲月靜好，生命靜美。

默默地喜歡他，一去經年

一直是他最忠實的粉絲。每每向人提起他，她心裡都會柔柔的。一支老歌，就是一盆久烘著歲月的炭火。這世界上不會再有誰能夠像他那樣，在流轉的時光中，沉在她心湖裡那一抹純淨的笑容，從未模糊過。

每次聽他演唱〈童年〉、〈光陰的故事〉、〈戀曲1980〉……一曲又一曲，她都會不由自主地陶醉於那些美妙的詞句和旋律中，能清晰地聽到

時間的腳步,能真切地看到生命行走的身影。他是音樂大師,更是聽懂天籟的人,他的真摯與深情,是枝頭的花朵,是淙淙奔淌的流水,有著渾然去雕飾的純正本色。

記得,那是八十年代初,剛讀大一的她,第一次聽到他磁性的聲音,便被深深地震撼了。於是,她一發不可收拾地喜歡上了這個叫羅大佑的巨星。

因為喜歡,家境寒微的她更節衣縮食了,好容易累積下一點點錢,她便買來他的專輯磁帶,放在寢室同學的卡式錄音機裡,將聲音大開,一遍遍傾聽他的歌唱。她那樣痴痴地望著錄音機內轉動的磁帶,彷彿看到他正站在面前,她眼睛裡熱烈的喜歡,真真切切。時間一久,滿寢室的女孩,都被她影響得喜歡上了他的音樂。但她清楚,她與她們的喜歡,肯定不是一個層次的。

要畢業的那年秋天,得知他要和幾位歌星一同來這座城市演出,她興奮異常,雖然知道他最多不過演唱兩首歌,但她還是毫不猶豫地決定去買票,去看看自己心中最偉大的歌者。

然而,到預售票站一問票價,她便黯然了:最便宜的一張演出票,於她而言,也是相當不菲的,若是買了票,她一個月的生活費就沒了著落。可是,她實在太想看他的演出了,她絞盡腦汁地想了好幾天,終於想出一個快速弄到買票錢的辦法做一份家教。她提出的報酬明顯低於其他同學的要求,但有一個前提條件,僱主必須先支付她一個月的報酬。看到她一臉的誠懇,加上她那低廉的要求,僱主同意了。

拿到錢,她立刻買了一張價位最低的門票。握著票,她整個人似乎都要飛起來了。

演出那天,她早早地擠公車來到演出廣場。然而,當她興奮地伸進衣兜掏票時,她額頭立刻冒出了冷汗,出門前看了又看,在車上還摸到

的那張門票，居然不翼而飛了。她慌恐地翻遍所有的衣兜，也沒找到票。說不清的感覺，令她眼前瞬間一片漆黑，她不由自主地蹲下來，旁若無人地嚎大哭起來。從她身邊經過的觀眾，好奇地看著她，但沒有一個人幫她。畢竟那門票很貴，又很難買。

演出已經開始，她在廣場外只能隱約地聽到裡面傳出的歌聲，她在門口啜泣著不肯離去。直到快散場了，一個遲到的男子飛跑而來，見她正在入口處梨花帶雨，猜想她一定是沒買到票，說自己恰好多出一張票，因為他的朋友臨時有事無法趕來。她感動得真想給他磕頭。兩人飛跑進去，恰好唱到他最後一首歌的最後一段。遠遠地，她看到海報上熟悉的他，正聲情並茂地演唱著〈光陰的故事〉。她跟著他動情地唱，唱得熱血翻湧。

畢業後，她去了一所小鎮的中學。她宿舍牆上，貼滿了從報刊上剪下的他的演出照，抽屜裡滿他的磁帶和CD。雖然她也聽其他歌手的歌，但唯有他的歌百聽不厭。

再後來，她回到當初的城市工作，買了電腦，買了更多他的影片，聽他的歌更方便了。每次與朋友去KTV，她也只選他的歌，她唱他的歌唱得最好，不僅用嗓子唱，還用心唱。那樣痴痴地喜歡他，喜歡他的歌，一去經年，她的女兒都上大學了，他依然是她心中最愛的歌者。

去年，他與另外三位著名歌手組成的「縱貫線」組合，來開專場演出，她買了搖滾區的票，早早走進闊大的演出廣場。演出剛剛開始，天空便開始飄雨，雨越下越大，隨即變成了瓢潑大雨。而他和他的朋友，一直在冒雨演唱。看到大雨中仍堅持不肯退場的觀眾們，他乾脆扔掉了雨傘，站在漫天大雨中激情地唱了一首又一首。她依然像一個瘋狂的年輕歌迷，忘我地為他鼓掌、歡呼、唱和，全然忘卻了周身上下早已溼透。

第三輯　誰是你今生念念不忘的美

　　那是最難忘的一場演出，也是她生命中最難忘的一次音樂盛會。她說，他蒼老了，但他的歌仍然年輕。她相信無論人生如何滄桑，她都會默默地喜歡他，一去經年，痴情不改。

　　正是那份純淨的喜歡，讓她始終熱愛生活，始終在吟詠生命的驪歌。

第四輯
愛是一勺鹽

　　低下頭來，你會驚訝地發現：愛的小屋裡，往往住著大美。最平凡的人，往往給我們最深的感動。只要心中充盈著愛意，每一個尋常的日子裡，我們都能看到溫暖世界的愛。

愛到無語

　　青春年少時，總以為相愛的兩個人，必然要卿卿我我，必須要有無數的甜言蜜語。生活中非常尋常的一個片語談戀愛，強調的似乎也是語言在愛情裡，起著至關重要的作用。不談，如何愛？

　　然而，耳聞目睹了太多的海誓山盟轉頭空以後，我驚心地發現，許多用精美的語言包裝起來的愛情，有時，會脆如薄玻璃，那麼容易破碎。

　　還有，一些原來相愛時那麼滔滔不絕，那麼絮絮叨叨，彷彿總有說不完的恩愛，可終是沒能熬過歲月的考驗，不知從幾時起，累了，倦了，說話的熱情淡了，直至索性相對無言。那愛，也自然也已無聲地流逝。

　　那個秋日的午後，在一個遊客罕至的寺院，我看到一位禪師正在庭院內靜坐，一隻蝴蝶在他膝前盤繞，兩隻螞蟻在爭奪一粒草籽。見到禪師微瞇雙眼，面含笑意，我驟然有所頓悟拈花一笑，說的或許正是愛的

第四輯　愛是一勺鹽

至境。無論多麼豐富的情感，有時，只那麼微微一笑，便一切盡在不言中了。正如那兩句詩「此中有真意，欲辨已忘言」所謂無語，並非不說，而是無多說什麼，即是沉默，也能說出許多許多，就像彼此深深懂得的兩個人，一個簡單的眼神，一個輕微的手勢，甚至輕輕的一次呼吸，都可以傳遞無數愛的內容。

一個年輕女子在網路上發瘋地愛上了中年男子，只要一有時間，她就在 LINE 裡向他傾訴，十指飛快地打字還是感覺太慢，乾脆打字、語音、視訊一起來，她口若懸河不停地講，曾經、現在、未來，關於自己的和別人的，那些愛的敘述，好像開了閘的洪水，一瀉千里，無可阻擋。

終於在焦急的期待後，他們有了熱烈的相逢。但很快激情退卻，再在網路上碰到他，她甚至連一個招呼都不願意打，更不要提與他說話了。

沒錯，愛不在了，再說一個字，有時都是多餘。

跟朋友提起她的故事，朋友幽默道：「她實在是一個很聰明的語言消費者，愛了，就熱情傾訴，一如滔滔江河；不愛了，就堅決封口，絕不浪費半點寶貴的愛情語言。」

其實，朋友是一個話語不多的人，但常常能說到點子上，以少勝多。他在大學讀書時，身邊就圍了不少追求他的美女，其中一個重要的原因，是他愛的表白，總那麼含蓄，簡直稱得上是惜字如金了，而不少女生，偏偏喜歡上了他這種近乎於冷漠的「酷」。

他曾一臉認真地告訴我：「靠語言贏得愛情，那是小說家喜歡做的事情。」

我們共同要好的同窗離婚了，他一點也不驚訝，我不無困惑地問

他:「他們大學讀書時愛得多幸福啊,這些年來大家都羨慕他們的愛情長跑,怎麼會⋯⋯是不是因為男生工作的關係,沒時間經營感情了?兩個人在情感溝通上出了問題,產生了誤會?」

他馬上搖頭:「愛的成敗,根本就不取決於語言的多寡。愛在時,一個擁抱,就足以勝過千千言。愛不在了,即便說破了天,恐怕也無濟於事。」

細細想來,愛情,的確與言說的多少關係不大。有時,愛至深處,竟是無語。

那日,在電視上,見到生活在鄉下一輩子沒有到過都市的一對農民夫妻,兩個人都寡言,但兩個人始終恩愛無比。在金婚慶典上,兩位老人坐到一起,在滿堂兒孫的簇擁下,接受大家的祝福。面對鏡頭,他們滄桑的臉上,竟流露出令人感動的羞澀。

他們優秀的兒子、哈佛畢業的高材生,向觀眾自豪地講述父母幸福的愛情婚姻,他的總結很耐人尋味:「我的父母相親相愛了一輩子,彼此好像沒有說過一句甜言蜜語,但是,他們用兩顆相通相印的心,一直在傾訴著愛情的真諦。所謂的真愛無言,在父母的身上展現得特別鮮明。」

原來,愛至深,無言亦懂,無語亦美。

就像那位老農民喜歡一個人坐在秋收後的田埂上,望一眼天空悠悠的白雲,再情不自禁地俯下身來,抓一把混著草香的泥土,湊到鼻前,憨憨地笑著,滿眼裡說的都是一個字:愛。

愛到無語。多好的一個片語,藏了那麼多美麗的情節,蘊了那麼深邃的意境,只輕輕地一念,便有無數美妙的思緒,翩然起舞。

第四輯　愛是一勺鹽

一　愛在一蔬一飯裡

　　愛，往往藏在許多細節中，譬如，每個人的吃飯裡，就有愛的活潑影子。

　　她跟初戀男友第一次吃飯，是在一個金碧輝煌的大酒店。包房特別大，布置得非常典雅，英俊的侍應生彬彬有禮。置身其中，恍若進了皇宮一般。男友點的菜，也十分考究：法式鵝肝，日本生魚片，土耳其烤肉，俄羅斯風味沙拉……各國風情菜匯聚。她驚訝：「兩個人怎麼點這麼多？」男友答非所問：「你這麼有品味的女孩，應該享受這樣有品味的菜餚。」

　　那一餐吃得實在太奢華了，儘管男友是典型的富二代，出手一向闊綽，而向來不喜歡張揚的她，心裡還是感到不舒服，男友看似隨意的炫富，讓他們的感情蒙上了些許塵埃。

　　好友不無羨慕地說她：「你真傻，他願意為你大把地花錢，代表他很愛你啊。」

　　她搖頭：「明明吃不了，還要點那麼多，實在有些暴殄天物了。」

　　好友譏笑她有點誇張了，說那只不過是一頓比較昂貴的大餐罷了。她嘴上沒再說什麼，心裡卻有了隱隱的擔憂，為他們剛剛開頭的愛情。

　　果然，沒過多久，她的初戀便無疾而終了。而他請她吃的那頓豪宴，卻猶如一根細小的魚刺，哽在喉間，令她很是糾結了一段時間。

　　再後來，她喜歡上了一位來自北方的男孩。那個黃昏，男孩興沖沖地請她出去吃飯。她隨他走進街頭一家有些骯髒的小麵館，坐在那張油膩膩的餐桌前，男孩用劣質餐巾紙，擦了擦同樣油膩膩的筷子。兩大碗拉麵端了上來，兩根細肉絲下面，散著幾片菜葉，清湯寡水的。男孩又往上面倒了不少辣椒油，聲響很大地吃起來。她要了一雙一次性筷子，

一根一根慢慢地挑著麵條，吃得那般艱難。

半夜餓醒，她吃了半個蘋果，漲潮般的情思暗暗湧動。那粗鄙的不單單是一碗拉麵，青澀的男孩偏偏選了那樣一個吃飯的地方，壞了胃口，也壞了心情。

直到多年以後，她愛上如今的丈夫，才更明白：一蔬一飯裡，的確藏著真愛。

丈夫是一個道地的美食家，即使是極為普通的一個馬鈴薯、一塊豆腐，他也能妙手烹出形、色、味俱佳的好吃的東西。記得第一次去他剛剛收拾好的新家，他只是買了幾樣很尋常的蔬菜，但一轉眼間，他便像一個高級魔術師變出了幾道看著就讓人口舌生津的小菜。那一餐，她吃得十分愉快，聊得也很投機。他自釀的葡萄酒，也似乎也有一股特別的甜味。

多年以後，丈夫帶她也去了初戀時曾光臨過的那家大酒店，丈夫點的同樣也是上等的大餐。她卻不再顧及淑女的風度，只管大快朵頤。這時，她忽然發現，無論怎樣的佳餚，必須要與相悅的人一起分享，必須要有上好的心情，才能吃出一份特別的情趣，吃出一份特別的意境。

其實，幸福的日子，往往就流轉於一蔬一飯之中。我記得父母日常生活裡最頻繁的對話，就是母親問父親，中午吃什麼飯，晚上炒什麼菜，有時早飯尚在嘴上，就在考慮晚餐的具體安排了。

某日，看到作家張曉風在文章中這樣寫道：「客居歲月，暮色裡歸來，看見有人當街親熱，竟也熟視無睹。但每看到一對人手牽手提著一把青菜一條魚從菜場走出來，一顆心就忍不住惻惻地痛起來……」兩隻親密相牽的手，一把青菜一條魚，尋常巷陌間柴米夫妻的愛，竟這般簡單而生動。

我認識一對到都市打拚的中年夫妻。起初，男人在家具廠做工，女人在商場幫人賣貨。每天，兩個人都早早起床，去早市上買些新鮮又便

第四輯　愛是一勺鹽

宜的蔬菜，拎回租住的小屋，男人擇菜，女人清洗。然後，兩人說笑間，炒好兩個菜，吃一半，每人飯盒裡再裝一份，留作午餐享受。其實，女人的老闆給僱員訂了便當，可她一次也不吃，堅持帶自己炒的飯菜。老闆問她：「你帶的飯菜也那麼簡單，難道有什麼特殊的味道？」

她笑了：「當然有啊，是愛的味道。」

「愛的味道？」老闆還是有些糊塗，她卻不想多解釋。

我知道，她說對極了。最浪漫的愛情，往往與風花雪月無關，卻流動在日常的一蔬一飯裡。想一想吧，那麼多年過去了，兩個人依然牽著手買菜，饒有興致地煮飯燒菜，簡單也好，複雜也罷，兩個人都有足夠的耐心和認真，願意把最瑣碎的小事，做得頭頭是道，津津有味⋯⋯那該是怎樣愜意的生活啊？

一位身家過百億的著名企業家，接受記者採訪時，談及自己美滿的婚姻，企業家不無驕傲地秀了一下自己的烹飪技術。面對記者滿臉的驚訝，企業家幸福地解釋道：「我有一個會做菜的老婆，她不但教會了我許多做菜的門道，還讓我從中悟出了許多管理之道。」

沒錯，一餐之中，愛意融融，便是世間觸手可及的幸福。無論是名人貴族，還是凡夫俗子，若是有了真愛，縱然只是尋常的一蔬一飯，也會勝過奢華的滿漢全席。

久久芬芳的是愛

那是一對中年夫妻，兩個人幾乎同時失業後，便在街頭擺了一個小攤，經營小吃。起早貪黑的那份辛苦自不必說了，收入也僅僅勉強維持一家三口人的生活。但夫妻倆恩恩愛愛，相依相伴著風裡來雨裡去，硬是將窘迫的日子過得有滋有味，讓許多人讚嘆。

久久芬芳的是愛

一天，我忽然發現生意寥落的小攤上，只有丈夫一個人撐著。一問，才知他的妻子生病了。我輕輕地「哦」了一聲，坐下來給他那天的生意開了張。

顧客都走了，那位丈夫趕緊擦淨手，拿出一卷彩紙，十分認真地摺疊起來。他的雙手特別靈巧，不大一會兒的功夫，便折出幾朵十分漂亮的玫瑰花。然後，他又取來一節竹枝，像雕琢一件精緻的藝術品似的，將那一朵朵疊好的紙玫瑰一絲不苟地黏貼上去⋯⋯

噢，他是在精心地製作一束紙玫瑰。我恍然想起這一天是「情人節」，他要把這束特別的玫瑰當作節日禮送給誰呢？

「我老婆就喜歡玫瑰，往年去花店買鮮花，她老嗔怪我浪費，這回要送她一束特別的，就思索著疊了這個。」眼裡還帶著一縷血絲的中年男人微笑著向我解釋道。

「好，這一束玫瑰比街上賣的那些種在花圃裡的還要美麗、芬芳！」我由衷地讚嘆道，禁不住俯下身去嗅了嗅，我似乎真的嗅到了一縷特別的芳香⋯⋯

完全可以想像到，當細心憐愛的他將這一束漂亮的、意蘊特別的紙玫瑰，交到愛妻的手中時，她的眼裡肯定流露著我們無比羨慕的幸福。真的，在生活的風雨中始終執手向前的夫妻，只要他們心靈深處貯滿愛的真情，即使沒有鮮豔欲滴的玫瑰，也會擁有至真至醇的溫馨。

曾經讀過許多感人的愛情故事，但在那個春天的早晨，我的心靈再次被深深地震撼了——不管歲月如何滄桑，不管遭遇怎樣的艱難坎坷，只要有愛，有自然的、清純的、真摯的、持久的⋯⋯愛，只要那愛的清泉汩汩地流淌著，我們的日子裡就會時時飄逸著馥郁的馨香，我們的人生也將浸潤在那美好和幸福之中⋯⋯

第四輯　愛是一勺鹽

那一束開放在生活枝頭的紙玫瑰啊，真切地告訴我們——那久久芬芳的，正是我們心頭永不凋謝的愛。

陽光 100

自從他去北方打工以後，她就時常留意那座城市裡的天氣變化。她很擔心，在南方生活了四十多年的他，會忍受不了那裡的嚴寒，特別期盼他能早些回家。

她沒想到，他寄回來一封長信。在信中，他給她講了北方的許多新奇的風景和有趣的見聞，還說剛進 10 月，那座城市便下了第一場雪，潔白的雪花落地好長時間都不融化。還告訴她，那裡每年一度的冰雪節都會吸引天南海北成千上萬的遊客，他所在的公司還準備給他們這些打工者買票，去著名的「冰雪大世界」遊覽呢。他還在信裡面，夾了一張報紙做的彩色廣告，那一大片高樓大廈，有一個非常美麗的名字陽光 100。他自豪地告訴她，他也是陽光 100 的建設者，吃住在陽光 100。

信的末尾，他說挺想她和孩子的，但是，他今年回家要晚一些，因為還有不少工作沒完成，讓她和孩子不用擔心，他在那裡，工作不算累，吃好，住暖。

握著那封長信，她一直牽掛的心，稍稍安穩了些。她情不自禁地將彩色廣告又捧到眼前，細細端詳著那一幢幢氣勢非凡的高樓，彷彿自己的男人，正在其中的某一個視窗裡，望著她憨憨地笑呢。

陽光 100，多麼讓人心暖的名字啊。在那座充滿異國風情的城市裡，那樣的一大片高樓裡面，一定住著許許多多陽光一樣燦爛的人，一定有許許多多陽光一樣溫暖的故事。

她把那張廣告，收藏好了，每當有村民到她家裡，她都會炫耀似的

拿出來，驕傲地告訴人家，他就在那裡打工。

　　11月快要過去了，他還沒回來，在她焦慮的顧盼中，他的又一封信跨越萬水千山，落到她手中。信皮上的落款，還是那個讓她喜歡的陽光100。

　　他在信裡告訴她，他仍住在陽光100，屋子裡都安裝了暖氣，一點都不冷。他又接了一份室內裝修的工作，挺輕鬆的，就是挺消磨時間的。他說從南方到北方，千里迢迢的，出來一次很不容易，碰到賺錢的工作，要是不接，實在太可惜了。

　　在信裡面，他向她描述了江上那座特大的橋甭提多麼漂亮了，晚上，他和同伴走在華燈閃耀的大橋上，就像走在一幅壯麗的圖畫裡。他還向她描述了北方那道特色菜豬肉燉粉條，說那味道真是極好了，他經常吃，還說這次回家一定要做給她吃。他還告訴她，他買了一件打折的羽絨服，可暖和了。

　　她知道他一向心細，愛她疼她，一定是怕她牽掛，才揀選了種種的好一一講給她。

　　撫摸著信紙上那些陽光一樣燦爛的話語，她感覺到了一種真切的幸福，正在身邊瀰漫開來，她多想把那奇妙的感覺講給他聽啊。

　　她勤快地忙碌著家裡大大小小的事情，連那些他一再叮囑要等他回來做的重工作，她也咬著牙幹完了，她只想讓回來後能好好歇歇。她知道，出門在外的苦和累。

　　快到元旦了，村裡外出打工的人都陸續回來了。他仍沒有回來，她心裡的擔憂在一天天地加重。

　　那天晚上，她正在屋門口洗衣服，直起身來要擰乾那條被單時，不經意地瞄了一眼電視，那幾個刺眼的鏡頭，立刻讓她僵住：在偏遠的市

第四輯　愛是一勺鹽

郊一棟四面透風的新樓的一個房間裡，冰冷的水泥地面上，鋪薄薄的一層稻草，十幾個衣衫破敗的農民工，正瑟瑟發抖地擠在一起，靠彼此的身體取暖，他們一個個蓬頭垢面，眼睛裡滿是傷感和無奈，他們面前的飯盒裡，只有幾個硬的凍饅頭和乾黃的白菜葉拌的鹹菜。

她一眼就看到了她朝思暮想的他，他身上穿的那件一直沒捨得扔的線衣，上面有她縫的補丁，明晃晃的。

原來，他並沒在陽光 100 打工，而是在另外一個建築工地，樓在 10 月初就建好了，但他和同伴遭遇了惡意欠薪，他們連回家的路費都湊不夠了，只得留下來，一次次地找，一次次地求，希望能早一點拿到工錢回家。直到他們當中有人凍傷了，連最簡單的吃飯問題也難以解決了，他們的遭遇才被記者知道。

「怎麼會這樣？」她淚流滿面地蹲下來，手裡溼漉漉的被單早掉到了地上。

一夜無眠，她呆呆地坐在那裡，眼前不斷地變換著電視裡那幾個刺眼的鏡頭和他信中描繪的那些美麗景象。

第二天上午，後院的鄰居急匆匆地來喊她過去接電話。哆囉哆嗦地握住話筒，她的整個心都在顫抖。

他在那邊歡快地向她報告：「老婆，昨晚我們剛看了冰燈，可漂亮了，工錢全拿到了，回家的車票也拿到了，這回坐的是臥鋪，是公司出錢買的。」

「陽光 100，真好！我們等你快回來！」她的眼淚簌簌地落下來，她猜想一定是因為媒體曝光，才快速解決了問題。

三天後，他帶著大包小裹回到家中。放下東西，他便開始給她講在那座城市裡見到的各種美麗的風景，他說那座城市風景多麼好，那個公

司老闆多麼關心員工，還說等有錢了一定帶她去那個城市旅遊，去看看他建設的那個陽光100⋯⋯

她沒告訴他，那晚上她在電視裡面看到了他。她只是緊緊地握著他的手，呢喃著：「陽光100，真好！陽光100，真好！」

他給她做了豬肉燉粉條，她只吃了幾口，便忍不住轉過身悄悄擦去眼角的淚花。她說挺好吃的，就是有些膩，她讓他吃，他吃得滿臉紅光，還直說和他最近這幾個月吃的是一樣的味道。

他酣然入夢了。她又翻出那兩封信，目光久久地停留在「陽光100」上面。她不知道真實的「陽光100」是什麼樣子，但是，她百分之百地相信：身邊這個疼她愛她的人，慧心地照進她心靈的那些陽光，會讓她一生都擁抱溫暖與美好。

最美的情話

一家女性雜誌和一家著名的網站，聯合舉辦了主題為「我心中最美的情話」徵文大賽。為了吸引更多的參賽者，大賽組織者找來了多家贊助商，不僅為獲獎者提供了豐厚的獎金，還為特等獎得主提供了往返歐洲的「情侶遊」機票。再加上網站和雜誌的大力宣傳，應徵的情話雪片般地飛來，其中有許多令人怦然心動的新穎、別緻的情話。經過認真的評審，最終摘取「最美的情話」特等獎的，竟是眾人驚訝的一句極為樸素的話語你坐著，我來幹。

那麼多柔情似水或甜蜜芬芳的情話，怎麼抵不過這「土得掉渣」的六字告白？讀者們議論紛紛，網站上的爭論也如火如荼。不久，大賽組委會特意邀請到特等獎得主，透過網路影片，那位擺水果攤的女工，向眾人講述了她那有關「最美的情話」的故事。

第四輯　愛是一勺鹽

那時，她大學剛畢業，拿到那家外貿公司的錄用通知書，她興奮地跟男友找了一家咖啡廳慶賀，兩人幸福地描摹著對未來的憧憬。誰也沒有想到，在牽手回家的路上，一輛煞車失靈的小貨車，從後面撞上了她。從昏迷中醒來時，她驚愕地發現，自己的一條腿被截掉了，另一條腿上也打著石膏。對面病床上的他，頭上和手臂上也都纏滿了繃帶。

還好，他的傷沒有大礙。這是她巨大的傷痛中最欣然的慶幸。

還好，我們還能夠牽手。這是他見到她甦醒過來最先想到的。

很快，他便掙扎著下床了，並不顧醫生和家人的反對，他攆走來照料他們的親人，堅持要自己照顧她。她說他也是一個病人，也需要照顧。他笑著說自己那點輕傷，不礙事的，她才需要好好照顧，自己說過要心疼她一輩子的。

她感動地說自己沒了一條腿，工作也失去了，已變成了一個廢人了，不能拖累他。

他嗔怪她胡思亂想，說她永遠是最完美的，從前是，現在依然是，以後也是。

他勤快地幫她倒水、拿藥、削水果、翻身、解手……他的眼睛那麼靈敏，彷彿她的每個心思，都能馬上看懂，見她想要做什麼，他總會馬上說一句「你坐著，我來幹」，攔住她，隨即幫她完成。

看著他周到地幫她做著一切，她想起了初戀時，他就這樣喜歡寵著她，什麼大工作小工作都搶著幹，而且幹得那麼心甘情願，沒有絲毫的做作。他的一句口頭禪「你坐著，我來幹」，是她聽到的最甜蜜的愛的表白。於是，被甜蜜的愛情籠罩的她，在大學校園裡，習慣了坐在那裡等他去排長隊給她買回家的車票，習慣了坐在餐桌邊看他去買單，習慣了坐在樹蔭裡看他一臉汗水地幫她修單車，習慣了坐在旁邊看他手法嫻熟地為她削蘋果……

最美的情話

　　出院不久,他和她走進了婚姻殿堂。婚後,他把那句「你坐著,我來幹」,用行動詮釋得更生動、更具體了。其實,婚前和婚後,她也多次像他那樣,不容爭辯地對他說「你坐著,我來幹」,動手幫他整理書稿,幫他發送郵件,幫他熨衣服,幫他沏茶……她快樂地做著這些,感覺自己像他讚賞的那樣還是挺優秀的,儘管腿殘了,失去了體面的工作。

　　他所在的公司裁員,雖然他很努力,但不幸仍降臨到了他的頭上。他又在另一家公司找了一份很辛苦、報酬不高的工作,可是,他仍整天樂呵呵,他安慰她,說他在一邊當圖書策劃編輯,一邊學習寫作,說不定哪一天自己還能策劃出暢銷書,或寫出了暢銷書,會名利雙收的。她說她相信,知道他辛苦,她便搶著做家務,他身子剛要動,她馬上溫柔地一句「你坐著,我來幹」,讓他多歇息一會兒,集中精力做好手頭的工作。

　　平凡的日子波瀾不驚地向前流動。轉眼間,女兒八歲了,一家人歡歡笑笑,儘管他們手頭一直拮据,多年蝸居的小屋卻始終溫馨飄溢,他們成了人們羨慕的恩愛家庭。女兒也受了薰染,很小便學會了做家務,她還時常調皮地模仿他們來一句「你們坐著,我來幹」,爭著為他們服務,讓他和她感覺猶如中了大獎般開心。

　　再後來,她在街口上擺了一個水果攤,收入雖不多,但她很開心。他一有時間,就過來陪她。顧客不多時,他會很習慣地對她說「你坐著,我來幹」,她就乖乖地像戀愛時那樣,笑臉盈盈地坐在那裡,看著他的背影,那樣心滿意足地忙來忙去。溫柔的陽光,照在小小的水果攤上,那一刻,她感覺自己就像一個幸福無比的公主。

　　那天,他沒在跟前,她試著搬動一個水果箱時,不慎撞翻了一摞水果箱,植過鋼板的那條腿被砸傷了。他心疼得不停地自責,怪自己沒幫她擺好攤,讓她遭罪了。她卻說是自己一時走神了,正好傷腿裡的鋼板也該換了。

第四輯　愛是一勺鹽

　　住院的日子裡，他對她的照顧比以前還細心，有時乾脆命令她「你坐著，我來幹」，把一切都大包大攬了。她說他，若什麼都不讓她動，她會變得又胖又懶的。他說那也不怕，那你就坐在床上，我照顧你一輩子。

　　他說那麼真誠。她心裡暖暖的，眼睛裡蓄滿了幸福。

　　拗不過她，他只得同意她繼續擺水果攤，但他每天都早早幫她擺好，晚上再幫她收好，生怕她再有任何閃失。其實有很多事，她完全可以輕鬆地做好，他卻攔阻她「你坐著，我來做」，不由分說地為她代勞。

　　她絮絮地講述著她和他平凡的生活、平凡的愛情，無邊的幸福沒遮攔地掛在臉上。

　　很快，眾多網友紛紛在網路上留言，大家一致贊同評委的英明的確，那白開水似的六字情話，是最樸素的，是最真誠的，也是最美的。它來自於愛的心靈，滋潤了愛，培育了愛，也收穫了愛。

　　「你坐著，我來幹。」一句洗去鉛塵的情話，無比的真摯，無限的情意，無數的關切，全都融入了這簡單無華的愛的表白，讓美麗在艱難中綻放，讓富足在清貧中走來，讓美好在平凡中誕生。多麼願意有人能對自己說出這樣的情話，多麼希望自己也能說出這樣的情話。

滿屋的太陽

　　那時，他還只是一個非常普通的煤礦工人，經常要下到數百公尺深處，在漆黑的世界裡面採掘光明。那工作，髒，苦，累，還有一定的危險。

　　而那時的她，沒有固定工作，主要是照料一家老小的生活，只是偶爾在礦上的一個服務公司做一些零工。其實身體瘦弱的她，每天要操勞

的事情也很多，也很辛苦，她卻感覺很幸福，說自己嫁了一個知疼知熱的男人，是前世修來的福。

他經常會給她講一些礦井下的事情，主要是他和同事們的一些讓人輕鬆的事情，比如誰一頓飯消滅幾個大麵包，誰繫了老婆的紅兜兜，誰旋採技術多棒，誰最先發現了特等焦炭，他從不講瓦斯濃度過大差點引發爆炸、掌子面劇烈搖晃等危險場景。然而，聰穎的她，還是能感覺到井下環境的惡劣，她只是佯裝不知。

她的勤快在礦區是出了名的，他升井回家，她什麼工作都不讓他插手，他要幫她，她便攔住他，你好好歇歇吧，有工夫多晒晒太陽，對身體好。

那個寒冷的冬日，他一進屋，便看到她正在窗前認真得像一個小學生似的畫著一輪太陽，碩大的，金燦燦。

他好奇地問她，怎麼突然畫起太陽來了？

她關切地對他說，現在是冬季，天短了，你每天下井前見不到太陽，升井後也見不到太陽，擔心你一整天在黑暗中工作會冷、會恐懼，便畫了太陽，你每天下井前，看一看它，心裡就能暖和一些。

哦，是這樣啊。他目光停在她和那輪太陽上面，第一次發覺她的浪漫，像一個詩人。

那時，他和她剛剛三十，彼此恩恩愛愛，將一份艱辛的日子過得溫馨飄溢。

時間過得真快，一晃二十年過去了，兒子已大學畢業在大城市找到了工作，他已成為一名管理數百人的主管。他們搬進了寬敞明亮大房子，還買了小車，銀行有了可觀的存款。日子真的是一天比一天好起來。

第四輯　愛是一勺鹽

但是，不幸猝然降臨她去市場買菜時，遭到一個不明人士的突然襲擊，一塊石頭砸在她的腦袋上。經過數月的救治，她總算走下了病床，卻痴傻得連他也不認識了。

他毅然辭了工作，帶著她輾轉多間頂尖的醫院，仍沒能出現期待的奇蹟。她除了每天傻吃傻喝，便拉著他的手去晒太陽，無論春夏秋冬，無論天晴天陰。看到她呆傻的樣子，他心裡有說不出的疼痛。

但有一件事，可以讓她靜靜地待在屋子裡，那就是畫太陽。只要一說畫太陽，她就會坐下來，像從前那樣握著畫筆，在紙上一絲不苟地畫一枚枚大大小小的太陽。畫好了，還問他是否好看，見他點頭，聽他說好看，她就開心地笑了，然後把畫好的太陽貼到牆上。她邊貼邊唸叨，看一看太陽，就暖和了。

很快，他們所有房間裡都貼滿了她畫的太陽。實在貼不下了，他便在晚上悄悄撤掉一些，騰出地方來，讓她再貼上白天畫好的太陽。

有時，她會乖巧地坐在他的懷裡，指著貼滿屋子的太陽，快樂地自言自語：真好，有這麼多的太陽，你一定不冷了。

是的，不冷了。他輕輕地摟著她瘦削的雙肩，寶貝似的。

時光緩緩地流淌。他早已習慣了每天看著她畫太陽，幫她貼太陽，跟她一起欣賞那些太陽，再悄悄地收起那些太陽。一天又一天，一年又一年，從白髮雜生到鬢如霜。

一枚枚融了深情的令人心暖又心酸的太陽，照耀著她病後的愛情生活。

年後，她坐在窗上，拍著手，看他往牆上貼剛畫好的太陽，突然，頭一歪倒下了，再也沒有醒來。那一刻，滿屋的太陽，似乎都黯淡了光芒。

她走後，兒子要接他去一起住，他搖頭：我還想留來，再陪陪你母親，我怕她孤單，怕她冷。

他把那些標了日期的太陽畫一一開啟，按時間順序，從臥室一直滿滿地鋪展到客廳。逐一輕輕地撫摸過去，宛若撫摸著尚未走遠的一個個鮮活的日子。他的心海，霎時，湧過縷縷溫暖。

他將她的第一幅畫和最後一幅畫放到一起，久久地凝望著，他看到了他們半個多世紀的相濡以沫，正如那滿屋的太陽，簡單而豐富，平凡而精彩。

很少有人知道那滿屋的太陽，就像很少有人知道他們的愛情，但是，他和她有過，珍惜過。唯此，他們可以驕傲地告訴世人在人群中他們多麼普通，在生活中他們多麼平凡，在愛情上他們多麼富有。

愛是一勺鹽

我渴望擁有一份**轟轟**烈烈的愛情，就像那些文學經典中的主角一樣，愛得純潔、愛得浪漫、愛得忠貞、愛得蕩氣迴腸、愛得淋漓盡致……然而，在我的芳華歲月裡，只有過曇花一現的愛的歡欣，更多則是失落、惆悵和無邊的寂寞，心中不時湧起的是愛的隱隱疼痛，我困惑：為什麼那些憧憬中的美好愛情，總像美麗的水中月、鏡中花，可望而不可即呢？

那天，再次失戀的我獨自坐在窗前，又在暗暗慨嘆自己與愛無緣。不經意地抬頭，看見白髮蒼蒼的祖母正拿著一把水靈靈的水蘿蔔，坐在門前老榆樹斑駁的影裡，戴著老花眼鏡，像在做著一件神聖無比的工作，細心地摘去水蘿蔔帶斑點或有點發蔫的葉子。

我知道，她又要給祖父熬自己最拿手的蘿蔔骨頭湯。在我的印象

第四輯　愛是一勺鹽

中，祖父祖母的日子過得實在太普通了，普通得似乎只需幾句話就可以概括出來。他們一輩子辛辛苦苦地勞作，好不容易賺來的一點錢，大都用於供兒女們讀書、成家立業了，他們的衣食常常簡單到不能再簡單。即便是現在兒孫們多已很有出息，生活條件已大有改善，可他們依然喜歡簡單。他們說早已習慣這樣了，改不了了。

我曾問過至今仍不失端莊秀惠的祖母是否後悔嫁給了祖父，祖母笑著：「怎麼會呢？你問你爺爺後悔過嗎？」

我心存疑慮地再去問祖父，他的回答竟和祖母一樣，甚至連說話的神色都一模一樣，乾脆而自信，似乎他們擁抱的愛情和生活都是幸福無比的。

再次走進祖母的小屋，見她又在認真地做著那被祖父多次嘖嘖讚嘆的蘿蔔骨頭湯，我禁不住好奇地問：「奶奶，您覺得自己這輩子真的擁有幸福的愛情嗎？」

祖母笑著一點我的額頭：「傻孩子，我不是告訴過你了嗎？那還用問嗎？你難道看不出來？」

「可是，我感覺到您和祖父過的是波瀾不驚的日子，只是一天天簡單地重複著，很難找出多少值得一提的愛的動人情節啊。」我想說，有些木訥的祖父從來不會對她有「我愛你」這樣親暱的表白，更不會有情人節浪漫的送花，甚至恐怕他連她生日是哪一天都不記得，因為我從未聽說他給祖母買過什麼生日禮物。

祖母沒有立刻反駁我，只是用勺子輕輕攪動砂鍋裡的蘿蔔，升騰的熱氣迎面而來，她的眉宇間寫滿孩童般的歡喜。

「我想，您和祖父的愛情實在是太平淡了，平淡得有些乏味了。」我忍了許久的心裡話脫口而出。

祖母馬上搖搖頭，她拿過那個碰了一道深深裂痕的古董般的鹽罐，

取了一勺晶瑩的食鹽,舉到我面前:「孩子,這一勺鹽,你能看得清清楚楚,可是你不能把它直接吃下去。現在,我把它撒到湯裡面,一會兒就化得沒了蹤影,這一鍋毫不起眼的菜湯很快就變得有滋有味起來。什麼是愛呢?愛就是這樣本身味道很濃的一勺鹽,不是用來直接吃的,而是要把它適時、適量地撒到菜或湯裡面,讓它把每一道菜和湯都調配得鹹淡適宜、美味合口……」

祖母形象的比喻不無道理,我也似有所悟。

祖母八十五歲那年冬天,不慎在雪地裡跌了一跤,造成了大腿骨折。躺在病床上的祖母,像個調皮的孩子,不用我父母、叔叔、姑姑去護理,甚至不大喜歡吃他們送來的飯菜,堅持吃祖父做的飯菜。而一向笨手笨腳的祖父,竟然在祖母近乎手把手的指點下,像一個認真的小學生,在廚房裡有模有樣地忙碌起來。菜炒鹹了,他就羞愧地搓著圍裙不住地檢討,菜炒淡了,他就趕緊再去添鹽。在祖父精心照料兩個月後,祖母可以下地活動了。這時,平素不大愛做家務的祖父,已變成廚房裡的一把好手,居然把菜炒得形、色、味俱佳,令我們這些晚輩都不禁刮目相看。

春光明媚的早晨,看到祖父和祖母相攙著從早市回來,每人手裡拎著一袋新鮮的蔬菜,說說笑笑地走進社區。想起他們不知不覺間已經這樣牽手走過了金婚紀念日,依然從容地走在他們很少為人們察覺的幸福之中。恍然,我想起了祖母的那句「愛是一勺鹽」的比喻。

是啊,祖父和祖母的愛情和婚姻一直都是這樣平平淡淡,似乎很難成為我那些精美的愛情故事中的一個章節,但誰又能說他們沒有幸福的愛情呢?真的,很多的時候,愛不是豪華、精美的大餐,愛只是一勺有著神奇魔力的鹽,誰都可以用心和智慧把它撒到生活裡面,讓它自然地溶化在每一個平淡無奇的細節裡。那樣,即使是如清水白菜一樣簡單的生活,也會被愛經營得有滋有味,久久地芳香飄溢。

第四輯　愛是一勺鹽

一 比一紙婚書更重要的

　　那就是愛了，只那麼驚鴻般的一瞥，便注定了這一生一世的相依相守。

　　當時，她剛剛結束了一場不堪回首的婚姻，帶著兩歲的兒子和外人也能看得到愛的傷痕，在那個大都市裡為生活而艱辛地打拚著。而他，剛剛從美國留學歸來，受聘於那家著名的大公司，正是世人豔羨的青年才俊，許多美女在向他暗送秋波，主動幫他牽紅線的媒人也是一個接一個，他卻總是以「工作太忙，以後再說」為託辭，謝絕所有的熱情關心和關注。

　　那個初冬的早晨，他晨練歸來的路上，先看到了她那熱氣繚繞的餛飩攤，待走近了，他的心怦然一動：很奇怪，自己在哪裡似曾見過她？努力地回想，卻怎麼也想不起來。雖然她戴著口罩，但口罩沒能遮住她那淺淺的微笑，那微笑仍有著纖塵不染的美。

　　再見到她時，他一邊慢慢品著那碗香氣四溢的餛飩，一邊與她閒聊起來。

　　兩個月後，他對她已有了很多了解。那天，在她收攤時，他走到她面前站定，目光直直地盯著她的眼睛，很認真地對她說：「我愛上你了，我願意給你時間，等你了解一下我，然後再決定是否愛我，但我特別希望你也會愛上我。」

　　「謝謝你！我們不合適，還是不要耽擱你寶貴的時間了。」她直截了當地拒絕，因為那愛的陰影尚未從她心頭移開。

　　「我能夠理解你的心思，但我是認真的，你還是考慮考慮，我求你。」他一臉的真誠。

　　「你那麼優秀，我配不上，我和你之間是不可能的。」她看到了他清

澈的眸子裡盈著真純，如果是在自己生命最鮮美的時光遇見他，聽到他那樣的表白，她想自己一定會接受的，而現在，她選擇拒絕。

「我相信，我們是最合適的，時間和事實將作證。」他異常堅定地告訴她。

接下來，他便開始了鍥而不捨的愛情追求之旅，她一而再、再而三的拒絕，非但沒澆滅他心頭熊熊的愛情之火，反讓他愛得更堅定，更熱烈。得知他愛上了她，許多人跌破眼鏡，都困惑不解問他為什麼對那麼多優秀的女子視而不見，卻對她這個帶著孩子的離異女人情有獨鍾，他鄭重地告訴人們：「理由只有一個，她是我今生的唯一。」

「她是我今生的唯一」，當她聽到他這句擲地有聲的愛的告白時，她的眼淚再也忍不住了。其實，她多麼想大聲告訴他「你也是我今生的唯一」，但是，他那麼優秀，自己那麼卑微，他們之間根本不可能。所以，她搬了家，逃離了他。而當他滿面憔悴地站到她跟前時，她又心疼了。

她感動地：「你真傻，為什麼非要愛一個不值得你愛的人？」

他說：「我一點都不傻，我遇見了愛，就不能錯過了，若錯過了，我會一生扼腕痛惜。」

他依然痴痴地愛著她，一天又一天，心甘情願地被感動自己的愛打敗。

終於，她被他執的赤誠深深打動了。在那個桃花盛開的四月，兩人相擁欣悅而泣。

一場盛大的結婚慶典結束了。在滿溫馨的新房裡，他與她對坐，他幸福地望著她，眼裡是一朵一朵的花，鮮豔欲滴。她幸福地望著他，眸子裡閃著露珠般的晶瑩，口中喃喃著：「這是真的，真的，不是夢中。」

「是的，不是在夢中，我們在用愛演繹著真實。」他握住了她的手。

第四輯　愛是一勺鹽

　　洞房花燭夜，她不禁又拿過那個鮮紅的結婚證書，輕輕地撫摸著。他卻把證書拿過來，只那麼淡淡地掃了一眼，便隨手將它撕碎了。

　　她驚愕地看著他扔掉那些碎屑，一時不知自己究竟做錯了什麼。

　　他笑著將她一下子擁到懷中，緊緊地貼著她的胸口，平靜而堅定地告訴她：「親愛的，結婚證書只有離婚的時候才有用，我真心地向你保證，今生它都不會派上那樣的用場。」

　　只此一語，便讓她的心猛地一震：「好！我也相信它再也用不上了。」那一刻，她感覺自己就是這個世界上最幸福的女人，她聽到了一句最樸素也最深沉的愛的誓言。

　　撕碎了那一紙婚書，他便把一生愛的承諾，留給了靜水流深的美好歲月。

　　此後的日子裡，他和她恩恩愛愛，向世人呈現了一份令人羨慕不已的愛情。無論他是成了企業主管，擁有了顯赫的財富，他始終愛她如初，會牽了她的手逛街，會和她一起去擺攤，會一臉驕傲地向人們介紹她是他好不容易才追到的最好的愛人。而她，也從沒有像某些女人那樣，對自己的丈夫擔心和猜疑過，因為在他撕碎了結婚證書的那一刻，她便再也沒有對自己婚姻恐慌過。

　　二十年的煙塵歲月，增長了年輪，也令他們的愛情更加真醇，如窖藏的老酒。

　　當閨中密友驚訝她居然撕掉了結婚證書，有些擔心地問她：「有朝一日，當你美麗不再時，你該用什麼拴住他？」

　　她淡定地笑道：「你認為那一紙婚書，就能夠拴住愛情嗎？」

　　好友啞然：是啊，紅塵裡，有多少男人在燈紅酒綠的誘惑中迷失，早就拋卻當初那些信誓旦旦的愛的表白，有多少女人揣著結婚證書，卻

守著冷清的空房，守著一份清湯掛麵般半死不活的婚姻。既然那麼多愛可以走遠，甚至可能由愛轉恨，一紙薄薄的婚書，又能拴住什麼？

還是她說好比一紙婚書更重要的，是兩顆忠貞不變的心，在不斷書寫愛的浪漫與現實。

幸福的愛需要經營

幾位家庭美滿幸福的朋友小聚，酒酣之際，聊起了如何贏得幸福的愛情的話題，每個人都滿臉的驕傲，似乎都深有體會，都想說出自己獨到的見解。於是，有人提議，每個人都把自己的感受講出來。

率先開口的是一位大學老師，他剛畢業的時候，被分到了一個極為偏遠的小鎮，當了一名中學老師，後來娶了一位心靈手巧、活潑開朗的妻子，她能夠把一盤馬鈴薯絲，炒出比豬肉還要鮮美的滋味，能夠用 100 元錢換來 1000 元錢的幸福。在那些手頭拮据的日子裡，她每天呵呵的笑聲，是擁擠的小屋裡最美的音樂。他伏在飯桌上寫文章，她就在旁邊認真地教女兒疊千紙鶴。她心中裝了無數個夢想，在剛剛結婚時，她就向好友宣揚，有朝一日他們會搬到都市生活。有時，他剛剛產生一個寫作靈感，她就催著他趕緊動筆，並開始設計拿到稿費後的用場。

後來，他的文章越寫越好，書出了一本又一本，他竟真的被調入都市的一所大學，還拿到了博士學位。他說，是妻子始終不改的樂觀，讓他淡忘了生活中的那些艱辛，只感覺到有無數的幸福正在前面向他們招手，只感覺到不停地奮鬥的快樂。

掌聲響起，為他的快樂追求和快樂打拚，終於在贏得事業成功的同時，也收穫了幸福的愛情。

第二個發言的是一位商界女豪傑。她頭腦靈活，做事幹練堅決，把

第四輯　愛是一勺鹽

生意做得風生水起，令很多鬚眉都豎指讚嘆。她的老公原本是一名公務員，在一家很好的公司，有著廣闊的升遷前景。可是，在她生意最艱難的時候，他毅然辭掉了公職，全力以赴地支持她。即使在她投資失誤、血本無歸時，他也始終沒抱怨過一句，而是笑著安慰她說，沒什麼大不了的，即使去乞討，他也會陪著她。

幾經周折，她的生意終於柳暗花明。這時，她的老公又心甘情願地做了她的祕書兼司機。而她無論頭上籠了多少耀眼的光環，她總是由衷地說，她的成功背後，站著一個更能幹的老公。無論有多忙，她都會擠時間下廚房，做一桌可口飯菜，一家人其樂融融地圍坐在一起。

其實，這是她的第二次婚姻。她先前嫁的那個男人，特別能挑剔，不是嫌棄她做事馬虎，便是抱怨她不夠溫柔，一會兒嘮叨菜鹹了，一會兒嘟囔洗腳水太熱了。分手多年後，那個男人遇見她，說沒想到她會取得那樣大的成功。她淡然一笑，說他沒想到的還很多。

掌聲再次響起來，她這樣真切地感慨：只因為遇到了深愛我的人，知道了不能辜負那份愛。所以，我才贏得了今天的成就。

接下來發表幸福感言的，是一位在郵政公司上班的普通職員。他和愛人當年讀的都是高職，畢業後分到了同一個公司，愛人做內勤，他做外勤，兩人的工作都挺辛苦的，收入都不算高，但兩個人精打細算，齊心協力，把一份簡單而樸素的日子，過得溫馨洋溢，令許多熟悉或陌生的人都羨慕不已。

有人問他，誰做的家事多，他撓撓頭，還真的分不清。因為誰先回到家，都會想到沒回來的那位還在辛苦，都搶著多做一些，讓對方多歇息一會兒。雙方的父母年紀都大了，他們便抽了時間，隔三岔五地一同回到老人那裡，拎一點兒生活用品，幫著老人做些雜工作，陪著老人聊聊天。老人樂呵呵地逢人便誇獎，他們倆特別孝。

他的最深感受幸福的愛情，是一點點地經營起來的，是相愛的兩顆心，在一大堆的瑣碎雜事上面，種出鮮豔無比的幸福之花。

　　他的話語未落，便贏得了更長的掌聲。而接下來的講述和感慨，同樣精彩。

　　雖然每個人的經歷不同，每個人抵達幸福愛情的途徑不同，幸福愛情的內容也各不相同，但有一點大家都贊同幸福的愛情並非天然的，而要依靠雙方協力，細心呵護，認真經營，才能一天天成長起來，從一粒愛的種子播下，到愛的辛勤耕耘和灌溉，再到愛的如意收穫。幸福的愛情，始終需要慧心地經營。

低下頭，看到愛

　　她大學讀的是理工，學院裡女生少得可憐，一個個被男生寵愛得心高氣盛。

　　不記得在哪一本書裡，她曾看到女主角曾說過大意是這樣的話：無論在愛情上還是婚姻裡，都不要輕易地低頭，低下了頭，就等於是承認自己輸了，就把主動權拱手讓出了。

　　她將這段話講給同寢室的姐妹們聽，竟得到了不少附和。由此，她便在愛情和婚姻中時時高昂了頭顱，即使自己有了過錯，也要強詞奪理，不肯低頭。

　　好在她遇到了特別愛自己的他，他容忍了她的小姐脾性，事事、處處謙讓她，有時明明是她的錯，他也不跟她爭辯，還要努力找出自己的不是，幫她找就勢下坡的臺階，滿足她小小的虛榮心。一次又一次，他無可挑剔的好脾氣，令她感受到了他的寵愛。

　　步入婚姻殿堂後，她依舊從不肯認輸，有時明擺著是她的過錯，她仍

第四輯　愛是一勺鹽

要大著嗓門無理攪鬧，直到他先舉手投降，她才偃旗息鼓。靜下心來，她也暗自檢討自己很不淑女的蠻橫，也覺得自己有些過分了，也會換了方式彌補一下，讓他感覺自己不過是一個任性的小女孩，心裡其實是很愛他的。

可是，他縱然再有氣度，也禁不住她得寸進尺的「霸道」。終於，因為她不聽勸阻的草率決定，令他們辛苦累積下來的積蓄，在股票市場損失慘重。那天，他本來只是委婉地勸了她兩句，讓她以後投資要慎重，正陷入懊惱之中的她，反而不講道理地埋怨他以前總反對她炒股，以致錯過了好時機。他沒再沉默或自責，而是爭辯了幾句，兩人便爆發了婚後第一次激烈的爭吵。

她一摔門，扔下在身後大聲喊她別走的他，去找同窗好友蘇珊。

一路上，他打了好幾次電話，她賭氣地不接。隨後，是他的簡訊，告訴她：別只顧著生氣，要想著吃飯，你的胃不大好，想著買一盒八寶粥；錢損失了可以再賺，若是弄壞了身體，就得不償失了。

雖說他沒有像往日那樣，立刻向低頭認輸，可他還惦記著她的胃，惦記著她的身體，她的心還是被溫暖了，有了一絲愧疚。

蘇珊一開門，便打趣她：「驕傲的公主，快先吃飯吧，等會兒再跟我傾訴你的委屈。」

「你怎麼知道我還沒吃飯？」她驚訝地看到了餐桌上八寶粥、黑麥麵包和韓國泡菜，全是自己喜歡吃的。

「除了寵愛你的先生，還會有誰？」蘇珊曾不止一次誇獎她嫁得好。

「他還跟你說了些什麼？」她故作生氣，內心裡卻先軟了下來。

「他還說，讓我好好勸勸你，別真的生氣，別傷了身體。」

「早知道這樣，他就該先低頭，承認他的不是。」她馬上又來了犟脾氣。

「呵呵，真的該批評他，這麼多年來，一直寵著你，把你慣出了在家裡從不低頭的壞毛病。」蘇珊委婉地批評她。

「你家先生不也很寵著你嗎？你還跟我說過，你家先生最喜歡的，就是低下頭來跟你說話。」她曾經逗身高不到一百六十公分的蘇珊，嫁了一百八十公分的先生，以後想不仰頭都難了。

「你知道嗎？兩個人在一起過日子，他低下頭來，我們就一樣高了，他看到了我眼裡的愛，我也看到了他眼裡的愛。如果兩個人都仰起頭，還會看到什麼？」蘇珊眼裡流露著溫柔。

「可是，低下頭來，不就是認輸了嗎？」她猶有不甘。

「如果是輸給愛情，低下頭又何妨？他向你一再低頭，還不都是因為愛你嗎？」

蘇珊的話，響鼓一樣敲醒了她：原來，在兩個人的愛情裡面，有些心甘情願的低頭，不是因為誰對誰錯，而是因為那一腔的真愛。他一直寬厚地容忍自己的任性，不多爭辯地向她一再低頭，只因他愛得太深。

她一刻也不想再拖延了，她要立刻趕回家，要溫柔地站到他面前，低下頭來，誠懇地向他道一聲：親愛的，對不起，我錯了。

是的，就在她低下頭時，她驚喜地看到了愛，看到了洋溢在生活裡面那些摯愛真情。

一個幸福的生活家

很偶然的一次公務出勤，我來到著名的觀光景點。

那晚，我在網路上給親朋好友們上傳我在景點拍的那些漂亮的照片，一位大學同窗看到了，告訴我，聽說我們班的小艾，好像就住在那裡。

第四輯　愛是一勺鹽

小艾是我們班的老么，有一張似乎總也長不大的娃娃臉，笑起來，左頰就出現一個淺淺的酒窩。

大學畢業二十二年了，我與昔日的同窗們散在天南海北，被忙碌的生活追逐著，不少同學早已斷了聯繫，包括小艾。

第二天一大早，我就委託當地的朋友，幫我尋找小艾。傍晚時分，我正在賓館裡等消息，有人敲門，竟是小艾，他依然那麼年輕，我一下子就認出來了。

熱烈擁抱後，我拉著他的手：「你怎麼跟同學們玩起了失蹤？很多同學都不知道你藏在這裡了。」

「我沒藏啊！大家都在忙事業，我在忙生活，聯繫少了。」他微笑著，左頰上那個淺淺的頰窩還在。

他邀我去他家裡坐坐，我欣然地隨他下樓。

他說路不遠，不用搭計程車，我們可以走著過去。

兩個人在銀裝素裹的大街上走著，往事清晰地憶起。足足走了 30 多分鐘，我身上冒汗了。見我對「路不遠」面露困惑，小艾笑著安慰我，馬上就到了，結果又走了將近半個小時，走出城好遠了，我才看到雪野上的兩棟新樓，那裡有他的新家。他原來住的平房也在這裡，前年拆的。

一進小艾的家，迎面撲來一股特別的生活情趣和情調，那麼鮮明，那麼強烈，一下子就攫住了我的心。

「這麼溫馨，是弟妹的功勞吧？」我問一旁笑盈盈的小艾妻子。

「是我先有了做生活家的理想，她受了影響。」小艾一臉的自豪。

「嫁他就隨他唄，做個生活家也挺好的。」小艾賢惠的妻子端上菊花茶，語氣裡滿是幸福。

「生活家？」我第一次聽到這個詞，有些驚訝。

一個幸福的生活家

「很簡單，就是把生活當作人生的頭等事業。」小艾的書櫃裡，擺滿了他蒐羅的奇形怪石，還有他的根雕作品。他在小小的陽臺上，竟然安了一個藤蘿的鞦韆。

「我們每個人不都在為過上好生活，在辛苦地打拚嗎？」我還是有些困惑。

「為好生活打拚當然沒錯，只是許多人在忙碌的打拚中失去了生活的樂趣，一味地工作至上、事業至上，倒置了人生的因果。」小艾輕鬆的話語裡透著玄機。

「因果倒置？把工作幹好，事業有成，這不是很好的生活嗎？」我想說這樣的生活理念，早已深入人心了，難道有什麼不對？

「人生不過短暫的幾十年，應該過一種平和、自由、沉思的生活，不過於看重事業的成功與否，不把工作當作生活的目的，而只當作生活的一種手段。」小艾的觀點，很容易讓人聯想到在瓦爾登湖畔生活的梭羅 (Henry David Thoreau)。

「那的確是一種人生境界，可是⋯⋯」我想滾滾紅塵中有那麼多的名利誘惑，有那麼多的牽絆，畢竟僅有極少數人，才能夠像梭羅 (Henry David Thoreau) 那樣享受心靈的寧靜與豐盈。

「那正是人生的真諦，真正綿長的幸福，也正在那樣舒適的生活裡。」小艾給我斟了一杯自釀的藍酒。

「舒適？」我更困惑了，我們辛苦打拚也很難獲得舒適的生活。

「就像剛才我們一路走來，你可能感覺很辛苦，我卻很愉快，有風景可賞，有舒心的話題，還鍛鍊了身體，這不比拚命地賺錢買車，然後開著車去健身房，要好多了？」小艾隨手拈來的小事裡，卻透著人生的大哲學。

143

第四輯　愛是一勺鹽

「你說有道理，我們許多人的奮鬥，明明是為了讓自己的生活舒適一些，結果卻弄得焦頭爛額，真是本末倒置了。」我不禁想到生活當中那許多根本沒有必要的忙碌。

「是啊，當一個人明白了心靈的自由與充盈，才是生命最可貴的，最值得追尋的，就會放下許多東西，看淡很多東西，就會跟隨心靈的召喚，心平氣和地做生活的主人，而不是做生活的奴僕。」小艾的眸子裡閃著可愛的亮色。

隨著更深入的交流，我越發羨慕起小艾了：他大學一畢業，就自願來到最北端的小城，毫無壓力地過著一種近乎田園的寧靜、安穩的生活，似乎外面的嘈雜和喧囂，與他毫無關係，他遊覽的足跡不過是附近的山山水水，但他的思飄過了萬水千山，穿越了古今。我看了他寫的那些有關歷史思考性的文章，我敢說比自己花了政府補助經費寫的那所謂的學術成果，要好上許多。

我說他那才是真正做研究。

小艾搖搖頭：「我從沒想過那是做研究，我只是喜歡思考一些問題，只是在過一種思考的生活，真切地感受思考的愉悅。」

我越來越敬佩小艾了，能夠活到他的這種境界，看似是一件容易的事情，但我想恐怕沒有多少人能夠真的做到，且從容、淡定、歡欣。

我在社群平臺裡介紹小艾「做一個幸福的生活家」的追求，很快引來大量的留言，大家流露的多是羨慕、欣賞和讚嘆，不少人表示今後真應該好好打量一下生活的真實面目，思考一下生活的真諦……

原來，我們許多人都在追逐幸福生活的路上，遠離了幸福，因為我們忘了一個最簡單的道理唯有做生活的主人，過快樂的生活，才能擁有幸福的人生。

第五輯

今生你若安好

因為懂得,所以慈悲。你若安好,我便晴天;你若幸福,我便心怡。把你放在心上,從愛出發,向愛走去,隨時都可聽到善美的花開,隨處都可遇見明媚的人生。

苦裡的香

真的愛上了一個人,整個身心都會深深地陷入,他淺淺的快樂,他淡淡的憂愁,都逃不脫那雙關切的眼睛。他身在遠方,便有思念如絲,纏纏繞繞,數不清,理還亂,才下眉頭卻上心頭;他在身邊,便有歡喜,活潑如陽光,而倏然的三分鐘熱風,也會撩起無端的憂慮朝朝夕夕,該如何讓愛始終纏綿?

一位忘年朋友尤其喜歡苦丁茶,無論春夏秋冬,他的杯子裡,總會開著一葉白苦丁,或者兩片綠苦丁。見他一杯接一杯,喝得那麼意興盎然,我忍不住向他索要一葉,放進杯裡,幾番沖泡後,那不絕如縷的苦澀,讓我聞而卻口。

我困惑,世間清香、濃香的茶葉繁多,他為何偏偏喜歡苦澀無比的苦丁茶呢?

朋友頗有禪意地徐徐道來:「慢慢地品,你就能品出藏在苦裡的那縷香。」

第五輯　今生你若安好

我仍難以置信：「我品過好幾回了，為何品不出一絲的香呢？」

朋友微微一笑：「到底是年輕啊，等你愛過以後，你就會品出苦丁的苦與香了。」

怎麼又扯到了愛情上面了？我更是一頭霧水了。

朋友接下來的回答裡，透著些許歷經滄桑的深邃：「就像一位作家曾說過的那樣愛的大幕一經拉開，與甜蜜如影相隨的，便是痛苦。真正愛過的人，不僅能品到愛的甜與苦，更會品出藏於苦裡面絲絲如縷的香。」

後來，我才知曉，朋友大學讀書時，曾有過一段痛苦多於快樂的愛情。起初，他與女友的愛情，遭遇了雙方父母一致的反對，他們苦苦地哀求，甚至以死相求，終於被勉強認可，就在他欣然「柳暗花明又一村」時，她突然說自己太累了，只想著一個人靜靜地走後面的人生。此後，她便遠走異國他鄉，兩人再音訊，好似賺斷線的兩隻風箏，各自飄散。

一段以悲苦開始的熾熱感情，又以無限的憂傷黯然結束。千山萬壑都無法攔阻的愛情，何以在一馬平川的原野上戛然而止了呢？她意料之外的薄涼的轉身，為他留下了一生揮不去的寂寞的苦。

如今，朋友已為人夫人父。因為喜歡寫作，我們有了許多關於愛情的探討。他看過我那些輕飄飄的風花雪月的文字，很理解地笑笑：「其實，真正久長的愛情，往往不是一片明媚的，不是一帆風順的，總有著許多的苦楚和無奈，在那些洋溢的快樂後面，藏著許多的痛苦，所以說，愛是難的。」

我坦然：「正因為愛是難的，所以人們才不斷地憧憬、追求愛的美好，不管遇到怎樣的坎坷和磨難，都不放棄心中的真愛。真正懂得愛的人，一定能夠從那些刻骨銘心的疼痛裡，咀嚼出愛的真味。」

苦裡的香

朋友拍拍我的肩膀：「我現在已經懂得，女友離去的決然，與她當初拚死的捍衛，都是給愛留一份難忘的記憶。無論是苦也好，甜也好，還是苦辣酸甜五味雜陳，都是愛情最真實的質地，細細地欣賞，慢慢地品味，裡面都有浸潤生命的清香。」

我覺得，朋友所說的「苦裡的香」，道出了一些愛情的意蘊。作家張愛玲可謂是銳眼看穿紛繁世事了，她卻選擇了那樣令人感慨唏噓的愛情，經歷兩度失敗的婚姻，祈願「歲月靜好，現世安穩」的她，最後不無傷感地喟嘆：「生在這世上，沒有一樣感情不是千瘡百孔的。」儘管如此，她依然懂得，所以慈悲，即便選擇華麗轉身和蒼涼的手勢，也給自己留一份「回想」，給後人留一些回味，品出那苦澀裡的清芬。

那天，再次讀到陸游和唐婉相互唱和的題於沈園〈釵頭鳳〉，在那些如泣如訴的「錯錯錯」和「莫莫莫」裡，我分明看到兩個心心相印卻被無端地拆散的有情人，穿越千年，向後世的人們真誠告白那些刻骨銘心的疼，和那些綿綿無絕期的痛，也是愛情的模樣。唯因如此，才有了真情摯愛不朽的光芒。

問過一位精心呵護幾近成為植物人 25 年的丈夫的妻子，是否感到過那樣的愛情太苦了，她淡淡地回答：「愛了，就不覺得苦了。」

愛了，苦也被沖淡了，甚而品出了香。我相信那位經歷了愛情滄桑的妻子，最簡單的話語裡，透著最值得咀嚼的意蘊：只要有愛，多少疼，多少痛，又算得了什麼？畢竟生命中曾有過那樣美麗的心動，有過幸福的憧憬、激情的擁吻和不懈的努力，無論怎樣的苦，也掩不住浸潤其中的香，就像散落一地的那些寂寥的煙火碎屑，畢竟曾絢美地綻放過。如此，就有足夠一生回味的情節，就不白白地愛一回，短暫或長久。

第五輯　今生你若安好

一 疼痛過後，他們選擇相愛

2002年，艾弗森大學畢業應徵入伍，第二年便參加了美國在伊拉克的戰爭。在進入伊拉克之前，他對這個國家古老的文明歷史，充滿了嚮往之情。他怎麼也沒想到，有一天，自己居然端著衝鋒槍，帶著說不清的疑惑和恐懼，踏進了戰火剛剛洗劫過的巴格達市。

儘管海珊（Saddam Hussein）政權被推翻了，大規模的抵抗已不復存在。但戰爭的陰雲仍未散盡，各類爆炸、襲擊、恐怖活動仍時有發生，艾弗森曾眼睜睜地看著一位戰友，在巴格達市中心被汽車炸彈炸得粉身碎骨，而就在十分鐘之前，他們還談笑風生呢，還提到回國後的打算呢。

2004年春天的一個週末，艾弗森奉命隨一支五人小分隊在大街上巡邏。忽然，有人引爆了安放在街角一個垃圾箱旁的炸彈，幾位平民被炸倒。匆忙趕往出事地點時，艾弗森不慎扭傷左腳，落在了後面。他並沒有意識到，巨大的危險正向他湧來。那位激進的年輕人，從一個水果攤後面，輕輕一揚手，一把鋒利的水果刀，呼嘯著朝他後胸刺去。

聽到響聲，他機警地一閃身，水果刀擦肩而過，扎到路旁一棵大樹上。他端槍朝前搜尋過去。就在他快到水果攤前時，一枚自製的手榴彈，甩到他的腳下，他迅速地上前一腳踢飛冒煙的手榴彈，隨著一聲爆炸，那個血肉模糊的襲擊者，直挺挺地躺在了地上。

他慢慢走到近前，看到襲擊者的手裡，還握著一個被鮮血染紅的信封，未合上的雙眼仍望著天空，顯然，他對這世界還有難捨的依戀。

他小心翼翼地拿過那個信封，從裡面抽出一張照片和一封信。他不認識上面的阿拉伯文字，但從照片上那個美麗的女子深情的眸子裡，他猜測她一定是死者最親近的人。

很快，艾弗森的猜測得到了證實，那封信是那位襲擊者未婚妻米吉寫來的，他們的婚禮定在了下個月。

一段美好的姻緣戛然而止。都是可惡的戰爭，才……好長一段時間裡，艾弗森的腦海裡始終晃動著米吉那甜甜的笑靨，還有她躺在血泊中的未婚夫那帶著稚氣的臉。是不經意間的一次遭遇，他奪走了他們本該擁有的幸福，他竟有了這樣無法解脫的負罪感。

如果那天他不落在後面，如果他沒有遭到襲擊，如果那枚手榴彈不被踢回去……那麼，悲劇就不會發生。他懊惱而遺憾地做著一個個假設，彷彿自己犯下了深重的罪孽。

兩年後，他回國，退役，擁有了一份很不錯的工作。

奇怪的是，那張沾滿血汙的臉和那女子燦爛的笑容，常常會浮現在他的眼前，如此強烈地告訴他那件事非但沒有被流淌的時光沖淡，反而在記憶深處變得更加清晰了。

幾經躊躇，他終於做出了一個連自己也感覺有些不可思議的決定：重返伊拉克，去找尋照片上那個美麗的女子。

他辭掉了薪酬優厚的工作，來到曾經戰鬥過的巴格達，一邊在朋友的公司打工，一邊悄悄地找尋那個叫米吉的姑娘。一年多的時間過去了，他還是沒有見到那個明眸善睞的美麗女子，彷彿她也從巴格達徹底消失了。

朋友不解地問他：「即使找到了，你又能怎樣？想告訴她自己就是奪去她未婚夫生命的人嗎？若是那樣，還不如不見她呢。」

艾弗森默默無語，因為他也不知道，自己真的見到米吉時該說些什麼，又能說些什麼。然而，他仍熱切地期望見到她，即便她將他看作十惡不赦的壞蛋，他也不會爭辯一句的。

第五輯　今生你若安好

那天，他正在平靜的巴格達市郊漫步。忽然，他聽到有人喊米吉的名字，他趕緊回頭，失望卻再次湧來，眼前這位步履蹣跚的老婦，也叫米吉。

一晃，他又在巴格達生活了五年，他結識了許多伊拉克的朋友，他請他們幫助尋找米吉。

2010年，一位在納傑夫工作的朋友告訴他，米吉去了那座城市。

當他風塵僕僕地趕到納傑夫，站在米吉面前時，他驚訝地發現：昔日美麗的米吉，臉上已滿是滄桑。

米吉平靜地告訴他，她早已知道未婚夫遇難的經過，她曾試圖阻攔過他當初的衝動。

「可是，他還是失去了寶貴的生命。也許，我不該作為一名參戰士兵來到這裡。」艾弗森愧疚地回憶了六年前那令人痛心的一幕。

「不該發生的戰爭，傷害的不只是伊拉克人，還有美國人，每一個戰爭中的死傷者，留給其家庭的，都是難以形容的傷痛。」米吉瘦削的身子，在夕陽中顯得楚楚可憐。

「你說得對，雖然我從沒想過參加這場戰爭，但我這一生也擺脫不了戰爭的夢魘了。」艾弗森了解到米吉的父母，都是在美軍最初對巴格達的轟炸中喪生的。

「可以銘記，但不要仇恨。」米吉淚眼婆娑。

「我多麼想為你做一點什麼，來彌補內心的愧疚。」艾弗森真誠地握住米吉的手。

「我不會怪罪你，如果我的未婚夫殺死了你，你的親人同樣也會十分痛苦的。」

「我知道，所以我必須到這裡來，不單單是向你請罪，還想⋯⋯」艾

弗森抬起頭來，眼睛裡盈滿了熱切的渴望。

米吉望著他，一顆善良的心被感動了。

兩個月後，一個鮮花店在巴格達市中心的一條街上開張了。賣花的正是米吉，負責進花、運花、送花的，則是艾弗森。往昔的仇恨和悲傷，已悄然退去。兩個人的眼睛裡，都充滿了愛的光澤，他們心心相印，生活多了幸福的斑斕色彩……

這是一位前往巴格達採訪的記者，向我講述的一個真實的故事。聽罷，我不禁深有感慨：他們似乎應該成為彼此無法原諒的仇人，然而，刻骨銘心的疼痛過後，他們不約而同地選擇了相愛，因為唯有不斷湧動的愛，才能沖淡仇恨，才能捧出更多芬芳的花朵，才能讓這世界變得更美好。

疼痛過後，他們毅然地選擇相愛。他們向世人展示的，是一種闊大的胸襟，是一種非凡的氣度，更是一種純淨的品性。

親愛的憂傷，你好

當時，她一個人去大城市尋夢，千辛萬苦，都獨自默默承受。她喜歡這座現代化的大都市：高樓林立，車水馬龍，光怪陸離，燈紅酒綠，挑戰和機遇隨處都有。儘管四處奔波的那些日子裡，她遇到過種種的不如意，但她都挺了過來。五年後，她贏得了夢想的成功，在市區有了自己的房子，開上了好的進口車。

只是，多年忙忙碌碌的打拚，令她無暇顧及個人的感情問題，不知不覺間，她步入了「剩女」的行列。每每在夜深人靜時，站在自家的陽臺上，望著窗外閃爍的萬家燈火，一縷縷的傷感，便會不邀而至，瞬間就包圍了自己。

第五輯　今生你若安好

　　落寞時，她斟一杯紅酒，坐在柔和的燈光下，伴著輕柔的鋼琴曲，慢慢啜飲。偶爾，她還會點燃一支女士專享的名菸。夾在指間，吸不上幾口，只是看著那細細的菸霧，一點點地在眼前升騰、散開，一如那潛滋暗長的淡淡憂傷。

　　是夜，時針快指向凌晨兩點了，她依然睡意全無。

　　開啟臉書，所有的好友都不線上。她不禁啞然：都這麼晚了，誰還會像自己這樣，如深海裡的一條傻傻的魚，一任暗夜的孤獨肆意齧噬？

　　驀然，她想起那張英俊的臉，白白淨淨，略含憂鬱的眸子，很俄羅斯，又很紳士。他是她在第三家公司時認識的，他的電腦技術特別棒，許多人看得一頭霧水的那些電腦難題，到了他那裡，全是小菜一碟，他不費吹灰之力，便可以輕鬆搞定。那天，她的電腦感染了一種極強的病毒，好幾個同事自告奮勇地幫她，結果卻無濟於事。請他過來，不到五分鐘，便手到毒清，乾淨俐落。

　　此後，她知道了他是一個孤兒，至今不知道親生父母是誰。他很小的時候，就喜歡編輯電腦程式，那些在許多人看來枯燥乏味的程式編碼，在他的眼裡，都那樣生動活潑，就像舞蹈的音符，有著神奇的魔力。

　　她請他喝咖啡。輕輕攪動銀質的杯盞，他目光脈脈地致意……那樣氤氳的氣氛，似乎最適宜展開浪漫的情節，她驟然心水難平。

　　他是一個很好的傾聽者，默默地聽她講述著大學畢業以來的奮鬥之路，講她的憧憬，她的激情，她的坎坷，她的苦辣酸甜……她自己都感到很奇怪，那麼多壓抑在心底的話語，怎麼會一下子便都向他傾倒出來了，彷彿他已是自己最信賴的知音了。而此前，他們僅僅有過屈指可數的兩次交流，他們彼此了解並不多啊。

在她絮絮的講述中，他幾乎沒有插入一句話，只是偶爾地頷首，不時地「哦」一聲，似乎她的那些經歷有著某種無法抗拒的魅力，已將他深深吸引住了。

而她，滔滔地敘述完畢，驀然有了一種神清氣爽的感覺。原來，聰慧的她那一番推心置腹的傾訴，其實並不需要他的撫慰，也無需他指點迷津，她只需有他這樣一個優秀的聽眾，就足夠了。

再後來，她跳槽去了另一家公司，事業開始風生水起。而他，被總部派到國外。

彷彿兩道交錯的鐵軌，短暫的交會後，彼此繼續各自向前的行程。然而，畢竟彼此有過好感，有過心有靈犀的懂得，但誰都不捅破。像一畦韭菜，不割，留著，任其油油地綠。

在這憂傷漫漶的午夜，她忽然想起與他告別時，他的真誠告白「遇到困難的時候，想著來找我，不管我在哪裡，不管什麼時間。」

此刻，她突然特別想聽到他那春風撫水的聲音……他現在何方？是否已經酣眠？是否還記得她？

一切的一切，通通地不管了，她急忙調出他的手機號碼，居然撥通了，他一下子就叫出了她的名字語氣裡滿是不加掩飾的興奮，陽光一樣自然。

「這麼晚了，你怎麼還不休息啊？」一言脫口，她恍然意識到，首都與他在的城市有著五個小時的時差呢，他那邊正是夜生活酣暢時分。

「還沒到休息時間啊！」他很認真地。

「我想你了……」只那麼一句，雙頰醉紅的她，便不知下面要說什麼了。

「那你就買一張飛機票，來我這吧。」原來，他已回去了。

第五輯　今生你若安好

接下來，他給她講了這幾年他不斷變化的工作地點：從哈薩克，到烏克蘭，再到莫斯科。講到自己遇到的那些有意思的人和事，他不時地發出爽朗的笑聲。這一回，反過來了，她做了他的乖巧的聽眾，像在聽一段段真實的傳奇，漸漸地，她心頭那些莫名其妙的憂傷，塵一樣被輕輕地拂去。

從此，每當無端的憂傷襲來時，她都會情不自禁地撥通他的電話，令她自己都深感驚訝：僅僅聽到他的聲音，她的心便會立刻神奇地平靜下來，彷彿他會施展什麼魔法，一下子，就可以讓她的煩惱、焦慮、憂愁、落寞……轉瞬間就煙消雲散。

甚至，交了男朋友後，她仍喜歡把自己私密的心事，一一說與他聽，儘管他沒給她出過多少主意，他偶爾的幾句分析，有的也不大可靠，令她忍俊不禁。可是，她仍願意向他傾訴，也願意傾聽他的講述。他們是彼此最好的聽眾，認真，耐心，不隨便打斷敘述，不妄下結論。

隨著如火如荼的愛情持續升溫，她的心情也一天天陽光燦爛起來。工作越來越忙了，她卻沒感覺到多麼疲憊，只以為前面的日子一片光明。

說什麼也沒想到，就在她與男友準備談婚論嫁時，男友的初戀，突然從英國歸來，兩個人舊夢重溫，將她推進了冰冷的傷心谷。

在那個月色溶溶的秋日午夜，她坐在酒吧裡，一杯接一杯地向胃裡灌著桔黃的憂傷。

忽然，有人輕拍她的肩頭，她猛地一回頭，霍然驚住：「怎麼是你？」

「很奇怪吧？我又回到這裡了。」兩人手裡的杯子輕輕一碰。

沒錯，正是他。分開五年了，他依然是她記憶裡的模樣，好像一點都沒改變。

「真的？這次回來，就不要走了吧。」她突然想緊緊握住他的手，生怕他從眼前消失。

「好啊！我準備聽你的。」他目光裡流露的，正是她渴望的似水柔情。

很快，她和他便走進了婚姻的殿堂。

婚後的某一天，她依偎在他胸前，撒嬌地問他：「當年，你最喜歡我的是哪一點？」

「最喜歡你那淡淡的憂傷，像一首古老的俄羅斯民歌。」他直言不諱。

她驚訝地站起：「我第一次見到你，愛上的，也是你那略含憂傷的眼睛。」

「是的，我們有共同的審美觀。」他幽默道。

「可愛的憂傷！」她的心弦似被什麼突然撥了一下，那麼輕柔，又那麼美妙。

那天，她在書店看到一本小說《憂傷，你好》，不由得心花綻放，她毫不猶豫地買下，一路心情明媚地喃喃自語：你好，親愛的憂傷！親愛的憂傷，你好！

愛那麼真，愛那麼痛

他是一個遺腹子，父親戰死在異國他鄉。做中學教師的母親，靠著微薄的薪水，撫養他熬過了異常艱難的童年。在那些清貧的日子裡，他最喜歡做的事情，便是安靜地沉浸於閱讀。那些如飢似渴的閱讀，照亮了他一度黯淡的心靈。

第五輯　今生你若安好

對政治和文學頗感興趣的他，後來考入了頓河畔的羅斯托夫大學，卻進了數學物理系，這並沒有妨礙他對文學的熱愛，在大學期間，他還參加了莫斯科文史哲學院的函授學習。

1936年，一頭亂髮的他在校園裡遇見一個美麗的女孩，平素木訥的他眼睛立刻亮起來，忙向人打聽她的名字，又旁若無人地上前自我介紹。女孩就讀於同校的化學系，她對身材像麻桿似的他，第一印象並不大好，還有他的書呆子氣。後來，她從朋友那裡得知他綽號海象，家境清寒，還聽說他很有些文學才華。

第一次邀請幾位同學到家裡聚餐，他不請自到，竟在眾人一片驚訝中，嫻熟地彈奏了一支難度很大的鋼琴曲，令她不禁對他刮目相看。隨即，他送給她一首很特別的藏頭詩。讀罷，情竇初開的她，不由得對他產生了興趣。

後來，他與她成了十分親密的朋友，兩個人經常一同參加校內的社團活動，一同去圖書館，一同去食堂，一同去參觀展覽。這期間，他給她寫了一封又一封文采飛揚的情書，她一一地收藏了，卻始終不曾表白自己的心跡。她雖然很欣賞他的才華，也感受到了他對她的痴情，卻無法確認自己對他究竟是崇拜還是喜歡，內心裡一直糾結著。

1938年的一個星光閃爍的夏夜，他與她在公園裡漫步。突然，他站住了，眼睛直直地望著她，時間彷彿突然凝固了。過了一會兒，他深深吸了一口氣，緊緊攥住她的手：「我在愛，希望你也一樣。」

還在猶豫的她，還擔心著高傲的母親會反對他們相愛，一時慌亂得不知該怎樣回答他。

第二天，他好像變成了另一個人似的，沒了笑容，也不再講逗人的趣聞。

沒過多久，他熾熱的情書又一封接一封地傳到她手上，她知道自己

再也無法拒絕了。很快，他們便墜入了熱戀之中。

　　1940年，尚未畢業的他和她，瞞著各自的母親，辦理了結婚手續。他們的蜜月，是在塔魯薩的鄉下過的，他們在那裡租了一間簡陋的農舍，除了門外的一張木臺子和一條木凳，屋內幾乎沒有什麼家具。他們睡在乾草上，像電影裡的浪漫場景一樣，連枕頭也是用乾草墊起來的。

　　婚後的日子是清貧而甜蜜的。兩位母親知曉後，並沒有責怪他們，還幫助他們租了一間公寓，向他們送上了遲到的祝福。

　　然而如膠似漆的甜美生活，僅僅維持了一年，殘酷的戰爭爆發了。她向後方撤退，他握筆的手則拿起槍，毅然地奔赴了前線。

　　在那些血雨腥風的日子裡，兩個人用一封封書信，傳遞著愛的信念，相互鼓勵著。

　　誰也沒有想到，戰爭剛一結束，他們尚未來得及歡呼，他便因為不合時宜的言論，被判處監禁8年。

　　起初，她說什麼不肯相信，出生入死、保家衛國的他，會有那樣嚴重的過錯，但隨著時間的推移，她不無悲傷地發現，她與他之間似乎真的存在著一道無形的隔膜，他在她心中變得有一點陌生了，尤其是她考上了莫斯科大學的研究生，幾次去獄中探望後，她和他的心裡都生出了悲涼。

　　他被轉到別處的監獄，她與他便好幾年沒有再見面。

　　孑然一身的她，在孤寂和無望中，選擇了與仍在服刑的他離婚，改嫁對她窮追不捨的一位莫斯科大學的高級講師。但很快，她就痛苦地發現：她的這次選擇，其實並沒有多少幸福可言。

　　1956年的一天，結束了長期流放生涯並被恢復了名譽的他，得知她就住在附近。他決定去最後看她一眼，將在流放的日子裡為她寫的詩，送給她作為分別的紀念。

第五輯　今生你若安好

然而，飽經歲月滄桑的兩個人，默默地站在夕陽中，四目相對，竟久久地無語凝，彼此的心海都在波濤翻湧原來，往事並不如煙，真愛並未走遠。

此後，她一次次地請求他寬恕自己的背叛，她願意再回到他身邊，愛他到永遠。

他被她真誠的懺悔感動了，就像當年她被他的痴情感動了一樣，幾經波折，他和她迎來了愛情的又一個明媚的春天。

那絕對是一段甜蜜無比的愛情生活，她對他比過去更溫柔，更體貼，更崇敬，她相信他卓越的才華，終有一天會展現在世人面前，雖然此時他只是小鎮上的一個普通的物理老師。

每當他坐到桌前，安心地寫作時，她總會默默地坐在旁邊，滿眼柔情地望著他。他也很愛她，總會在完成一部作品後，向她送上一個溫柔的吻。

1962年11月，他寫的披露史達林（Joseph Jughashvlil Stalin）時代勞動集中營內幕的中篇小說《伊凡傑尼索維奇的一天》（*One Day in the Life of Ivan Denisovich*）發表後，立刻產生了難以想像的「轟動效應」，他一夜成名。隨即，他又發表了一系列有影響的作品，為他贏得了更大的聲譽和知名度。

聲起的他，收到了大量的崇拜者的來信，有不少優秀的知識女性，在信中含蓄或直率地向他傳遞愛慕之情。其中一位大學女教授的情書，打動了他。他瞞著她，悄悄地來到涅瓦河畔的列寧格勒，與其一同度過了20多天浪漫時光。

他這一短暫的移情別戀，未能逃過她特有的敏感，在她的逼問下，他全部坦白。接下來，她與他一場接一場的激烈爭吵，將愛情的裂痕一點點地擴大。

他甚至懊悔與她復婚,認為那實在是一個「錯誤的選擇」。

而不久後,隨著蘇聯政局的動盪,他又遇到了人生最寒冷的「冷凍期」,先是早期的作品被查禁,接著被作家協會開除會員資格,新作品被官方禁止出版,甚至他的行動都受到了國家安全委員會的監視。

在他最壓抑的那段日子裡,他在莫斯科郊外的一位朋友家中,與一位和她同名的 29 歲女子一見鍾情,他給她取名阿莉婭,阿莉婭有過短暫的婚史,是一個很有思想也很能幹的女子,她的出現,對於他來說,就像一個在沙漠中長時間跋涉的旅者,忽然發現了一口清泉,他激情澎湃地陷入到一場新的愛情之中,阿莉婭也品味到了愛的甜蜜。

而她,在得知他與阿莉婭的戀情後,大發雷霆地警告他:「你在我的心裡已經死了,對於你,我只剩下了恨。」

也許因為「愛之深」,才「恨之切」,她一直無法原諒他的情變,儘管知道他們之間的愛情已經結束,她依然固執地不肯放手,一直拒絕與他離婚,直到他的第三個兒子即將出世,他才等來法院的離婚判決書。

而此刻,曾經恩愛的他與她卻已如同陌路人。她的心裡裝滿了對他的恨,而他的心中,則有太多無言的悲傷。

1970 年,他因在西方出版的小說《第一圈》(*In the First Circle*)等,榮獲了諾貝爾文學獎,他卻無法前去領獎。1973 年,他以揭露十月革命以來「非人的殘暴統治」為主旨的《古拉格群島》(*The Gulag archipelago*)第一卷在巴黎出版,這是一部自傳兼特寫性的 3 卷本長篇小說,書一面世,便在西方讀者中產生如潮的好評。

1974 年 2 月 13 日,西方情人節的前一天,他被驅逐出境。從西德,到瑞士,再到瑞典,最後遷往美國。已經是 3 個孩子父親的他,開始了長達 20 年的流亡國外的漂泊生涯。

第五輯　今生你若安好

　　幸好有深愛他的阿莉婭始終陪伴在身邊，讓一路顛沛流離的他，感受到了命運的無常，也體會到了愛情的偉大。

　　在他被迫離開蘇聯前夕，她曾奉命前往勸阻過他，讓他向當局低頭，但倔強的他只服膺於真理，非但對她的建議置之不理，還失去了心中對她存留的好感。

　　在喀山火車站冷冷清清的站臺上，他與她人生中最後的一面，是彼此用沉默做了告別。

　　他沒有想到，她在他遠走他鄉後，心中依然難以揮去「愛難全」的痛苦，反而將他的離開，視為一生絕對不能容忍的「背叛」。有些喪失了理智的她，在他流亡國外的那些日子裡，接連出版了 6 本回憶錄，對他進行了刺痛心靈的文字討伐，肆意地洩心頭說不清究竟是愛還是恨的複雜情感。

　　其實，在寫下那些文字的時候，她的眼前也曾一次次地浮現出他們幸福相愛的情景，但那些清晰的回憶，又一次次地加重了她心頭欲罷不能的恨。正像她後來追悔莫及的慨嘆也許，我從來就沒有恨過他，只是因為太愛了，我實在不能忍受他的離開。」

　　1994 年，經俄羅斯總統葉爾欽（Boris Yelitsin）邀請，他回到了俄羅斯，他的作品也紛紛「解凍」。

　　歸國後，他拒絕與她見面，直到 2003 年她去世時，84 歲的她手中握著他青年時代的一張照片，那是他們結婚登記那天他送給她的，時間是 1940 年 4 月 27 日，照片背面寫著一句話：「無論出現什麼情況，你能永遠愛一個終生相托的人嗎？」

　　得知她去世的消息，他久久地坐在那裡，一語不發，兩顆豆大的濁淚，緩緩地滑過他溝壑縱橫的面頰。沒人知道，他那平靜如水的外表下，掩蓋著怎樣的一場心靈風暴。

5年後，他溘然長逝。在整理他的遺物時，人們發現，他有一個從不示人的小盒子，裡面只有兩張照片，一張是他早逝的母親的，另一張便是他和她在大學戀愛時拍攝的照片。

原來，經歷了那麼多的風雨，那麼多的愛恨情仇後，他仍和她一樣，都不曾真正地忘卻彼此。愛究竟是什麼？讓他們在有生之年有了那麼多的悲歡離合，飽嘗了那麼多的苦與痛，留下了那麼多總也說不完的話題，讓後世的人們，面對那一言難盡的愛情，唏噓不已。

是的，他就是被譽為「俄羅斯的良心」的著名作家亞歷山大・伊薩耶維奇・索爾仁尼琴（Alexander Isayevich Solzhenitsyn），她則是陪伴他走過32年人生之旅的第一任妻子娜塔莉婭・列舍托夫斯卡婭（Natalia Reshetovskaya）。有關他們那近乎傳奇的愛情故事，至今仍眾說紛紜。

一 有情人也可以不成眷屬

兩情相悅，做一個有情人是件容易的事情。或許僅僅在擦肩而過的剎那，四目相對，心的怦然一動，便可讓原本陌生的你我，歡欣地走近，眉宇間洋溢的，全是幸福的歡喜，彷彿整個世界都被塗上了斑斕的色彩。

在臨街的那個著名的「印象咖啡廳」，我翻閱朋友贈送的一本詩集《站立的時光》，特別喜歡朋友的兩句詩：「忽然覺得那些親愛的草木，都在與我一同趕赴時光美妙的約會。」

多麼唯美動人的詩句啊。世界如此闊大，那些帶著泥土清香和露珠溼潤的普通草木，都是與自己心心相通的親愛，可以一起相約，去時光的長河裡徜徉，一邊播撒美麗，一邊收穫美麗。讀著讀著，我不由得心生慈悲。那樣深深的懂得，該是愛情最美的樣子吧？我想起了一位來自

第五輯　今生你若安好

非洲的朋友說過：「撒哈拉沙漠的春天，是這個世界上最美的春天。」說話的剎那，他眼睛裡盡是朝聖般的虔誠與認真，我立刻遐思悠悠，腋下似有雙翅生出，欲帶我輕飛雲端，去看看那片廣袤的沙海，究竟有著怎樣奇美的壯景。

也許，愛在那裡，周遭的一切都因此輕舞飛揚了。

她是一個飽受文字滋養的女子，繁華的大都市裡，也曾夢想繽紛，頻頻出入於各類上等辦公室，親歷了各種繁盛與奢靡。她還是一個感情至上的聰穎女子，深深愛過，也被深深愛過，兩個有情人，曾描繪過無數迷人的憧憬。只是無論如何也沒想到，那一場刻骨銘心的愛情，會戛然而止，就像一朵花被一場突如其來的驟雨無情地吹落。此後，她擦去憂傷，依然懷揣陽光，一路尋覓，卻再也沒有遇見真正懂得自己的人。於是，她退至都市清幽的一角，用自信而敏感的雙指，敲出無數細膩的文字，一行行，都浸著愛意。

然而，數年後，她還是放棄了蝸居生活。既然世間許多有情人，最終都未能如願地成為幸福相依的眷屬，那麼，懷抱一顆博愛之心，行走於大地間，又有什麼不可呢？她像一個被熱愛召喚的行者，開始了浪漫而冒險的世界之旅。

從科爾卡大峽谷，到南加州西海岸，從椰風習習的馬爾地夫，到空闊無邊的東非大草原，從薰衣草的故鄉法國尼斯，到鬱金香之都哈倫，讀過萬卷書的她，又喜歡上了行萬里路。

她真的是在趕赴一場場時光約會，自然，輕鬆，愉悅，堅定……在音樂之城維也納，她遇見了令自己怦然心動的男人哈維。那個細雨濛濛的春日，沿著維也納老城區林蔭幽幽的戒子路，她有些迷醉地欣賞著路邊，隨便可見的每一處都可能有一串故事的古建築。驀然，時光似乎被凝固了，凝固在街邊的一條長椅上，那個目光深邃的街頭琴師，正極為

有情人也可以不成眷屬

專注地演奏一支特別優美的曲子，她一下子就聽出來了，那正是她特別喜歡的韋瓦第（Antonio Vivaldi）的第四小提琴協奏曲。

一曲終了，她輕輕鼓掌，走上前去。他將琴遞給她，她有些生澀地拉了一段〈梁祝〉。他友善地衝她豎起大拇指。隨即，兩人暢快地攀談起來。

茫茫人海之中，該藏著多少有情人啊。短短幾分鐘，她和他就像一對熟稔的老朋友，進入了曼妙無比的旋律之中。那就是真心的喜歡吧？從相互凝視的眼神裡，彼此瞬間便已跨越了萬水千山：哦，原來你在這裡！無數的驚喜，都在這一刻絢麗地綻放。找不到合適的文字，能夠準確地描繪出她當時的歡暢與悸動。

她送給他自己剛出的新書，他贈她一張手工做的影片套。

那是十天勝過十年的好日子，因為懂得，彼此相親。他陪她遊覽了維也納的大街小巷，拜訪了好幾位音樂家的故居，聊了那麼多關於音樂和藝術的話題，也品了當地獨特的風味小吃。像一對恩愛有加的情侶，他們將幸福留在了徐徐行走的時光裡。

此後，他繼續演奏他的音樂，她繼續趕路，兩人無法相濡以沫，卻可以相「望」江湖。

喜歡你，可以在半步之外。笑著你的笑，愁著你的愁，忘記了紅顏彈指老，只以為世間有永遠蔥蘢的春天，始終陪伴著你我。

愛上你，也不必一定要牽手一生。有時，完全可以在那個美麗的距離上，感受著你的深情，聆聽著我的心動，你我彷彿始終分離，卻又終身相依。

真的，天下的有情人，的確無需非得成為眷屬，只淺淺地喜歡，或者深深地相愛。

第五輯　今生你若安好

如是，我也願意像她一樣，做一個歲月中的有情人，從一個愛字出發，向一個愛字走去。世界，請用羨慕和讚賞的目光看我，看我怎樣在每一寸光陰裡，都寫下永不孤寂的歡欣。

我比誰都更愛他

大學畢業二十週年聚會，昔日那個天真無邪的小姑娘，已成熟為一個風姿綽約的女強人。

幾乎每個同學都知道，她曾痴迷地暗戀過全年級最英俊的他。當時，他是同學中真正的「高富帥」，家境殷實，學習成績優異，還是校排球隊的主攻手。走到哪裡，都會引來許多女孩子的關注。很自然地，他成了愛神眷顧的對象，據說向示愛的女生，足足超過。

而她，那時還是一個沒發育好的小女孩，長相平平，也不注重打扮，整日素面朝天。唯一的特長，就是詩歌寫得好，大二時，便有組詩在《詩刊》上發表，在詩人很受崇拜的八十年代，慕名而來的各地詩友，是她的鐵桿「粉絲」，其中不乏愛上她的。只是，她對那些求愛者根本不屑一顧。因為那會兒，她心中愛戀的對象，只有他一個。只是她這位才女，抵不過那些也有才氣的美女，她們輕而易舉地就簇擁了他，將她隔在了外圍。她只能將心中如火的愛，傾注到一首首詩歌裡。

有好友勸她：他喜歡的是奼紫嫣紅的花朵，而她只是一株依依的青柳。無論她怎樣柔情似水，人家根本都不在意的。與其那樣無望地暗戀，不如轉過身去，走出無邊的苦楚，遇見屬於自己的幸福。

她堅定而固執地回了一句：我心甘情願。

還能說什麼呢？既然她願意痴痴地呵護一份結果依然注定的愛，把一段情，開成心頭的一朵花，就像她喜歡將大把的時光投向那些浪漫的

詩歌，誰又能找出反駁的理由呢？猶如有人迷戀冒險，不顧死神如影相隨，一次次地向夢中的峰巔挺進。若問她為何如此固執，她一定會仿造出許多登山者熟悉的那句著名的臺詞因為愛在那裡。

似乎每個人都預料到了那樣的結果：大學畢業後不久，他便在一次次的篩選後，終於與最般配的女子牽手走上了婚姻的紅地毯。而她，被分到了林業系統的一家文學雜誌社，當上了編輯，再後來，是順理成章地嫁人、生子、改行、創業⋯⋯

酒酣胸膽尚開張。昔日那些青澀的往事，20年後一一地被憶起。當大家或虛或實地紛紛說出「當年我曾愛過你」時，已呼嘯而去的青蔥歲月，驟然又重新拉回。每個人的眼裡都流淌著一些刻骨銘心的真，連同那些溫暖心靈善與美。

輕輕地舉起杯子。她說了一句很有詩意的話：縱然眼睛已經蒼老，但愛的淚水永遠年輕。

沒錯，老去的只是時光，就像同學間純純的友情，注定會地久天長。

那天聚會，他沒能如期趕到，因肆虐的癌細胞已將他困到了病床上。誰都不會想到，昔日俊朗的他，已被肝癌折磨得不成樣子。為了治病，他已花光了全部積蓄。

聚會的發起人倡議給他捐款，發動各種關係，幫他尋找合適的肝源，讓他盡快接受肝臟移植手術。

她當場提了一個石破天驚的建議：「大家去為他做別的事情，所有的治療費用，都由我一個人來拿。」

見到尚有一些同學面露困惑，她滿懷深情地解釋道：「不僅僅因為我現在有這個能力，更重要的是，我比誰都更愛他，這麼多年了，從未改變。」

第五輯　今生你若安好

短暫的沉寂後，熱烈的掌聲響起。在場的每一個同學都為她愛的執唏噓不已。

誰說往事如煙？那麼多的煙塵歲月走過，依然有深深的愛，是心頭搖曳的花朵，那般鮮豔，那般芬芳。

累了依然要愛

坐在深秋的沙灘上，清涼的海風將頭髮吹亂，一波接一波的海浪打得那塊礁石發瘦骨嶙峋了。那艘船宛若一顆黑豆，正在遙遠的海天相連處，緩緩地移動著。身後的海濱之城，到處是閃爍的霓虹燈，鱗次櫛比的高樓。

包裡的隨身聽，正播放著羅大佑的〈戀曲 1990〉。

那浸潤了滄桑的旋律，曾翩翩流轉於青春歲月。如今，卻有了另外一種味道：既然回不去了，為何還要沉溺於回憶？為何要苦苦挽留已是鏡中花的往昔？

生命中鮮美的 20 年，竟這樣辛苦地度過疊起來足有三個人高的複習題本，海量的習題，一次次讓神經緊張、麻木乃至近乎崩潰的考試，上高中、考大學、考研究所、考公職，終於有了一份工作。然後，便是職場激烈的打拚，比杜拉拉還艱難的升職之路，躲也躲不開，唯有硬著頭皮應對。理不清的愛情，來了，走了，又來了，又走了，然後被老媽拉著去相親，一挫再挫後，才安全嫁掉。幸福的婚姻，只維持了短短的一個月，生動地詮釋了「蜜月」之後，就陷入了一地雞毛的瑣屑煩惱中，尤其是孩子出世後，更是忙得焦頭爛額，讓自己懷疑自己誤入了難以回頭的歧途⋯⋯

累了，真的很累了。

很想枕著那舒緩的濤聲，就此沉沉地入睡。

似乎從沒想過，生命竟如此緊張而忙碌，每天行色匆匆，不僅在追逐自己的夢想，也在追逐別人的生活。似乎悠然的「閒庭信步」，只在文學作品裡領略過，只有羨慕的份。然而，現代都市裡，那麼多的誘惑層出不窮，要安撫一顆焦慮、浮躁的心，似乎比找回童年的天真，還要艱難許多。

　　暮色蒼茫時分，海灘邊突然冒出許多的燒烤攤，鼎沸的人聲和越來越響的潮聲，將日子的喧嚷，渲染得酣暢淋漓。

　　我無法再坐下去了，索性走過去，買幾串烤魚，再加兩瓶啤酒，與那些陌生的遊客一同豪爽地杯，暫且忘卻周身的疲憊，在徐徐的海風中，暢快地「拚一醉」。

　　一覺醒來，街市依舊嘈雜，我還要起早做飯，還要先送女兒去幼稚園，再趕去公司，然後去應對雜七雜八的工作，跟各種人說各種真話或套話，情真意切，或言不由衷，忙忙碌碌，為著業績能夠好一點，薪酬能漲一點，期望能跑過日益增長的消費指數……

　　那天，路上偶然撞見還在推銷保險的小王，好像有五六年沒見到她了，她已鳥槍換炮，電火車變成了奧迪，一身的名牌，證明我曾經的目光短淺。

　　還記得，她剛推銷保險那會兒，她說自己就是一個掃樓層的，一次次的陌生拜訪，其實幾乎等於一次次的失敗，每天累得幾乎癱倒，回到家，連飯都不想吃一口，只想倒頭便睡。

　　好賴自己也是一個碩士研究生，那份不死不活的工作，也能養活自己。好多次，她都想退縮，不做辛苦萬分的保險業務員了。可她最後還是選擇堅持下去，她記得米蘭・昆德拉（Milan Kundera）說過「挺住，意味著一切」，她更明白：如果就此放棄，那麼，她此前所有勞心勞力的

第五輯　今生你若安好

付出，將一文不值，而她若繼續下去，最終贏得了成功，從前的那些苦楚，都將重新計算價值。

而現實，真的沒有辜負她的堅。

那天，她沒有跟我說任何勵志、打氣的話，只是絮絮地說了曾經的那些身心俱憊的累，說了那些別人看不到的眼淚。她說，自己也曾一度心灰意冷，甚至想遁入空門，與世無爭。

然而，我還是從她的眼裡，讀出了一種無庸置疑的堅定：只要活著，就會有各式各樣的累，學習的、工作的、家庭的、身體的、精神的、遠的、近的、可一目了然的、莫名其妙的……潮汐一樣的累，周而復始，推動著自己，一天又一天……

當然，累的後面，不單單有煩惱、痛苦、憂傷，還有興趣、希望、熱情、快樂……正是這些觸手可及的累，構成了真實生活的一部分。

想到這些，我不禁笑著喊了一聲：親愛的累，你來吧，讓我從此好好地愛你。

我驚訝的是，置身於滾滾紅塵，我的內心裡竟多了些許的平靜，周身也清爽了許多，柴米油鹽，挨個認真思索，居然有了許多詩意的發現，體會到許多生命的真滋味，那般自然而美好。

愛你只需一個理由

連續兩次失敗的婚姻，不禁讓她對愛情產生了莫名的恐懼，好長一段時間，不敢再涉愛河，深恐身心再次受到傷害。

遇到他時，她並沒想到會有一場幸福的愛情，發生在他們之間。那會兒，她是寂寞的，也是清醒的。她暗自提醒著自己，千萬不能在寂寞的時候，愛上一個人，那樣容易離愛情很遠，離情慾很近。

愛你只需一個理由

然而，他還是扣動了她那幽閉的心扉。畢竟，他是那樣一個優秀得幾乎無可挑剔的男子，放在哪裡，都應該是被追逐的對象。

記得第一次邂逅，是在那家大型商場賣女裝的專櫃前，身材高大的他，手裡正拿著一件「依戀」牌的紅格子短袖衫，徵詢店員的意見。她在旁邊聽明白了，他是買給即將去大學讀書的妹妹的，妹妹喜歡穿和別人不一樣的衣服。從他的細心和耐心裡，她感受到了一個哥哥特別的疼愛。她走過去，給他提了一個參考意見，他連連道謝，並欣然採納。

於是，兩個人有了簡短的交流。她就知道了，他曾留學美國，學的是金融管理，現在自己公司對面的那家證券公司上班，每天都很忙碌，他老家在千里之外。

第二天早上，她正在路邊等候一起搭車的同事，他的車在她面前停下來，他探出頭熱情地招呼她：「外面風大，快上車吧，正好順路。」

她還有些躊躇：「謝謝，我還是搭我同事的車吧。」

他幽默地一笑：「難道是害怕我打劫？我可是外強中乾的。」

恰在這時，她的手機響了，同事告訴她車子出了一點故障，讓她不要再等了。

她莞爾一笑：「看來只能接受你友好的打劫了。」

交談中，他們驚訝地發現：兩個人的住處，居然是在一個社區，不過隔三棟樓的距離，而兩個人的上班時間，也大致相仿。搭他的車上班，比和同事一起叫車還要方便。他熱情地提議，跟同事說一聲，以後就搭他的車了，他還不收費。

她問他為什麼，難道要學雷鋒？

他笑笑：「因為我發現你很可愛。」

她有些苦澀地：「我要是可愛，就不會被愛情傷害了。」

第五輯　今生你若安好

　　聽了她的愛情經歷，他安慰她：「那些不懂得愛的人，離開了也不必太傷感，更不必遺憾。」為了沖淡一下車內有點沉重的氣氛，他為她朗誦了一首特別幽默的愛情詩，其中有一句是「笑著朝前走吧，愛人啊，路上有的是。」

　　她笑得眼淚都出來了：「是的，愛人路上有的是。」

　　非常自然地，他與她都讀出了對方眼睛裡燃燒的渴望。只是，她仍有些遲疑，她不敢確信那麼優秀的他，會真的愛上有過兩次婚史的她。何況，她還大他四歲呢。

　　她認為他的愛，或許多了一些憐香惜玉的成分，或許多了一些衝動的意味。自己冷淡一些，他可能就會退步了。

　　沒想到，她理智的拒絕，反倒堅定了他不離不棄的追求熱情。她慌亂地疏遠他，甚至刻意躲避他，她找了藉口，不再搭乘他的車上班。他卻沒有知難而退，不僅自己依然往前衝，還搬來救兵她的兩個好朋友，請她們出面幫忙，期望說服她，接受他的真情。

　　她的固執和矜持，開始一點點地動搖，但她還沒昏頭昏腦。近半年多的交往，對於他的種種好，她心知肚明。只是她始終不明瞭，他愛她的理由究竟是什麼呢？捫心自問：自己沒有出眾的美貌，性格也算不上太溫柔，工作也一般，家境更是普通得不能再普通……

　　而他，畢業於美國名校，英俊瀟脫，事業蒸蒸日上，年紀輕輕便已在城市裡有房有車，是名副其實的「高富帥」。憑他那麼好的條件，什麼樣的對象找不到？怎麼偏偏愛上了她這個「三手女人」？

　　對她的疑問，他堅定回答：「愛就是愛，愛你，難道非要說出什麼理由嗎？」

　　已不是大學校園裡浪漫的小女生的她，笑著告訴他：「世界上沒有無

緣無故的愛，如果你不能告訴我，你究竟愛我什麼，我是斷然不會接受你的愛的。」

看著她那一臉的認真，他提了一個建議，兩個人回去，好好思考一下，各自列出自己愛的理由和不愛的理由，然後再決定。

回到家中，她找來筆，在一張白紙上，很快就在正面列出了一大排愛他的理由，諸如有學問，性格好，為人熱情，孝順父母……而不愛他的理由，在紙的背面卻只有一條：她不敢相信他的愛是真的。

再見面時，兩個人交換了那份特別的「愛情清單」。

奇怪的是，他不愛她的理由，竟然列舉了一大排，譬如：她太要強，有點工作狂，有時過於敏感，對吃飯不夠認真，有完美主義傾向……而愛她的理由，卻只有一條，用紅筆寫了碩大的字：愛你，就是唯一的理由。

捧著他的愛情告白，她不禁潸然淚下：原來，真愛從未走遠，一直在這裡等著自己。

她激動地撲入他懷中，幸福地喃喃道：「謝謝你，說出了這麼好的愛情誓言。」

沒錯，不愛的理由，可以有一大堆，然而，愛，只需一個理由就足夠了，那就是一個最簡單而內涵最豐富的字愛，那是心陌上的花朵，是眼睛裡的瞳仁，是心底的金子。

多少年後，她看到一位小女生在認真地做著一本雜誌社的一道有關愛情條件的測試題，其男友殷勤地幫她說著一個個愛的理由，兩個年輕人滿臉都是開心。

她不禁笑了：年輕時，陷入愛河的女子，總喜歡問對方為什麼愛上自己，而許多的滄桑過後，才驚然發覺，愛的理由可能有許多，但最好的理由，卻只有一個，那就是我真心地愛你。

第五輯　今生你若安好

一 有些愛就是莫名其妙

那是一家企業內部刊物，編輯走馬燈般變換。那天他正準備在公司群組發出徵人的消息，有朋友向他推薦實習編輯。他一聽是中文系畢業的研究生，立刻就答應了。

她來報到了，一個長相平凡的女生，素面朝天，和雜誌的風格很統一。

簡單交流了幾句，原來他們還曾是高中校友，有共同敬重的班導師。於是，兩顆心的距離，驟然拉近了。

在大學裡，她幫助校報編輯選過稿子、畫過版面、做過校對。所以，對他交代的工作，輕鬆且愉快地勝任。

「我跟社長說一聲，你就留下來當編輯吧。」他隨口說了一句。

「好啊！我就跟著帥哥幹了。」她竟爽快地同意了。

於是，她分了一張辦公桌，就在他的對面。包括他和她，誰都沒有想到，愛情的序幕就此拉開了。他不是她夢中的白馬王子，她也不是他想像中的美麗女子。然而，兩個人偏偏就愛上了，有點莫名其妙，有點突如其來。

他喜歡看她端坐桌前，認真地翻看那些寫手寫的很爛的稿子，一臉的認真，好像那些稿子多麼吸引人。她則喜歡他的聰明，一篇邏輯混亂的文稿，他大刀闊斧地一通刪改之後，立刻眉清目秀，脫胎換骨一般。

週末，兩個人走街串巷，按圖索驥，硬是找出了一處又一處便宜又實惠的特色小吃。享受了一番口福後，兩人開心地邊走邊暢想，彷彿世間最浪漫最幸福的，莫過於那一刻的他們。

其實，在遇到她時，他已經有了一個漂亮女友，還是一所名校裡的老師，只是兩個人的感情始終不鹹不淡的；而她，那會兒正和男友磕磕

絆絆地，欲斷未斷呢。兩個人擦情感的火花後，都很驚詫：怎麼突然就有了愛情的感覺了呢？儘管說不清楚，卻是真實的感覺，一如兩人去看午夜那場電影，等那麼長時間，竟依然神清氣爽，沒有半點的倦怠。

於是，他們迅速整理好自己的感情，然後一起攜手進入下一段關係。

「有時，愛情就那麼莫名其妙，就像他當初隨口的一句邀請，我就欣然留下了。」多年後，仍陶醉在幸福中的她，向閨蜜如是坦言。

「愛的來臨，真的很莫名其妙，我對她沒有一見鍾情，說不清從哪一天開始，就突然愛上了她。」已是編輯部主任、身體開始發福的他，與她的感受很相似。

莫名其妙，的確是催生幸福愛情的神祕力量。當局者迷，旁觀者也不清。真的應了那首歌中所唱的：「這就是愛，糊裡又糊塗，這就是愛，說也說不清楚。」

莫名其妙，可能是在對的時間和對的地方，兩個人愛對了，也完全可能是在錯的時間錯的地方，兩個人也愛對了。所謂的機緣巧合，所謂的有緣千里來相會，所謂的一見如故……其實，都有著某些莫名其妙的因子。你在路上漫無目的地走著，驀然回首，居然遇見了今生的真愛，誰能說清這裡面有著怎樣的玄機呢？

不管怎樣，莫名其妙地愛上或者被愛上，無疑都是幸福的事情，若彼此同時愛上，則幸福必然會加倍。

有人苦苦尋覓，費盡周折地追求，也未能愛情如願；而有的人，無慾無求地信步走去，美麗的愛情就等在前面的路上。看似莫名其妙的造化弄人，其實，細細推敲，內裡藏著某種必然必定是兩顆渴望真愛的心，在認真地找尋，而一旦遇見，便毫不遲疑地抓住，決不輕易地錯過。

莫名其妙的愛情，很簡單，也很複雜，很多都是只可意會不可言傳的。

第五輯　今生你若安好

一 愛到心疼

　　喜歡上她時，她正青春明媚得耀眼，正快樂地徜徉於愛的海洋。自然地，他只能在那個孤獨的角落，獨自咀嚼難言的苦澀。

　　不久，得知她與男友分手了，見她似乎沒有絲毫的痛苦，他便有些欣然，讚許她果決的選擇，並殷殷地向她致意，渴望能夠與她牽手，誰知她又芳心有屬，只留給他一份失望，一份落寞。

　　後來，她頻繁地更換一個又一個男友，其中有很帥的，有家庭條件優越的，也有甜言討巧的。他勸她要謹慎，千萬別受了傷害。當時，天生麗質的她自信滿滿，怎聽得進他的善意提醒？甚至猜測他是酸葡萄心理使然，驕傲地甩甩頭，告訴他：將來受傷的肯定不會是我。

　　再後來，她去了日本，據說是為了愛情而洋過海的。而他，也像許多大學同窗那樣考研、留校、結婚、生子，日子波瀾不驚地向前推移。

　　若干年後的一天，他要去參加一次大型國際學術會議，在機場轉機時，與她邂逅。

　　此時，風韻猶存的她，眼裡多了幾許明顯的滄桑，而事業卓有建樹的他，已成熟得更富有魅力。

　　於是，他知道了，她的第二次婚姻因為丈夫的不辭而別而宣告結束，她唯一的女兒患上了先天性肌肉萎縮症，因四處輾轉給女兒治病，她無奈地辭去了那份報酬優厚的工作。

　　「有什麼需要我幫助的，請告訴我。」他想起在美國加州的一位醫生朋友，掏出手機便撥打，一次次都沒撥通，抬頭看錶時，才發現朋友那裡正是午夜時分。

　　她感動地：「謝謝你！好像這種病目前世界上尚沒有最有療效的藥

物，也沒有最好的治療方案，」

「那也得努力啊。」其實，他心裡也清楚，那種疾病是很棘手的。

「我肯定努力，也知道努力的結果恐怕還是失望。」她彷彿已看到死神猙獰的面容，巨大的絕望正啃著她的心。

看到她那憂戚的神態，他的心裡有莫名的疼痛在悄然生長。

兩週後，他打電話告訴她，他查閱過了大量資料，找到一個偏方，並諮詢了多位國內外的醫學界權威，他們也說那些藥物成分，從理論上講，對她女兒的病應該有所幫助，但實際療效，目前臨床尚未見具體記載。他問她願不願意給女兒試一試。

她輕嘆一口氣：「不妨試一試，難為你那麼用心。」

「看到你憂愁的樣子，我就心疼。」他一語肺腑。

「心疼我？當年我曾那樣讓你傷心過。」她的心一顫。

「是真的心疼你，在你幸福的那些日子裡，我安然地過著自己的生活，可是，一知道你正承受著那麼大的磨難，想到你一向生活優裕，習慣了被呵護，現在卻要扛起男人都要皺眉的重負，我怎能不揪心？」他胸腔在隱隱地發痛。

「也許是命運的安排吧，年輕時過於幸福了，如今要補上一些痛苦。」握著話筒，她不禁潸然淚下。

五年後，被病魔纏擾了整整十六年的女兒，在如花的年紀隨風而逝。無邊的悲傷尚未散去，她被醫生不容置疑地告知她患了乳腺癌，癌細胞已經擴散。

短短的一個月，她滿頭的秀髮便在一次次放療中全部脫落了。面對鏡子裡那光禿禿的腦殼，她真的是欲哭無淚了。

第五輯　今生你若安好

　　還能說什麼呢？一連串的不幸，已經讓她越來越相信，似乎冥冥中真的有一種叫命運的手，在操縱著自己的人生。她開始學會了面對，學會一把把地吞嚥醫生開具的各種藥，開始把痛苦當作水果那樣咀嚼。

　　他一有時間便去醫院探望她，看到她被疾病折磨得十分蒼白的面頰，他彷彿自己也病魔附體般難受。

　　那天，她難得輕鬆地吃了一碗他做的手擀麵，又與他一道回憶了當年在大學裡的一些有趣的往事。她那久違的燦爛的笑，卻讓他想到她就要像枝頭那枚漸漸發黃的葉子，被風無情地吹落，他的眼淚再也忍不住了。

　　當他再次走進熟悉的病房時，她已不辭而別。給他留下的紙條上，她這樣寫道：「謝謝你留在生命中的那些美好，那點點滴滴的好，我都一一地珍藏了。我不想讓你看到我最狼狽的樣子，不願讓你再為我傷心……因為看到你強忍的悲傷，我也會心疼。」

　　那一刻，他終於知曉，她也是愛他的，真真的，在心靈深深處。

　　愛到最後，最濃的竟只有心疼。

落潮的愛是平淡

　　初戀女友從法國回來，約我出來喝茶。

　　二十年匆匆而逝的時光，在我們臉上留下了鮮明的滄桑印痕。無論怎樣精心裝扮，我們都再也無法回到從前了。輕輕啜一口新上市的綠茶，舌尖濡潤著泥土的縷縷清香。

　　窗外霓虹燈閃爍，車流如注。我們心平氣和地聊著分手後各自的生活軌跡，工作、孩子、朋友、理想……話題自然而散亂，就像我們彼此的眼神，怎麼努力地碰撞，也擦不出往日那樣閃亮的火花了。彷彿忙碌的歲月，已把曾經燃燒的激情都帶走了，我們成了退潮後遺落在沙灘上

的兩枚貝殼，無助得唯有沉默，只能聽天由命。

「還記得分手時，你平靜地對我說，轉過身去，我們就是陌路了。」她的記憶力真好。

「是的，因為你先說了，讓我從此忘卻你吧。」她喚醒了那個我塵封已久的暮色蒼茫的秋日。

驀然，她無語，我亦沉默。像兩個沒有故事的陌路人，彷彿我們只是碰巧有了這樣一次不冷不熱的對而坐。可是，我們曾愛得那般激情如火，曾有過那麼多熱血沸騰的海誓山盟啊，彼此都曾經視對方為自己最好的那一半，應該牽手一生。

然而，不知何時，感情的裂痕，在我們中間一點點地擴大，待我們發現時，已根本無法彌補。當年，你選擇遠渡重洋，去另一個陌生的國度生活，不過是掩人耳目的幌子，個中的糾結，你我自然心知肚明。

「為什麼激情常常退得那麼快呢？」你眼睛裡依然閃著可愛的天真。

「因為有潮漲，就有潮落。」這時，我杯中的茶正好需要續水了。

「你後來想過我嗎？」她的這句問話，很像某部電影裡的一句蹩腳的臺詞。

「你說呢？」我不知道該怎麼回答她。愛情已經無疾而終，彼此都有了新的方向和新的路程，想過與否，難道還很重要嗎？

「我偶爾想過你，想過你的好。」她輕輕的一語，柔軟而溫暖。

「哦，謝謝！坦率地說，我幾乎沒有想過你，因為我知道想你，除了多一些傷感，我實在找不到有什麼益處。」我喜歡我們的再次相聚，彼此都像是路人，可以雲淡風輕，也可以談笑風生。

「那麼說，你真的遵守了我的勸慰。」你努力地笑笑，嘴角的那一絲苦，與茶肯定無關。

第五輯　今生你若安好

「也許是吧。」我不知道她為何要追問這些,難到分手了,還要拖泥帶水。

「看來,你沒有我愛得深。」她突然如釋重負般地仰起頭來。

難道分手後,各走各的路,沒有想她,便是愛得不深的明證?她愛得再深,於我又有何益呢?我最想說出這樣的事實:愛情的大潮已落,那片澎湃的大海,我們注定回不去了,只能淡然地面對了。

好友小年跟我說,他喜歡一句戀人告別的話「緣盡時,請把愛留下。」

我說若是能夠平靜地揮揮手,各走各的道路,就像不曾遇見過一樣,或許才是最好的選擇。把愛留下,留給誰呢?誰還需要那樣絲絲縷縷的牽絆?更何況,緣已到了盡頭,即便是有愛,也大抵是傷感多於幸福了。

我認識一位著名的企業家,結婚15年後,冷漠地拋妻棄子,背負眾人的一片責罵,遠走他鄉。多年以後,他成就了一番令人羨慕的事業。在得知的前妻,因換肝手術,急需一大筆費用時,他悄然委託別人送去了救命錢。他的前妻很感動,沒有聽從他那「不要跟外人說」的直言提醒,把他捐錢幫她換肝的事情,說給了一位婚姻家庭雜誌的知名記者。

記者敏感地意識到這是一個非常好的寫作素材,準備好好採訪一下,深入地挖掘一番,寫一篇能產生轟動效應的大文章。記者沒想到,企業家斷然拒絕採訪,不予以任何配合,任憑記者怎樣死纏磨,他就是不願意張揚此事。

我私下裡問企業家:「是不是對前妻還有愛?」

企業家果斷地回答道:「愛情的愛早就煙消雲散了,如果說有愛,那也是仁愛之愛。」

我很讚賞企業家的理智。的確,他與前妻有過一段卿卿我我、琴瑟和鳴的日子。可是,世間的風雲變幻無常,就像愛情會莫名其妙地發生,也會莫名其妙地離開,更會悄然消失得無影無蹤一樣。當一段愛不可避免地站到了彼岸,無太多的傷感,也無太多的留戀,更無保留一個牽牽扯扯的餘音,訴說著叫人揮之不去的「真愛並不如煙」。

愛如潮,總會有漲漲落落。當愛開始走遠時,請承認,我曾經愛過你,就像我現在已不再愛你。那一場愛的大潮已退去,我們的愛落在了沙灘上,焦灼的陽光,很快便會蒸發了其水分。不久,那往昔濃得化不開的愛,也會淡得連我們自己都會感到驚訝。而這,往往正是不可辯駁的愛的真相,亦是愛的一種境界,算不上高尚,但也絕對不卑下。

愛就一個字

他們相識於網路上,他是那個文學粉專的管理員,她偶然闖入,便被他那些略含憂鬱的詩句深深地吸引。當時,他剛剛結束一段寡淡的愛情,淡淡的落寞,被凝成了一行行婉約的文字。於是,兩人就沿著那些很有些波希米亞意味的語句,一點點地走進彼此的心靈。

愛了,她就像一朵綻開的梔子花,以為那縷縷馨香,會浸潤一生,全然不顧他一直生活在遙遠的一座小城,而出身於書香門第的她,始終沒有離開過家鄉。陷落於愛情裡的她,將那山一程水一程的遙迢距離,都讀成了地圖上短短的兩指。

料峭的早春,他陪著她走過黃沙不時揚起的小縣城,沿街那些明顯地被時代落下的景觀,與她熟悉的日益繁榮的故鄉,形成了鮮明的對比。她纖纖的手,被他那粗礪的手握著,竟有溫柔在相扣的十指間流動。

第五輯　今生你若安好

　　她悄悄地拂去髮間的沙塵，仰著頭聽他講自己因家境困窘而輟學的苦澀，講他因為酷愛詩歌而被文化部破格錄用的欣然，甚至還講了自己一段始終表白的暗戀。他眸子裡流露的坦誠，一如他的那些清清純純的詩句。

　　走累了，在臨街的一個小餐廳裡坐下來，要了兩碗一點也不道地的蘭州拉麵，他從那個油膩膩的罐頭盒子裡，舀了一大勺辣椒末，將碗裡的面攪拌得一片油紅，大口大口地享受這似乎很難吃到的美食，一會兒，額頭便亮晶晶了。而她，只是慢慢地一根根地咀嚼著，很淑女，很婉約，與他的豪放吃相風格迥異。

　　他有些羞澀地告訴她，少年時，他最大的夢想，就是每天都能暢快地吃上兩大碗蘭州拉麵。她沒有說自己跟著一輩子善吃的祖父，曾品味過東西南北的各種美食，連最正宗的蘭州拉麵也談不上喜愛。

　　夜幕降臨時，他帶她登上了城市裡最高的那棟樓，站在樓頂仰望星空，遼遠而深邃的銀河中，那一顆顆明明暗暗的星星，是脈脈地傾訴還是守著各自的寂寞這時，她聽到了他低低的慨嘆：「卑微的人生，還不如那些不為人知的星星，它們還可以自由地明亮著，而有些人只能像整日追逐溫飽的螞蟻一樣茫然而忙碌……」

　　她的心猛地一顫：「怎麼這樣多愁善感呢？青春應該是一株正在開花的樹啊。」

　　他恍然有悟地笑笑：「是的，我不應該為賦新詞強說愁，若是能夠為你摘一顆星星，那該有多好啊。」

　　「我不需要你為我摘星，只想這樣與你靜靜地欣賞著璀璨的星空。」她依偎在他的懷裡。

　　「謝謝你不嫌棄我的清貧，我不知道你愛我的理由。」他感動得有些惶惑。

「愛就一個字，誰能說得清呢？」那一刻，她的心頭暗香盈動：從此，就要離開四季花開的家鄉，留在這偏遠的小城，只為著那份突然而至的愛。

然而，相愛總是簡單相處太難，不久，兩個人便開始為一些雞毛蒜皮的小事爭吵，一次次地，讓心口舊傷又加新痕。分分合合了一段時間，彼此的心都涼到了一個黯淡的刻度，分手成了必然。

只是她猶存不甘，想再一次挽留的努力。那日，她再次走進他的辦公室，一群從鄰近屋子裡跑來的男女，正圍在一盆曇花周圍，焦急地等待著那蓓蕾綻開。她邀他出去走走，他卻不肯錯過眼前難得的曇花開放。剎那間，失望像霧一樣蒙上她的眼睛，她只停留了片刻，便毅然轉身離去。此時，她比誰都清楚，「曇花一現」這個成語是最寫實的。

像當初堅定地來，她毫不遲疑地踏上回歸的列車。望著窗外漸次明媚的景象，她很驚訝：自己的心裡並沒有那種撕裂的疼痛，甚至眼角也沒有閃動的晶瑩，彷彿自己不過是經歷了一次平常的旅遊。

原來，像愛就一個字一樣，不愛，也只不過是多了一個字。

然而，她還是深深地記住了他，記住了那個正開始拆建的小城，記住了那揚塵的水泥路，那彎曲的小街，那不乾淨的麵館，那遼闊的星空……因為畢竟是真的愛過，那曇花一現的愛，雖然短暫，但真實，絢麗，就像當初那些浪漫的細節，點點滴滴，都已是心口抹不去的硃砂痣。

第六輯
半管口紅，一盞燈

　　一間簡陋的小屋，也能散發出動人的溫馨；半管廉價的口紅，也能描出非凡的優雅。綿綿的真愛，深深的歡喜，會讓苦難凋零，讓不幸走遠。

一　調情是一種情調

　　坐在名叫雕刻時光的咖啡廳裡，輕柔的鋼琴曲低低地迴盪著，秋天的陽光穿窗而入，落在那本《最美的情調》上面。她立刻想起一位朋友寫的兩句詩：那麼多的花樹次第綻開，我卻一生只迷戀這臨水的一枝。

　　多麼浪漫的愛情心語啊！讀了許多纏綿的愛情小說，那些唯美的、清純的、智慧的情語，常常讓她禁不住心旌搖曳，浮想聯翩。她特別希望老公也能說出那樣的甜言蜜語，哪怕有那麼一點的口是心非，她也會滿懷欣喜。然而，老公這個機械系畢業的博士，最不擅長調情了，除偶爾有一句簡單的「我愛你」，從未聽見他有丁點詩意的愛情表白。

　　啟發過，引導過，嗔怪過，老公依舊只用行動證明她是他「唯一的最愛」。遺憾歸遺憾，並未影響她一心一意地愛老公，兩人心心相印，感情似乎進入了「歲月靜好，現世安穩」的境界。

　　在那個秋天，雪峰與她做了對面樓的鄰居。他是一個玉樹臨風的帥小夥，女朋友是電視臺漂亮的主持人。雪峰一見到她，第一句寒暄語就

是：「真是太幸福了，有這樣一位美女做我的芳鄰，以後還請美女多多關照。」

「我是美女？你是不是見到女的就一概稱美女啊？」她知道自己在美麗這一項上，自愛一點打分，也就勉強及格吧。

「你是真正的美女，美得有氣質，有神韻，有魅力，有殺傷力。」雪峰顯而易見的排比句恭維，說得那麼認真，那麼堅定不移。

「別誇我了，一會兒我要飄起來了。」她微笑著，心裡有突然受寵的喜悅。

「我說的都是真心話，再說了，你是矜持的，理智的，不像我的女朋友，是感性的，張揚的。」

很奇怪，他的誇讚一下子誇到她的心坎上。

那個週末，老公出差了，她懶懶地睡到日上三竿，才去超市。

「美女，你這一身打扮太性感了。」一出門，便撞見了雪峰。

「不過是一條寶石藍的牛仔褲和一件普通的純棉短衫，別人都說我混搭得沒道理，誰都沒說過性感啊。」她見他那件三個扣的花格衫，倒是顯出了男人的陽剛之氣。

「別人不懂，我跟你說，你是很有審美眼光的。」雪峰饒有興致地向她介紹女人選擇服飾之道，例子有影視明星，也有街頭陌生女子，他似乎對此頗有研究。

「你熱愛生活，還博學，所以，你女朋友在你面前，幸福洋溢得一覽無遺。」她由衷地說到。她公司裡的男人，一個個都緊張不團結，嚴肅不活潑。難得碰到像雪峰這樣有趣的男人，她心生歡喜。

「我的心願是，讓自己身邊所有的人都感到幸福。」他可愛地笑著，裡面有一點點的壞。

第六輯　半管口紅，一盞燈

「那就讓我來檢驗一下你的能力吧。」她飛了一眼曖昧。

雪峰立刻有了高山流水遇知音的興奮，他和她很推心置腹地聊了起來。從工作，到愛情，再到婚姻，甚至有些私密的話題，兩個人也沒有忌諱，聊得自然，暢快。她在他的眼神裡，發現了陽光一樣真實的喜歡，也從自己說話的語氣裡，感到了流淌的幸福。

「在這個世界上，能與你調情的人不多，能夠把情調成一種美好情調的，更是寥寥無幾。」雪峰的直言不諱，讓她有一種被命運垂青的暗喜。

雪峰不時給她的那些恰到好處的調情，讓她平靜的生活裡，一下子多了許多鮮亮的色彩，她的心情也明媚了許多。她開始喜歡照鏡子，喜歡翻閱時尚雜誌，閒暇時就研究個人魅力提升的問題。她還喜歡上了烹飪，丈夫吃了她新學做的菜餚，幸福得像中了五百萬元大獎似的。

公司裡的同事，也很奇怪，向來少言少語的她，突然幽默了許多，親和了許多。他們不知道，因為與雪峰的那些愉快而機智的對話，鍛鍊了她口才，也影響了她為人處世的方式。

「你的確是調情高手，我佩服。」再次遇見雪峰時，她告訴他，和他在一起只是說說話，就是一件非常開心的事。

「謝謝你的懂得！沒有誤以為我在騷擾你。」雪峰說，他非常反感男人對女性的騷擾，也不讚賞把喜歡埋藏在心底的拘禁，最好的調情，應該是禮貌性地表達喜歡，是在一個純淨的距離上的淺愛。

雪峰深諳調情的分寸，他懂得，在她老公面前該怎麼表達對她的讚美，在他的女朋友跟前如何「平衡」，所以，很快，她老公與他也成了好朋友，她與他的女朋友也親密得無話不談。

原來，最高妙的調情，是把真實而美麗的情感，調成一種魅力無窮的情調。

一 遺夢雷克雅維克

很偶然地，在一位攝影師朋友那裡，望著那一張張聖潔得近乎天堂的雷克雅維克的照片，他整個靈魂都被震顫了。

當得知自己被公司派往哥本哈根工作一年時，他簡直是欣喜若狂了。剛一將手頭的業務處理完畢，他便急不可耐地買了飛往雷克雅維克的機票。

在舉目盡是歐洲人的候機大廳裡，來自亞洲的他似乎很孤單，但他慢慢地品著一杯綠茶，心情明媚得一如窗外的陽光。

旅途中的豔遇，是他從沒有想過的，儘管喜愛文學的他，血液中並不乏浪漫的因子。當高挑、白皙的她坐在他對面，衝他微微一笑，一句道地的中文，讓他猛地一驚，恍若某部電影中的場景，挪到了眼前。

他問她怎麼說這麼好的中文，她告訴他，她有好幾位鄰居都是從亞州移居過去的，她與他們都成了無話不談的好朋友，對亞洲有了不少的了解。

她慢慢地攪動那杯黑咖啡，黑亮的眼睛閃射著熱誠，她的名字叫伊雅，是維京人的後裔。他對維京人的歷史知道一些，對那個喜歡冒險、喜歡將生活弄得豐富多彩的種族，有著一種難以形容的敬慕。

伊雅問他雷克雅維克是否有朋友，他搖頭，她便笑著說，那太好了，我可以做你在冰島的第一個朋友。

好啊，這樣我就不孤單了。他很欣然她的開朗。

冰島最美的是什麼？雖然已經在網路上了解了冰島的許多名勝古蹟，清楚自己此行必看的重要風景，他還是想從她這裡獲取一些更新鮮的資訊。

第六輯　半管口紅，一盞燈

　　當然是冰島的人了。她毫不掩飾的驕傲，不僅寫在了眉宇間，也洋溢在她的語調中。

　　是嗎？原以為她會告訴自己熟悉或陌生的風景呢，伊雅卻說，是因為最美的冰島人，才讓那些風景神奇美麗起來。

　　那我應該感謝上蒼垂青，讓我結識了你這樣一位美女朋友了？她一臉孩子般的認真，令他有點陶然。

　　當然了，我也很喜歡你這個亞洲朋友。對了，今天正好是聖誕節，我帶你去參加一個聚會吧。你保證會玩得開心的。伊雅熱情地向他發出邀請，他爽快地答應了，因為她眸子裡閃爍的，是不可抗拒的迷人的光波。

　　那晚的聚會果然熱鬧非凡，一大群青年男女先是在屋子裡，且飲，且歌，且舞，接著又跑到已然亮如白晝的室外，在空闊、柔軟的雪地上，相互追逐著，忘情地嬉鬧，像黑白片裡遙遠的鄉村童年記憶，撩起他的思緒，飛向一片片潔淨的世界。

　　怎麼走神了？面頰上滾著汗珠的伊雅跳到他面前，伸手將他又拉回到快樂的人群中。

　　真是太開心了，剛才喝的那兩杯紅酒，這會兒在發揮作用了，他興奮地敞開歌喉，來了一曲聲情並茂的〈敖包相會〉，引得一片熱烈的歡呼。伊雅興奮地在他額上吻了一下，誇讚他唱得太棒了。

　　一直鬧到午夜時分，他才想起要去在網路上預約的旅館休息。這時，伊雅說，別去旅館了，我帶你去一個好地方吧。

　　於是，他上了伊雅的車，朝郊外駛去。公路上的積雪清理得很乾淨，但那雪下得實在太大了，路的兩旁是幾公尺高的雪牆，車子彷彿是在雪巷中行駛。

大約半個多小時後，車子停到市郊的一棟別墅前，別墅幾乎被皚皚白雪淹沒了。

伊雅掏出鑰匙，他很驚訝，她笑著告訴他，這是舉家到地中海度假的朋友借給她的，這麼多房間，他可以隨便住。說話間，她開啟儲藏室，搬出一大堆吃喝的東西，兩人坐在餐廳，又暢快地舉起杯盞和刀叉。

酒酣胸膽盡開張，他和伊雅暢快地邊飲邊聊，彷彿久別的知音，彼此眼睛裡都澎湃著無需語言的渴望。很自然地，他們翻滾在一起，欲仙欲醉地沉迷到一個彷彿只有兩個人的世界。

伊雅奔放的身子和溫柔的話語，一次次點燃他沉寂的激情，讓尚未熱戀過的他，突然希望時光就此駐足，他與伊雅一直這樣纏綿下去。

躺在他的懷中，伊雅說她第一眼看到他，就喜歡上了他，甚至想和他生一個黑頭髮黃皮膚的孩子。

他興奮地說，那你就嫁給我吧，幫我生一個「海盜」的女兒。因為伊雅說過，維京人的祖先就是海盜，特別喜歡刺激，喜歡把生命的本真張揚得酣暢淋漓。

我們現在這樣不是很好嗎？你和我一樣，與喜歡的人一起做快樂的事情，別的什麼都不用關心。伊雅柔情似水地望著他，一副很陶醉的神態。

那真是一段神仙眷侶般的好時光，他和伊雅隨心所欲，盡情地玩樂，儲藏室裡有充裕的食品，伊雅做的馬哈魚子醬和紅豆餡餅，味道實在好極了。

走出別墅，雪花紛揚的雷克雅未克簡直就是一個童話的世界，那一排排小巧玲瓏的房屋，風格各異，色彩各異，美得令人目不暇接。

第六輯　半管口紅，一盞燈

　　來到一個著名的地熱溫泉藍湖，他與伊雅泡在暖融融的湖水中，相互往身上抹著養顏健體的礦泥，百念俱散，眼睛裡只有這大自然賜予的遼闊的溫馨。潔白的雪花在暖暖的熱霧中飄著，未等落到身上就變成了溫潤的水滴，那份愜意真是難以形容。

　　黃昏時分，他跟著伊雅登上了雷克雅維克市代表性建築珍珠樓，站在那高 25.7 公尺，占地 3,700 平方公尺，頂部為半圓形玻璃穹頂設計，由 1,176 塊玻璃格組成，在陽光照射下光芒閃爍，酷似珍珠的樓內觀景平臺上，他驟然有了一種置身於星空之下的感覺。

　　第三個晚上，他站在別墅的亭臺上，就驚喜地看到了美麗無比的北極光，在那淡綠色中間雜著粉紅的，橫跨蒼穹的，宛若無與倫比的綢緞，妖嬈得令人震顫的極光，與他在別處所見迥然不同。

　　一週的幸福時光轉瞬即逝，他戀戀不捨地與伊雅道別，說他回去後會想她的，她嫵媚地一笑，祝福他再遇到更美的朋友，他說不會再有比她更美的。伊雅卻說，像他這樣追逐自然風光的人，應該懂得更美的風景，始終都在路上。

　　分手那天，天空又出現了北極光，這一次是橙紅色的，披散著，有些凌亂，像他百感交的心緒。

　　回到哥本哈根後，他開始了一段極為忙碌的日子，但他的腦海裡常常會浮現出伊雅的身影，耳畔似乎還縈繞著她濡潤的香氣。當他終於撥通了她的手機後，並沒有聽到想像中的歡喜，甚至在他一再提醒後，她也只是淡然地寒暄了幾句便結束通話了，半個月前那親密無間的相逢，彷彿是一次自然君臨的北極光，已消逝得難覓蹤影。

　　可是，他的心弦還是被撥動了，猶有不甘地希望與她再次邂逅。幾天後，再打電話，竟被告知她的那個號碼已停止使用，而她並沒有再告訴一串彼此連通的數字。就像從前，他與她，仍是陌路人。

傷感，一次次地瀰漫心頭，他雖然知曉維京人喜歡新奇和未知的性格，知道他們喜歡冒險和創造，喜歡把生命搞得像「一次傳奇」，仍無法從心底割捨那次快樂的相逢。一位作家說「冰島是地球上最美的一道傷痕」，一次次的懷戀，便是他在欲罷不能地往傷感中撒鹽。

　　後來，他又多次去了冰島，去了雷克雅維克，去了周邊的很多地方，甚至還去了那棟令他魂牽夢縈的別墅，但他再也沒有遇見伊雅，好像她真的如玩笑裡說的那樣，她去遠方做了一個「搶劫幸福的海盜」。

　　歸國後，他娶妻生子，職位越升越高，收入越來越多，風平浪靜的日子，讓身子也開始發福了，旅遊的熱忱也已一落千丈。

　　那天，看到電視上那個沉浸在初戀情中難以自拔，尋死覓活的年輕女子，他猛然想起了伊雅，想起了她臨別的贈言：在茫茫的人海中遇見，彼此說了最知心的話，做了最開心的事，而後天各一方，仍是陌路，了無牽掛，這樣最好。

　　伊雅說很對，彼此都在走著自己的路，有幸相逢，應該感激和珍惜，而分開，亦不必過分地傷感，因為還要輕鬆地趕路，還有未知的遇見，在前面等著自己。

淺愛，深喜歡

　　她喜歡他，從第一眼見到他開始，就無緣由地喜歡上了他，彷彿前世結下的緣。

　　雖是偶然的邂逅，他也根本不知曉，她迷戀的目光，追著他走出了很遠很遠，他的身影，再也無法走出她蕩漾的心海，她以千般柔情、萬般的愛意，將他一遍遍溫柔地撫摸。

　　期許再次遇見，她特意繞了遠，步行500公尺，到那個站點等公

第六輯　半管口紅，一盞燈

車。一次又一次，她滿懷期待，等到的卻是悵然的失落，好像他在有意躲避，她選對了地點，卻沒能選對時間，她竟一次也沒碰見他。

那一日，她與好友說起他，似乎他成了這個世界上最完美的男子，她眉宇間寫滿了歡喜，像一個突然陷入了熱戀的少女，她說話的語氣裡都散著濃郁的花香。

好友驚訝地望著她：你可是剛剛結婚呀，難道這麼快就移情別戀啊？

她嫣然：只不過是喜歡他，根本談不上戀，更說不上愛了。

好友善意地提醒她：喜歡也是一種愛，喜歡還是通向愛的橋梁，你這個文藝小女生，向來喜歡浪漫，可一定要拿捏好分寸啊，千萬別得寸進尺了，若得不到那不該得到的，又丟掉了手裡最寶貴的，那可是最壞的結果，到時候懊悔都來不及了。

她輕輕的一語，卻重若千鈞：如果愛，請允許我選擇淺愛，深喜歡。

一語驚心，好友懂得聰慧的她，有著怎樣綿密的心思。

淺淺的愛，深深的喜歡。這該是怎樣特別的一種情？她真的能夠守住那個距離嗎？

半年後的一天，她去南部出差，似已心若止水的她，竟在街頭與他不期而遇。他依然那樣風度翩翩，一舉手，一投足，都牽著她的心。不遠不近，跟在他的身後，走過一條小巷子，在他即將登上計程車的剎那，她突然跑到他面前，喚住了他。

於是，站在那紫荊花叢前，兩人有了五分鐘簡潔的交談。然後，彼此留了電話，說好了回去後常聯繫。目送他遠走，她翻看那串阿拉伯數字，好像端詳手掌上彎彎曲曲的命運線，不知冥冥中它們將引她走向哪裡。

再度喚起的喜歡，像一頭十分淘氣的小獸，在她的心頭不知疲倦地

跑來跑去。原本枯燥乏味的出差，驟然變得無比美妙起來。

她剛剛走進家門，他的問候簡訊就趕到了。雖是簡簡單單的幾個字，她卻看了又看，像一個剛得到新玩具的孩子，歡喜得滿腦子裡只有他的音容笑貌。丈夫都端上飯菜了，她還沉浸在那片喜悅中，她不加掩飾的好心情，立刻感染了丈夫，他第一次嘗到了「小別勝新婚」的幸福。

隔三岔五的簡訊往來，彼此很快便不滿足了，她與他又開始聊天，打字太慢了，就直接開啟視訊，他的曾經，她刨根問底了；他的現狀，她幾乎瞭若指掌了，甚至他的未來，她也熱情地參與設計了。像吸食了鴉片，上了癮，她痴迷地與他熱聊，感情急遽升溫，甚至到了無話不談的親密程度。那些白天和黑夜裡，她的熱情似乎都集中到了他的身上，僅僅是兩天沒與他聯繫，就像分別了很久一樣。

那天，她忽然有些驚恐地意識到，自己實在有些得寸進尺了，真的不能再這樣發展下去了，原來的深喜歡，正在向深愛延伸。

幸好，她與他那天在異鄉重逢後，他們僅僅有過兩次單獨的會面，都選擇了氣氛氤氳的咖啡廳，他很紳士，她也很淑女，沒主題簡單的閒聊，自然而親切，並沒有想像的那種激情蕩漾，甚至沒有他們在網路上聊得那樣輕鬆自如。

她知道，他的妻子曾是他的大學同窗，現正在美國讀博士。他的工作很輕鬆，有大把的休閒時間可以隨意揮霍，而喜歡晝伏夜出的她，在文字裡玩慣了浪漫，不知不覺就玩到了生活裡。很愛她的丈夫，這些年來一直寵著她，對她的小資情調，理解，縱容。

終於有一天，他突然告訴她，他要去美國定居了。她很清楚，這一別，他們就將天涯海角了，但令她更驚訝的是，她並沒有想像的那麼特別傷感，甚至有了一種釋然的輕鬆，道了一聲祝福，她還沒心沒肺地問了他一句，什麼時候回來？

第六輯　半管口紅，一盞燈

他反倒不灑脫了，有些纏綿地問她，他們還能不能最後見一面？似乎他有很重要的話要對她說。

這一回，她卻是出奇地乾脆俐落：相見不如懷念。

他有些悵然地離開了，她只給他發了一條祝福簡訊，便長長地緘默了，彷彿過往的那些熱烈和沉入，都突然地定格在了昨天。

不知不覺間，有淚緩緩滑落。她翻出他們之間的那些聊天紀錄，一一刪掉，像扔掉那些蒙塵的舊報刊，儘管有些不捨。

那一刻，她才恍然發覺對於他，淺愛，是真的，深喜歡，也是真的，但那些，都屬於過去完成式了。而現在，她對丈夫的愛，依然是深深的，她對生活的喜歡，依然是深深的。

寂寞是你給的苦

沒能在最明媚的季節遇見，或許注定了今生揮不去的苦，連同那一絲絲的甜。

九月，法蘭克福大學藝術館前，一張毫不起眼的講座海報，吸引了初來乍到的他。那會兒，他正被好多年來一直羈羈絆絆的婚姻，弄得焦頭爛額。所以，當有一個許多人都沒興趣的學術交流的機會，擺在他面前時，他毫不猶豫地抓住了，雖說他多年不用的德語幾乎忘光了，但可以短暫地逃離那個令他感寂寞無聊的家，就足夠了，他已顧不上那麼多了。

講座者是一位沒什麼名氣的畫家，聽眾也不多，小小的禮堂裡，稀稀落落地坐了不足百人。他坐在前排，豎起耳朵，聽得很認真，但有一些內容沒法聽懂。他有些愧疚，為自己德語聽力的嚴重退化。

講座結束時，他想諮詢畫家兩個感興趣的問題，口語窘迫的他正需

要一位翻譯，她恰到好處地站到他面前，衝他莞爾一笑：「我能幫你做點什麼？」

「哦，請您幫我請教一下這兩個問題。」他揚了揚手裡的筆記本。

「有意思的問題！請跟我過來吧。」她似乎與畫家十分熟悉，從兩人對話時的眼神和語氣裡，就能明顯地感覺到。

於是，在她流利的翻譯中，他與畫家度過了一段愉快的交流時光。

「你怎麼像一個小學生似的？」走出校園，她好奇已人到中年的他，何以仍如此好學？

「機會難得，能多學一點，不是更好嗎？」他沒有說，他想用每天的充實，沖淡難以與他人言說的那些寂寞與煩惱。

「像您這樣已有一定學術積澱的大學老師，現在大都在國內忙著申請課題，忙著弄各種學術論著，極少有願意出來訪學的，即使出來了，也大多是短期的鍍金，或是藉機出來看看風景，認識幾個名家。」她概括準確，一語中的。

「沒錯，現在的大學裡，浮躁和急功近利普遍存在，學術量化，論文太氾濫，求量不重質。」他也深有同感。

而接下來的交談，更是輕鬆加愉快。原來，他和她還是同一所大學的校友，只是她比他低了5屆，是名副其實的小學妹。她是來德國攻讀博士學位的，研究的方向是西方的造型藝術。她的丈夫在文化部工作，喜歡話劇，由其擔任編劇的一個話劇曾獲政府創作大獎。只是他毫不掩飾地喜歡美女，兩個人還為此爭吵過，她來德國求學，也有與丈夫賭氣的因素。

聊著聊著，天色暗了下來。他要請她吃晚飯，她同意了，並帶他去了那個風味獨特的俄式西餐廳。

第六輯　半管口紅，一盞燈

　　異國遇知音，話題隨意而有趣，兩個人敞開了心扉，聊得十分愜意，彷彿一對老朋友。品著純正的俄式西餐，兩人喝了三小杯紅酒。微醺時分，他們走出餐廳，他送她到租住的寓所門口。看看時間不早了，便沒有隨她上樓，轉身回了自己的宿舍。

　　剛進門，她關切的電話就跟來了。電話裡，她告訴他：「一整天，我都想跟你說，你的眼睛裡有著令人著迷的憂鬱。」

　　他奇怪：「是嗎？我自己怎麼一點也沒發覺啊，即使真的是憂鬱，怎麼還會迷人呢？」

　　她像一個調皮的小姑娘，語氣裡透著堅定：「就是迷人的憂鬱，很像18世紀歐洲的一位哲學家。」

　　「謝謝你的讚賞，我那不是憂鬱，說是憂愁還差不多。」突然間，他想到了家中盛氣凌人的妻子，心猛地一顫。

　　放下電話，躺下，熄燈，他卻久久難眠，許多雜七雜八的人與事，紛至沓來，攪得他一時心海難平。

　　第二天上午，他要去拜訪早已約好的一位教授。起床後，發現時間不早了，匆匆地吃了點東西，便趕緊出門。結果，還沒到中午，他就飢腸轆轆了。而那位老教授，似乎根本沒察覺到他的疲倦和飢餓，依然饒有興致地問了他好多個問題。

　　不知道是那家中餐廳的飯菜有問題，還是那一餐他吃得太多、太急了，一回到宿舍，他便腹痛難忍，去洗手間折騰了好幾次，弄得他快虛脫了，才稍稍舒服了一些。

　　望著宿舍雪白的牆壁，無邊的寂寞，潮水般地朝他湧來。他想起了遠在家鄉的父母，他們供他讀完博士，讓他留在了大學工作。如今，他已人過中年，非但沒能給他們帶去多少幸福，反倒讓他們一直牽掛著。

去年春節回家，母親還擔憂地勸他，要多多忍讓一下，可千萬不要離婚啊。在父母的眼裡，他讀了那麼多的書，如果與家世顯赫的妻子分開，那是他們難以接受的。

所以，他多年來始終與妻子維持著貌合神離的婚姻。

西方隆重的聖誕節到了，她邀請他一同過節。正在落寞中煎熬的他，欣然答應。令他驚訝的是，短短一個月沒見面，她面色明顯地憔悴了。他問她發生了什麼事情，她含混地說了一句：家裡的瑣事，都已過去了，不提了。

在外面逛了大半天，滿大街都是喜慶的人，她建議晚上不去飯店吃了，到她的寓所去，清靜，隨意，他還可以品嘗一下她的手藝。他買了一瓶法國紅酒和一份烤鵝，隨她去了她那雖小卻「五臟俱全」的小屋。一進門，一股溫馨便迎面而來，不似他宿舍那般空寂。

她手腳麻利地做了幾樣拿手的小菜，他斟好紅酒。兩人舉杯，眼裡盈的，是彼此都懂的歡喜與迷離。

一杯接一杯，兩人都有了「同天涯淪落人」的感覺，似乎那亦苦亦甜亦澀的紅酒，最解他們此時難以言說的心情。一瓶酒喝完了，她又拿出一瓶，唱了兩句優美而豪放的蒙族歌「酒喝乾，再斟滿，不醉不歸還」他也是「酒酣胸膽尚開張」，配合著她唱了一句「一輩子能有幾次不想說再見，一輩子能有幾個這樣的夜晚」接著，碰杯暢飲。

結果，他們都來了興致，且歌，且飲，且笑，且哭，最後緊緊地抱在了一起，一夜纏綿。

待第二天早上從相擁中醒過來，他和她都有些難為情。

都是寂寞惹的禍，聰慧的他們心知肚明，但誰都沒說破。只是兩顆心貼得更近了，雖說那日迷情之後，兩人多次在外面小酌，卻再沒有過

第六輯　半管口紅，一盞燈

激情蕩漾的肌膚之親。

數月後，她拿到了博士學位，去美國找了一份教職。她和丈夫的婚姻，其實在那個聖誕節前夕，便已宣告結束了。

像一片雲，她只是偶爾飄進了他的心海，他卻再也無法將她忘懷。在法蘭克福的最後兩個月，他常常去他們一同去過的那個酒吧。坐在一個角落，慢慢地品著一個人的寂寞。

歸國後，他的婚姻依然不鹹不淡地維繫著，他和妻子似乎已習慣了那樣的波瀾不驚。只是，在緊張、忙碌之餘，他常常情不自禁地想到她，想到與她在一起的點點滴滴，親切而綿長。

回想中，有寂寞滴落，清晰的聲音裡，浸著歡喜，浸著無言的苦澀，有著清涼的美。

兩年後偶然的一天，他從她的一位好友那裡驚愕地得知，她在不久前發生的一次車禍中香玉殞了。

據說，她始終一個人獨居於華盛頓，教書，旅遊，做慈善，像一朵寂寞的小花，兀自地開著，不管有無欣賞的目光。

那天晚上，他很想寫一篇懷念她的文章。枯坐了半天，卻沒能寫下一個字。臥室內的電視裡，飄出了那首十分傷感的歌曲〈寂寞是你給的苦〉：「癡心的話早已麻木，思念的痛還那麼刻骨，想你的時候數著星星，你說那是你寫的情書。」哀哀婉婉的旋律，漾著說不盡的寂寞說不完的苦。

聽著聽著，他的心裡突然湧進了些許明媚的暖：原來，正是那些刻骨銘心的寂寞，才讓自己於大片嘈雜和繁亂的生活中，有了難得的一份清醒和獨立，從而更真切地看到了愛的模樣，感受到了愛的滋味。

一 一念愛生，一念愛逝

愛就是愛了，似乎什麼理由都不需要。

櫻花開得正盛的夏日，愛情草長鶯飛的校園，不經意的一次回眸，她便驚雷般呆住了無數古典詩詞中表述的初相見，應該就是這樣的情形吧？一向矜持的她，竟一時手足無措，亂了方寸。

很快，她便知曉了，他是剛剛調入文學院最年輕的副教授，曾師從那位聲名顯赫的學者。

彷彿應了某種熱切的呼喚，一貫品學兼優的她，竟連必修課也會逃掉，只為著去文學院聽他的課程，甚至只為了能在路上「巧遇」上他，能與他說上一兩句話，她可以在那條青石板的小徑上，徘徊不下五華里，心裡卻是抑不住的幸福。

最讓老師和同學們驚愕的是，她已被外語學院保送研究生了，許多同學敬慕的那位著名的教授，也公開地表達了對她的欣賞，她卻出人意料地宣布，她要跨系去考文學院古典文學方向的研究生。

與他說了，他明確地表示反對，勸她千萬不要衝動，最好還是讀本科系的研究生。

她莞爾，說不需要他任何關照，她會用成績讓他無法拒絕。

她是何等有思想的女孩啊，心意已決，她便全力以赴地投入備考。只是偶爾，去他那裡請教一兩個問題，她的聰慧和任性，春風細雨一樣自然，令他暗生歡喜，但在她面前流露出的，卻仍只是一抹淡然。

數月後，她竟考出了令人驕傲的成績，名列該科系的第一，如願地做了他的學生。

他驚訝：你不是說，原來古典文學的功底不好嗎？

第六輯　半管口紅，一盞燈

她嫣然：因為我不想錯過您啊，所以我加倍地努力啊。

我有什麼不能錯過的？一語即出，他的眼神裡立刻閃了些許的慌亂，因為她目光和語調裡，流淌的不可遮攔的意味，他驟然似有所悟。

老師，週末我請您去看電影吧。她看到了一向灑脫的他，原來也會有那樣可愛的窘態，便趕緊轉攻為退。

到時候再說吧，你先回去看這本書，然後，寫一篇書評給我。他想給她出一點難題，免得她一上來就單刀直入。

沒想到，週末她來家裡時，就把書評拿給了他，洋洋灑灑的四千多字，見解新穎，論述嚴謹，很難想像她竟在四天的時間，就呈上了一份連他這個年輕的學術才俊都暗暗敬佩的作業。他掩飾著欣然，故作淡定地說了一句，還是有些潦草了，得仔細閱讀文字，好好推敲。

她卻歪著頭：你應該表揚表揚我啊，聽說當年你一週時間拿出一篇論文，你的教授就到處誇獎你才思敏捷呢。真不知道，怎麼連他得意的軼事，她也探聽到了，真不是一個簡單的女子。

遲了十分鐘，沒有趕上那個場次的電影，她便邀他到附近的咖啡廳等候下一場。

突然間，她一臉嚴肅地問他，師母去其他地方讀博士，你一個人不寂寞嗎？

傻丫頭，我有那麼多的事情要做，哪裡有時間寂寞呢？他說的是事實，一大堆科學研究課題和教學任務，忙得他難得抽出一點休閒的時間。

那你講講你與師母的故事吧。她端坐，一副洗耳恭聽的神態。

真的如他講述的口氣那樣，他與師母的愛情的確是波瀾不驚，甚至過於平淡無奇了，她便在心底暗暗地為他惋惜。

待她和他走出影院,天空中飄飄灑灑地揚起了潔白的雪花。他腳下一滑,她忙伸手去扶,身子卻突然前傾,面頰一下子貼到他的背上。只那麼輕輕一觸,便有電花在心頭飛濺,她喃喃道,你真像我的哥哥。

他鬆開她手,紅著臉問她,你不是沒有哥哥嗎?

沒錯,我是說你更像我夢中的哥哥。她調皮地衝他做了一個鬼臉,清脆的笑聲,在大街上飄得很遠很遠。

心底的漣漪一旦擴大了,便久久難以平靜。於她如此,於他亦是,只不過他選擇了淡然,對她有些刻意退避的淡然,甚至對她熱切的目光,也視而不見。

冬夜越發地漫長起來,憂鬱啃咬得她面色憔悴,聽課時開始神思恍惚,當他關切地問詢時,她竟仰著臉,直率告白自己愛上了他。他一愣,忙慌亂地擺手,彷彿犯了一個大錯。

我相信我會給你需要的真正的愛情,新鮮的,激情的,浪漫的,也是現實的……她挑戰似的直奔主題。

不要胡思亂想了,那不可能,我已經……他沒想到她這樣毫不含蓄。

我知道你有婚姻,但那是最想要的嗎?你真的感覺到了幸福嗎?她連珠炮似的出擊。

你還年輕,愛情不是你想像的那麼簡單。他知道此刻語言是蒼白無力的,便轉身離去。

不久,她被那一場許多人聞之色變的流感困在病床上,正落寞地望著天棚,他急急地趕來,疼愛地安慰她,沒事的,沒事的。說著,端過保溫盒,香氣立刻瀰漫開來,那是她最愛的湯麵,他親手做的。

她潸然淚下:看來,他是喜歡自己的,因為他是她的老師,她的兄

第六輯　半管口紅，一盞燈

長，還是……

她猛然拉住他的手，閉上眼睛，彷彿時光驟然停歇，只有她的夢想她的青春她的愛情，在輕舞飛揚。

幸福的期待，在疼痛中延伸，她一度自信美麗、聰慧再加上執，一定會贏得最後的夢想成真。她將開花的心事，藏在雲淡風輕的日子裡，相信他一定能夠讀懂。

那一日，她在商場閒逛，目光突然被鎖定他陪妻在挑選衣服，妻一件件地試穿，他笑容可掬地在旁邊看著，彷彿妻依然是那美麗綽約的新娘，那似水的柔情，自自然然，一下子便擊碎了曾經的臆想。

原來，他與妻一直是愛著的，像世間無數的凡夫俗子一樣，雖說並不詩意，不激情洋溢，但已經足夠了。

她啞然轉身，儘管有些心痛，一絲一絲的，但她別無選擇。

獨自無眠之夜，她仍懷想起這段往事，在一縷悵然中，品味時光定格的那些一往情深，輕輕地告訴自己：許多愛情的起起落落，似乎都緣於內心的波動。一念之間，愛生，如葳蕤的春草，轉瞬間，便蓬蓬勃勃成一片綠色的汪洋；一念之間，愛逝，若絢麗的煙火，短暫地綻放後，一切都歸於寂靜。而那些美麗與憂傷的情節，只有不老的時光記得。

一個人的地鐵

從知道那個寓言起，她不但沒有嘲笑過那個守株待兔的農夫，反而暗暗地喜歡上了他。因為一個機率極小的偶然，他收穫了一個大大的驚喜，並由此認定幸運還會降臨。於是，他放棄了耕作，荒了田地，守著那根樹樁，守著一個可能一生都不會圓的白日夢。

她喜歡那個農夫死腦筋的執拗，認準的事情就去做，任別人說東道

西，他只相信奇蹟還會誕生。不管時光流逝，不管失望一次次襲來，他始終抱著一個美好的願望執地等待，一如著名戲劇《等待果陀》（Waiting For Godot）裡的那位等待者。

也許是從小便受了那個農夫的鼓勵，她研究所畢業後，仍喜歡對一些似乎早已注定「不可能」的事情，抱有足夠的信心，以令人十分費解的偏執，期待奇蹟的發生。最典型的一個例項，就是七年了，她幾乎每週都要乘坐至少一次 11 號線地鐵，希望還能重回 22 歲那個仲夏夜，再次邂逅那個流露叛逆氣質的光頭青年。

只那驚鴻般的一瞥，她那顆不羈的心，立刻變得活躍起來。那天，帥氣的他戴了一副大墨鏡，背了一個很大的畫夾，站在最末一節車廂，目光始終盯著窗外，彷彿在尋找什麼。而她，沒有進入他的視線。這並不妨礙她對他的好感，用一個老套的成語形容她最初的感受，那就是「一見鍾情」，但更準確地說是「一見鍾貌」，因為她的確是因貌而生情的。只是，他渾然不知，就在離他不遠靠門口的她，一下子就將他攝取了心靈的底片上，任時光如何沖洗，都抹不掉最初的亮麗色彩。

很遺憾，還未來得及與他交流，他便在一個很大的站點下車，匆匆地匯入巨大的人流，消失了蹤影。她雖然跟著下了車，但還是沒能跟上他的腳步。

接下來的幾年來，她幾乎每一次都趕在那個時間，乘坐那班地鐵，有時還不辭辛苦地穿梭於多節車廂，只為能夠意外地遇見他。

然而，她的執沒能感動上帝，他彷彿在人間蒸發了，再沒有出現在她找尋的目光裡。有時，她也曾悄然自問：就算能夠碰見他，又能怎樣？她又能向他說些什麼呢？

說不清楚，自己為什麼會如此煞費苦心地等待一個或許今生都不會再度遇見的陌生男子，說不清楚自己究竟動了哪根神經。反正從看到他

第六輯　半管口紅，一盞燈

的第一眼，她就固執地斷定，他就是她要再次遇見的人，至於遇見後還會發生什麼事情，她也設想過種種結果，悲劇的，喜劇的，正劇的，她能夠想像到的，都心頭過濾了不止上百遍。

那天閒來無事，她隨手翻看一本心理學書，讀到那個術語：「意念強迫症」，她心頭猛地一顫：莫非自己真的患上了強迫症？

可是，自己並未感到任何的不適，只是偶爾認為自己的想法和做法，有點怪怪的，不大合乎常理，那又有什麼？滋生一些不合常理的念頭，做些不合常理的事，才更有情趣。如此想來，她便釋然了，依然喜歡一個人去乘那班地鐵，去期待一個不知所終的結果。

直到某一天，她在朋友的幫助下，結識了現在的另一半，離開了大城市，與伴侶一起定居大洋彼岸，她才告別了那班熟悉的地鐵。

時光飛馳而過，轉眼她的眼角開始出現了很深的皺紋，她對很多事情都不再執了。然而，青蔥歲月裡那班地鐵，還有那份近乎荒唐的等待，還會偶爾地憶起。每一次回想起來，都清晰如昨。於是，她堅信：生命中的某些時光，就是用來揮霍的，譬如一個人的地鐵，連她自己也說不清楚為什麼的選擇，很任性，似乎又很理性。

真的，她很欣慰：自己那樣心甘情願地做了一些天真的事情，做了一些傻傻的事情，給多年後的回憶，增添了一些溫馨的細節。

恣意的「歡」，深重的「情」

步入婚姻的殿堂不過五六年的光景，他便有了些許的倦怠，與最好的女性朋友酒後吐真言：有些愛情的花朵，在婚姻的土壤裡，就不再水靈了。

從他語氣裡，她能讀出他心底壓抑的那種燃燒的渴望。

她亦有同感，她對自己嫁的男人，似乎也有十二分的不滿意：他相

貌平平,學歷不高,家境一般,志向不夠遠大,還缺乏生活情趣……她甚至一度懷疑自己,當初怎麼會愛上他呢?細究一下,原因很簡單:他善良,真心地對她好。

那日,一位閨蜜繪聲繪色地講述自己愛而不婚的生活,那是刪繁就簡的烈焰般的愛情,兩個被激情點燃的人,窒息般地纏繞在一起甚至忘卻了白天黑夜,彷彿世界上只剩下了他們兩個人,在盡情地享受著生命的歡愛。

她羨慕地看著閨蜜那張被歡情滋潤的鮮亮的面頰,輕輕撫摸自己那雙略顯粗糙的手,一聲輕微的嘆息,讓心中蕩起了一時難以平靜的漣漪。其實,渴望一場豔遇的念頭,一直就縈繞在心間,時隱時現。如今,被閨蜜撩撥得越發強烈起來。她很想去嘗試一下那種「放下」以後的恣意靈與肉的狂歡。她甚至覺得,如果不在生命最美的年紀裡,有那樣的一次「出軌」的放縱,或許真的是虧了自己,可能會在多年以後,遺憾自己當初的保守呢。

當然,她只是在心中想想而已,每當身體被激起了反應後,她都會隨即被一種羞愧,打斷了內心的蠢蠢欲動。

是的,她始終不敢輕易地邁出那一步。她不能斷定那一步後面,跟著的是春暖花開,還是深淺莫測的泥淖。若是情不自禁踏出一步,短暫歡悅之後,竟是巨大的危險,是覆水難收。那麼,她仍願意退回到凡俗的原點,讓一份淡然而踏實的日子,陪伴在自己的身邊。

而他,卻彷彿中了什麼蠱,再也不想在千篇一律的婚姻生活中,慢條斯理地往前移動了,他要打破常規,要飛蛾撲火般地,尋覓一場濃烈的豔遇。

她理智地提醒他:偶爾偷偷地想一下,就行了。像許多的美,只能遠觀,不可褻玩。

第六輯　半管口紅，一盞燈

但她自己心裡也有些動搖，那些貌似很真理的勸說，對慾望正燃燒的他而言，只是過耳的清風一縷，毫不發揮作用。

兩年後，再見到他時，她驚愕地發現，昔日帥氣十足的他，已憔悴得不成樣子，幾乎不敢相認。於是，她知道了他「一晌貪歡」的結局很悲慘：感染了愛滋病，婚姻破裂了，妻子帶女兒遠走他鄉，他丟掉了工作⋯⋯

他說，有些豔遇，就是美麗的罌粟，一旦沾染，就會上癮，就可能要毀滅自己。

只是他這樣的頓悟，是他以寶貴的生命做嘗試所得出來的。

她慶幸，自己一直在努力克制自己，並努力說服了自己，沒有像他那樣陷入一場肆意的歡悅裡，沒有在目的誘惑中迷失了自己。

她知道，自己的丈夫不英俊灑脫、不情趣高雅、不志向高遠⋯⋯但是，他始終將她當作手心裡的寶，一直對她好，娶了她，就心甘情願地與她好好過日子，將自己的一生都繫在她身上。

她也知道，她還會遇到比他更優秀的男人，可能會真心或假意地愛上，也可能與演繹一些浪漫無比的情節。只是，當激情退卻後，接踵而來一定是刻骨的薄涼，必如煙火絢麗地綻放之後，留下的那一地不堪的碎屑。

她那位愛得歡暢的閨蜜，四十歲那年，死於一場爭風吃醋的情場風波。那個發瘋地要捍衛自己愛情的柔弱女子，將一把鋒利的刀子，插進了她迷戀歡愛的胸膛。

在扼腕痛惜之餘，她不禁慨嘆：與其奮不顧身地享受恣意的「歡」，何不好好珍惜身邊那些深重的「情」？須知：唯有最真的情，才能讓愛綿長，才能贏得一生的歡喜與欣悅。而許多被慾望裹挾的放縱、放肆的男

歡女愛，最終可能會演變為生命中的一場劫。

無論是男人還是女人，若不想留下遺憾和悔恨，都應當好好地珍惜有情有義的愛，從真愛中尋找到幸福一生的「歡」，平淡，或熱烈。

身體近了，愛情遠了

遙遠的距離，並不一定能夠妨礙兩顆心的親近。

當時，他與她，一個身處最北端，一個在南方的小漁島，中間隔著無數的大江大河。因為一個誤打誤撞的漂流瓶，居然讓兩個原本毫無關係的陌生人，上演了張愛玲那段經典的愛情告白「於千萬人中遇見你所遇見的人，於千萬年，時光的無涯荒野中，不早一步，不晚一步，剛好趕上了，也沒有什麼可說的，唯有輕輕的問一句：噢，原來你也在這裡？」

自此，愛如春天的野草，一場春風，一場春雨，便不可阻擋地蓬蓬勃勃生長起來。

當然，這要感謝電話、電子郵件等各類現代通訊工具，它們幫助他和她將天涯瞬間就變成了咫尺。

一個人的時候，生活裡本來十分木訥的他，在網路上和她聊天，卻常常滔滔不絕，有時甚至還會妙語連珠，連他都驚訝自己的口才了。

而她，典型的多愁善感的小女子，有著總是揮不去的「才下眉頭，卻上心頭」的無盡煩惱。一而再，再而三地，說與他聽，他居然有充足的耐心傾聽，還能幫她分析情況，查詢原因，出主意，找對策，堪當最佳的心理專家。

大概是許久沒人願意停下來，聽她祥林嫂似的絮叨了，終於碰到了他，她自然像溺水的女子，死死地抓住了他這根救命稻草。何況，他的善解人意，是以前從未遇到過的，她心生歡喜，覺得遇到了知己。

第六輯　半管口紅，一盞燈

　　而他，那會兒，也寂寞著，碰到年輕、漂亮的她，那麼信任地向他傾訴心聲，他大受感動，覺得自己有責任，讓她變得開朗起來。於是，師大教育學系畢業的他，因她的突然出現，不再去論壇亂逛，也不再去玩遊戲，而是根據她的情緒「症狀」，開始惡補各類心理學知識。然後，現學現賣，效果居然不錯。

　　就那樣，一個人孤寂的午夜，他會早早地坐在電腦前，等著她像一條深海裡的魚，在那一端浮上來，兩個人隔著千山萬水，卻彷彿在促膝交談。

　　很自然地，他們相愛了，感情日漸升溫，終於熾烈起來。

　　炎炎夏日，她患了口腔潰瘍，醫生說上火了，開了一大堆藥，卻不見效。他適時地邀請她：「要不然，你來我這裡吧，這裡冬暖夏涼。」

　　她竟恍然覺得齒間有了些許的溫潤，疼痛也緩解了許多。問他：「如果我想留下來，你願意一輩子收留我嗎？」

　　他斬釘截鐵：「當然，我會永遠愛你，就像現在。」

　　哦，不能再等待了，她要跨越距離的屏障，趕赴心中渴望的約會。

　　轉了兩次飛機，轉了火車，又坐了5個小時的長途客車，她終於站到了他面前。

　　熱烈地擁抱，激情地接吻。兩個慾望劇烈燃燒的人，不管不顧地融成了一體。

　　然而，像許多老套的故事一樣，緊緊纏繞的身體，激情退卻後，一點點地涼了下來。更可怕的是，彼此的心，也急速地涼下來，他們不約而同地發現，對方身上都有著自己無法容忍的齷齪和不堪。

　　於是，短暫的身體親密，像一陣突然登陸的颱風，將兩人憧憬的婚姻吹得搖搖欲墜，他們只得選擇逃離。

此後，他們偶爾也在網路上搭訕兩句，但已沒了從前的自然和熱情，漸漸地，兩人都索然了，再後來，漸成陌路，彷彿愛情從未來過。

原來，與其說那是一場無疾而終的愛情，不如說是身體寂寞和心靈寂寞的兩個人，彼此的一次自我撫摸。一個人在寂寞的時候，很容易愛上，但寂寞中的愛，往往是靠不住的。

正如作家葉傾城所言：「愛若是鑽石，婚姻便是熄燈。光與影剎然逃離，掌中所握不過是一顆涼浸銳利的石頭。」有些愛情，是易碎的瓷器，只能一個人把玩，兩個人很容易碰壞。

最富有的愛情

那時，女性友人中間很流行「做得好，不如嫁得好」。起初，她還嗤笑朋友把錢看得太重，太有失女人之尊了。但兩次戀愛失敗後，她遇到了富有的他，才真正體驗到了經濟基礎雄厚的愛情的甜蜜。比如，她再不用一身熱汗地去擠公共汽車了，他那漂亮的寶馬車，帶給她的是舒適，是一種特別的滿足感。還有，跟他逛商場，她不必費腦筋考慮該買哪樣不該買哪樣東西。看好了，只要她開口，他總會瀟灑地點錢，還有他那刷卡的動作，更是透著成功男人的魅力。

「那是富有的愛情啊！」她欣然地感嘆，覺得那樣的愛情雖然世俗了一些，卻很受用。

那天晚上，他陪她去醫院看望一個骨折的朋友，恰巧趕上醫生在給朋友換藥。她和他便坐在朋友的床上等待。對面病床上住的是一對中年夫妻，男的得了骨癌，被截去了右臂，仍未能阻止癌細胞的進一步擴散，正等待著做第二次的截肢手術。

這時，那女的正在用一把很鈍的小刀，認真地削著一個乾巴巴的、

第六輯　半管口紅，一盞燈

一點水靈氣都沒有的蘋果。那男的憐愛地看著女的，他面龐清瘦，眼睛裡毫不掩飾地流露著縷縷柔情。

男的嗔怪女的：「早就讓你吃了它，你就是不吃，看都蒼老成什麼樣子了。」

女的笑著：「皮蒼老了，心還嫩著呢。」

蘋果削好了，男的固執地讓女的將其一人分一半，女的爭不過男的，便方形地切了四刀，留給自己包著果核的中心地帶。男的說：「你總是吃那兩顆星星，今天得讓我來嘗嘗。」

原來，他們知道，只要橫切一刀，就會看到蘋果心裡藏著的兩顆星星。

「男人跟月亮有緣，女人跟星星親近。」女的將一塊月牙形的蘋果塞到男人的嘴裡，自己小口地啃起那個沒有多少內容的果核。

「明天是你的生日了，買碗麵吃吧。」男的從兜裡掏出鈔票來。

「這裡的麵不好吃，等你出院了，回家我自己做手擀麵。再說了，要買麵吃，我兜裡也有錢呢。」女的其實是心疼錢，為丈夫看病已欠下幾百萬元的債務。

「那不一樣，這是我攢下的。」男的很自豪，那是他少抽了好幾包劣質的煙，才慢慢攢下的一點私房錢。

「那你先收著，等明年情人節時，送我一件禮物。」女的捋捋齊耳的短髮，略顯疲憊的臉上竟泛起了一抹紅暈。

「你要什麼禮物啊？我一定想著給你買。」男的鄭重起來。

「你說呢？」女的笑而不答。

男的努力地猜了一大圈，女的皆搖頭予以否定。

「你到底想要什麼禮物呢？」男的還在認真地想著。

「我呀，我要你這一回手術成功，別嚇壞了我的心臟。」女的想起了上次手術時，握著丈夫的手緊張得她都快虛脫了。

「放心吧，有你保佑，我會早點出院的。我們還要齊心協力把好心人借給的那些錢都還上。」男的眼裡寫滿了自信，似乎那可怕的癌症，除了讓他們在醫院裡多一些日子，多花一些錢，跟平常感冒沒有多大區別。

「等我們有錢啦，你可得帶我出去旅遊旅遊啊。」女的又開始憧憬起來。

「好啊，等我們有了錢，我就先帶你去海島玩，然後……」男的扳著手指開始安排旅遊的線路。

誰說「貧賤夫妻百事哀」？眼前這一對被清貧和疾病困擾的夫妻，分明更像一對熱戀中的年輕人，那一句句簡單樸素的話語，那一個個細微的動作，都浸潤著濃濃的愛意，叫人感動而羨慕。

「假如有一天我得了癌症，我們會像他們那樣嗎？你能呵護在我身邊嗎？」走出醫院大門，那對夫妻恩愛的動人情景，仍晃動在她的眼前。

「別發神經了，我們誰都不會生病的，即使生病了，我們也有條件住最好的醫院，找最好的醫生。」他根本不解她此刻的心思。

驀然，一縷莫名的悲哀，在她的心底隱隱升起，她的心再難平靜下來了。她不禁捫心自問我們的愛情真的像別人說的那樣富有嗎？

很快，他給了她一個說不清該悲還是該喜的答案當初那些響亮的海誓山盟，全都做了過耳的雲煙，因為他又愛上了另外一個女孩。

如今，依然子一的她，常常在孤寂的深夜裡，不由自主地想起醫院裡邂逅的那對清貧而富有的中年夫妻，她相信他們現在肯定過得很幸福，因為他們的愛沒有落上一絲塵埃……

沒錯，真正富有的愛情，只需兩顆相愛的心。只是常常有人在繁華的物欲中，迷失了自己，自然也就迷失了愛情。

第六輯　半管口紅，一盞燈

一 邂逅你的苦澀年華

　　30年前的列車，速度比現在要緩慢得多。她是早上八點上的車，因為是臨時決定啟行，本來擔心沒能買到票，但在車票異常緊張的時期，她居然買到了一張臨窗的車票，還是相當知足的。

　　沿途變換的風景，不停地從車窗前閃過。賞倦了，她就拿出一本《詩刊》，慢慢翻閱。那會兒，她剛大學畢業，在一個令人羨慕的公司上班，愛情也快到了收穫季節，一片光明的日子裡，充滿了詩情畫意。

　　臨近中午時，車廂過道裡站立的旅客越來越多，已經頗為擁擠了。能夠有一個舒適的座位，的確是一件很幸福的事。

　　那個長得有些稚氣的男孩，個子很矮，一隻手攥著摺疊起來的裝化學肥料的塑膠編織袋，他臉上帶著興奮和緊張。好像一上車，他就站在她對面的過道上，不時地朝車廂兩端張望。

　　她看到他深藍色的褲腳，有一個明顯的破洞，有點皺的短袖衫，不俐落地塞到腰帶裡，一個大編織袋塞在她的座位下面，鼓鼓囊囊的，不知裝的什麼東西。

　　忽然，車廂那端一陣騷動，檢票員開始查票了。這時，他迅捷地展開手裡的編織袋，唰地一下子套在自己身上。原來，那個袋子的另一端，早已被拆開，已變成一個圓筒。

　　他趕緊趴下，手腳麻利地鑽入對面的座椅下面，整個身子蜷縮成一團。她忙收回雙腳，生怕碰到他的頭。

　　她曾聽人講過，火車上逃票的種種做法，沒想到今天親眼見識了這樣一幕。

　　車廂裡面的人實在太多了，檢票員不時地掃視車座下面，居然沒發現他。

檢票員已走遠，警報解除，一位中年婦女招呼他：「小夥子，快出來吧，下面空氣不好，別憋壞了。」

他伸開雙腿，一點點地挪動，緩緩地退出來，在一位乘客的幫助下，他脫下編織袋，揮掉頭上黏的灰塵，滿臉的難為情，像犯了一個大錯誤。

與他的目光相對時，她看到了一抹可愛的羞澀。

她在小說中見到過不少他這樣卑微的小人物，知道他們的窘迫、辛酸與無奈。

她衝他笑笑：「一個人去廣州？」

他不好意思地點點頭：「有老鄉在那裡打工，我也想過去看看。」

「哦，你這是去遠方尋找青春的夢想。」她隨口說出了一句詩意的話，因為那一刻，她想起了作家余華的那篇〈十八歲去遠行〉。

那位中年婦女遞給他一個橘子，他推讓了一會兒，還是接了過來。

接著，她知道了他高一沒唸完，便被迫輟學打工了，因為母親一直生病，父親又摔斷了腿。昨天，他剛剛過完18歲的生日。

說到以後，他堅定而自信地告訴大家，他一定好好打拚，擁有讓人讚嘆的成功。

她不無敬佩地給他鼓掌，為他逆境中那不肯折彎的信念和堅韌。

對照他，她簡直是生長幸福的大海裡了。從小家境就十分優越，她穿的衣服漂亮又時尚，從小學到中學，讀的都是重點，大學讀的也是自己喜歡的科系，畢業找工作輕鬆愉快。長到24歲，她似乎從沒遇到過什麼挫折，更不要說經歷什麼磨難了。

下車前，她悄悄地替他補了一張10元的車票，免得他出站時遇到麻煩。他連連道謝，感動得竟有些手足無措，總想回贈給她一點東西，卻實在沒什麼拿得出手的。

第六輯　半管口紅，一盞燈

她善解人意地告訴他：「等著你有一天發財了，我去找你，你請我吃大餐。」

他使勁地點頭：「沒問題，你一定要找我啊。」

他瘦小的身影裹在人流中，走出好遠了，她仍站在那裡張望著。

二十年的時光呼嘯而過。她想過他的日子一定會好起來的，但沒想到，當年那個毫不起眼的逃票男孩，真的像一部勵志大片中的男主角一樣，幾經磨難，最終完成了人生華麗的轉身。如今，他已是國內著名的「房產大亨」，個人名下已擁有數百億財富，他頻頻亮相於報刊、電視和網路上，他的事業還在蒸蒸日上。

而她，在邂逅他的苦澀年華後，沒有演繹人生傳奇，卻品味到了許多苦辣酸甜那段憧憬中的美滿婚姻，只維繫了七年，便破裂了。再嫁，又是痛心遇人不淑，她身心俱傷，一度不相信世間還有真愛。直到兩年前，她嫁給同樣愛情幾次受挫的一位大學老師，過上了波瀾不驚的世俗生活，她的心才有了稍許的平靜。

她早已不寫詩了，甚至連讀詩的興趣也沒了，風花雪月的日子，早已讓位於實實在在的柴米油鹽。

在某次書展上，她受一位出差在外的同事委託，去購買最新出版的一部暢銷書，並請到現場的作家簽名，因為同事的女兒是那位作家的鐵桿粉絲。

在琳瑯滿目的書海中穿行，她真切地感受到了歲月匆匆的腳步。

如願地買到書並討到了簽名，迴轉身來，朝出口走去時，她的目光被一巨幅廣告吸引過去，那是在宣傳一部傳記，而傳主正是當年慢行列車上那個落魄的小男孩。

她走過去，面對巨幅廣告上滿臉堅毅的他，曾經的那些細碎的情

節，紛紛湧來。

她想起了與他告別時的約定，想到了他的羞澀和自信……

她情不自禁地買了一本他的傳記，她想看看他當年在廣州是如何淘到「第一桶金」的，以及他是怎樣書寫人生傳奇的，雖然，她此前已經從報刊和電視上知道了一些。

她邊讀邊感慨。

令她心暖的是，在書籍的58至60頁，講到了他們那次列車上的邂逅，他感謝那些好心人給他的善意幫助。特別是她，一個衣著時尚的女孩，臨下車前塞給他的那張車票，他至今仍儲存著。還有，他一直記得當年的那個約定，期待著有朝一日，能夠與她見面，請她吃大餐，還要當面向她致謝……

輕輕拭去眼角的淚花，她感覺有幸福正向自己走來，如此清晰，宛若那些鮮亮的記憶。

她知道，很容易找到他，但她不會去找他。曾經的那些，都已變成了美好的回憶，且留藏在心靈深深處好了。

邂逅了他的苦澀年華，又看到了他的輝煌歲月，她更加堅信：這個世界上，一切皆有可能。

只想遇見你的人生

極偶然的一次閱讀，你的那篇〈轉身之美〉一下子便懾住了我的靈魂。於是，我開始特別留意報刊上你的名字，留意你的那些明媚的文字。當我在一個午後進入你的部落格時，我心頭一驚：原來，你已出版了那麼多的書，單單看著那些五顏六色的封面，和那些溫暖的書名，就不禁心馳神往起來。

第六輯　半管口紅，一盞燈

接下來，我買來你的書，放在案頭、枕邊，隨手拿起，即便是只閱讀那麼兩頁，也會讓心沉靜下來。當然，我最喜歡的還是在夜深人靜時，在桔黃的燈光下，一個人捧著一杯淡茶，慢慢地讀你的那些美麗的文字，讀著讀著，彷彿你就站在了我的對面，與我促膝交談。

透過那些飽含深情的文字，我似乎看到了儒雅的你，樸素的你，詩人的你，哲人的你……我知道了你的童年、少年的那些純真的記憶，知道了你大學裡那些詩情畫意的往事，知道了你怎樣從一個小鎮，來到一座城市尋夢，而後又到一所大學裡教學。

是的，我不只是在閱讀你的作品，我還在閱讀你的生活經歷，閱讀你的精神風貌和思想感情。我在津津有味地閱讀著你，儘管我們素昧平生，你根本不知曉我，但這並不妨礙我油然而生的對你的濃烈興趣，和有些近乎於偏執的熱情。

有時，我會在你的一篇文章裡迷失，分不清你寫的究竟是別人的故事，還是我的故事。為何你寫的是別人的感受，卻與我的感受那麼貼近？似乎你的一雙慧眼，能一下子就看到隱祕的心思。我很驚訝，你怎麼會觀察得那麼細緻，你怎麼會有那麼多睿智的見解那麼複雜的問題，你只需要一兩個簡單的小故事，就闡釋得那麼清楚，什麼叫「信手拈來」什麼叫「舉重若輕」在你那裡，這些詞彙才真正地自然、鮮活、靈動。

時常地，我呆呆地坐在桌前，思緒順著你筆下的某一個情節或者一句話，很隨意地蔓延開來，蓬蓬勃勃，無拘無束。我猜想，你是在什麼時候，懷著怎樣的心情，在為誰寫下那些情意綿綿的文字？要知道，這是一個浮躁的時代、是一個喧囂的時代、是一個急功近利的時代，已經很少有人能夠心靜如水地坐下來，慢慢地用細膩的文字，浸潤日漸粗糙的情感了。而你，似乎一直就這樣做著，無論在那些忍受大量的無奈的日子裡，還是柳暗花明的日子裡，你的心空也曾有過陰鬱，我卻沒有發

現你抱怨過什麼，好像那些不如意是早就預料到了，就像春天的一場雨、冬日的一陣雪，是再尋常不過了，只靜靜地欣賞好了。

我真的很佩服你，佩服你那洋款款地走著，像風記得每一朵花的香，你記得生命中點點滴滴的美。街角的那位修鞋的老人很幸福，可以向你暢快地吹牛；走街串巷收廢品的那位江南女子很幸福，可以從你這裡免費獲得很多報刊雜誌，那是孩子最喜歡的課外讀物；在公園裡舞蹈的那位癌症患者很幸福，可以和你聊家常一樣隨便地聊聊關於生與死的感悟；那位愛情失意的女研究生很幸福，她在生命最絕望的時刻，幸運地得到了你茅塞頓開的點撥……哦，你的文章，就寫在你的舉手投足間，寫在你的喜怒哀樂裡。

那天正舉辦全國書展。我恰好出差到那裡，看看時間充裕，便拉上當地的一位朋友，一同逛書展。

偌大的展覽大廳裡，簡直成了書籍的海洋，琳瑯滿目，令人目不暇接。我剛剛走了不到十分鐘，就撞見了你的新書。沒有片刻的遲疑，我立刻買了兩本，一本送給朋友。

朋友驚訝地：「你連翻看一下都沒有，就斷定這書值得買？」

我果斷地：「你看過就知道了，不僅值得閱讀，還值得收藏。」

見朋友將信將疑，我心裡有一種說不出的得意，不想跟她費口舌，只想讓事實告訴她，我說的肯定沒錯。

忽然，看到前面的一個展位前，聚攏了好大的一群人，每個人手裡都拿著書。再往前走幾步，一條橫幅揭曉了答案：是簽名售書，作者竟是你。

怎麼也不會想到，我竟在這裡邂逅了你。十步之外，我驟然止步，望著英俊灑脫的你，正微笑著為排著長隊的讀者簽名題詞，我竟有恍然如夢的感覺。

第六輯　半管口紅，一盞燈

朋友拉著我的手，要過去找你為我們手裡的書籤名。我卻轉身，執意地離開。

朋友大惑：「他不是你崇拜的作家嗎？為什麼不上前認識一下？」

「是的，我早就在書裡面認識他了。」我清醒得有些自負。

「認識一下他，告訴他，你是他的忠實粉絲，不好嗎？」朋友依然不依不饒地。

「我從來沒有想過要遇見他，只想遇見他的人生。」我一語堅定。

「遇見他的人生？」

沒錯，我那麼喜愛你的文字，只是想遇見你的人生，看你怎樣思考，怎樣選擇，怎樣行走，看到有關你的那些生動的情節，怎樣一點點地影響我的人生⋯⋯這些，就足夠了。

後來，還有很多次，我們有相識的機會，但我都執意地選擇了錯過。因為，我只想遇見你的人生。

一　請允許我擁有一個私密花園

請允許我擁有一個私密花園。那裡有我精心挑選的樹木花草，它們可能不名貴，不耀眼，但它們都是我的喜愛，在我的眼裡，它們都有一份超凡脫俗的美麗。

請允許我擁有一個私密花園。那裡有我悉心收藏的珍品，它們或許很尋常，很不起眼，但它們都承載過我的一份真情，都見證過我的苦辣酸甜，都曾陪著我走過那些難忘的時光。

請允許我擁有一個私密花園。只有我一個人可以出入其間，在那裡，我可以躲開紅塵中的那些喧嚷，讓我「結廬在人境，而無車馬喧」不

請允許我擁有一個私密花園

再繃緊神經，不再想整日追逐的什麼功名利祿，只是一個人輕鬆地四處走走，隨意地東瞧瞧、西看看，我可以隨時蹲下身來，跟一棵小草說說心裡話，或者跟一隻蝴蝶一起夢見莊子。什麼都可以想，什麼都可以不想，宛然到了一個超級自由的國度。

請允許我擁有一個私密花園。一個人的時候，走進那方幽然、靜美的天地，我可以隨意地坐下來，和棲在草莖上的那隻蜻蜓默默地對視，輕輕地問一句：「你是誰？你從哪裡來？你到哪裡去？」哦，那麼高深的哲學問題，在那一刻，驟然變得那麼輕盈，那麼富有生命氣息。

請允許我擁有一個私密花園。進入其間，我心頭的嘆息會被輕輕地抹去，我滿懷的悲傷會被一雙溫柔的手默默地撫摸，我在生活裡會遇到的種種不如意，有時，真的找不到傾訴的對象，即使傾訴了也可能無濟於事，索性我去自己的私密花園，在那裡，即便我只是默默地坐上一會兒，我也會感覺平日裡繃緊的神經，突然鬆弛下來，許多事情並非想像的那樣糟糕。

請允許我擁有一個私密花園。一個唯我獨有的花園，我是其中最卑微的臣子，也是其中赫赫的帝王，我可以隨意變換自己的身分、角色，可以忘了年紀、性別，甚至一時忘了時光的流走，只以為進入了一個無法無天、無拘無束的世界，我儘可以高聲喧嚷，也可以柔聲細語，一切都由我說了算。

只是，請原諒我的自私和固執，我的私密花園，謝絕任何人闖入。即使你是我最親近的人，我們曾擁有許多共同的祕密，我們可以分享很多的幸福與痛苦，你也不能前往造訪我的私密花園，因為那是我專門留給自己的一方領地，那裡盛放著我的祕不示人的隱私，除了那些平素你能夠想像到的簡單、真摯、聖潔、美好，還在某個角落裡，藏著我的自卑、脆弱、荒唐，甚至頹廢……

第六輯　半管口紅，一盞燈

　　所以，親愛的，請尊重我這樣的選擇，就像我一定捍衛你的祕密一樣，我不願與人共享我的私密花園，一定有著我的道理。無需我的解釋，你也會懂，只要你真的愛我，就像我自始至終都在愛著你。

　　我知道，真正的愛情，並不意味著完全地敞開，每個人都要有些不能說的祕密，都要保留一些只能自己看到的東西，包括好的和壞的。

　　當然，如果你願意，你也可以有那樣的一個私密花園，而且，你也應該有那樣一個花園。因為，每個人都是獨立的個體，都難免會孤獨，會寂寞，需要一個靈魂休憩之地。若擁有了那樣的一個只屬於自己的心靈空間，你可以隨時地退守其中，封鎖了周遭所有的聲音，沉浸在那一片完全自我的境地，自然會別有收穫的。

第七輯
轉身，便是天涯

有些愛情不必堅持到底，就像有些綠葉會提前飄落，當愛已經走開，請一定要學會坦然地放手，淡定地轉身，轉一個彎，或許你會欣喜地讓愛情「柳暗花明又一村」。

一念轉，她讓愛情幸福如花

那時，新婚燕爾，她還沉溺在幸福的海洋裡，像一隻貪戀陽光的小懶貓，恨不得整日貼在他寬厚的胸膛裡，忘卻時光的行走。

他說太纏綿了，容易出問題。她揮起秀拳，虎著臉道，我就喜歡這樣。他立刻告饒，誰讓他長她三個月，一向都是為她遮風擋雨的哥哥呢。他們是青梅竹馬，兩家前後院，彼此成長中的不少祕密，都是兩個人一同經歷和保守的。她相信緣，就像左手相信右手，相信他與她牽手一生，不捨不棄。

那一日，她做了他最愛吃的牛肉餡餅，還按照電視上的指導，買齊了所有的原料，親手調製出了沙拉，拌了紅紅綠綠的水果。

他去洗手間時，調了振動的手機在書桌上輕輕地跳了一下，她過去隨手一按，一條訊息跳到眼前，驟然攫住她的心：顯然是一個與他相當親密的女子發來的，每一個字，都透著氤氳的氣息，讓她不禁浮想聯翩。讀著那幾行字，她急切地要將他拽到跟前，大聲喝問她是誰，為何

第七輯　轉身，便是天涯

給他發那樣的簡訊？但轉瞬間，她卻啞女一樣，咬住唇，彷彿什麼都不曾看到。

他渾然不知地坐到桌前，邊吃邊嘖嘖讚嘆自己娶了一個聰明能幹的老婆。她的笑容有些涼，口裡如同含了一顆酸梅。

他的心情似乎很好，慷慨地贈她大堆的甜言蜜語，她卻在他洋溢的春風裡，窺見了另一片明媚春色，隱隱的痛，立刻升騰起來，似有一根誤吞的小刺紮在喉間，上下不得。

收拾碗筷時，他隨手拿起手機，開始翻看，她只偷偷地瞥了一眼，他嘴角那微微的一笑，像突然打來的一掌，擊得她前胸後背都在痛。

她心中的猜疑，像一支搭上弦的小箭，隨時都會射出。

攪得心海就此難以平息的那個她，在哪裡？什麼樣子？她與他有怎樣的祕密？真相是巨大的誘惑，她禁不住要走過去，一一揭開上面覆蓋的面紗。

夜幕深沉，他溫存地靠過來，她卻沒像平常那樣藤一般地纏繞上去。儘管她細細地檢查過他襯衫衣領，暗察過他的周身上下，並沒發現任何的蛛絲馬跡，譬如一根髮絲，一個唇印。但她仍感覺到一個女子濃郁的氣息，就流淌在她和他之間，那麼真實，揮之不去。

在公司裡，與同事聊天。同事給她講了自己與前男友的故事：那會兒，兩人都談婚論嫁了，不經意間在男友的信箱裡，看到他與大學一位女同學的幾封郵件，便衝他大喊大叫，咬定他一定還藏著許多她不知曉的祕密，任他怎樣解釋，她都不依不饒，彷彿自己受了天大的委屈。於是，冷戰，爭吵，一點點擴大著裂痕，終於分手，彼此都揣了滿腔的怨恨。兩人各自成家後，他們的婚姻生活都不鹹不淡的。她後來才知道，他根本沒有她想像的那些祕密，不過是與同學有一些坦誠的心靈交流而

已。懊悔如鞭，抽打得她日漸憔悴。

同事講畢，喟嘆：也許是愛得太深了，眼睛裡已容不得一粒細小的塵埃，於是，拚命地去揉，去擠，結果更深地傷害了眼睛，卻不知塵埃早已被風吹去，或已被淚水沖掉。

那該如何？難道要裝聾作啞，彷彿什麼都不曾發生過？她不能想像自己可以那樣心若止水。

同事說，不妨對自己愛的人多一份信任，對自己的愛多一份信心，相信時間會讓一切都塵埃落定。

她靜默了，覺得同事說有些道理。

此後，她與他像童年玩過家家遊戲一樣，認認真真，齊心協力，將一份樸素的日子過得甜甜蜜蜜。而她，再也沒有去翻看他的手機，也沒有到他的社群個人頁面上去尋找情感旁逸的線索。她從他的眼神裡讀出了真摯的愛，是那般的自然，甚至他偶爾衝她發脾氣時，流露出來的，都是親人般的直率。

雖然，那條簡訊仍像一枚魚鉤，擱置在生活平靜的水面下。

走得匆匆的，往往是幸福的時光。就在她幾乎完全淡忘了當初的猜疑時，她忽然被醫生宣告生命至多只有半年了，因為肝癌晚期，那些癌細胞已擴散到多個臟器裡。這時，他們的婚姻剛剛走過五年，事業也趨於穩定，正準備生養一個可愛的寶貝。

病魔殘酷，短短一週，她滿頭的烏髮便全凋落了，像寒風肆虐過的枝頭不留一片葉子。他傷痛欲絕，一夜之間便枯槁了十年。摸著她插了針管的手，刀割般的疼在心裡，臉上卻強裝著笑，一遍遍安慰她，說她會好起來的，會創造一個奇蹟給他。那話，像柔弱的雪花，不等落下，便已化成淚水。

第七輯　轉身，便是天涯

　　她卻出奇地平靜下來，真誠地感激，感激他陪她走過了快樂的人生歲月，一定是命運嫉妒她的幸福了。所以，她不抱怨，只遺憾自己給他的愛太少了，希望他還能遇到比她更優秀的女子。

　　他大慟，淚雨紛飛中，記憶的閘門訇然開啟，一幕幕回放的，皆是美好的景象。

　　彌留之際，忽然來了一位紅衣女子，後面跟了翩翩的夫君，誰都能看得出，他們亦如他與她，是上蒼欽點的良緣。沒錯，那女子正是她一直念念不忘的他的小師妹，那個藏在心底的疑惑，在不經意間，便煙消雲散了。原來，當時，小師妹陷入了愛情的嚴冬，落寞時，便將內心的祕密全都傾訴給了忠厚的他，直到迎來愛情的又一個春天……

　　哦，原來如此！

　　她終於徹底釋然，並暗自慶幸，自己當初轉念之間選擇了隱忍，才守住了一份甜蜜無比的愛，沒有讓幸福轉彎。她無憾，他是她的最愛，她亦是他的最愛，在走過的歲月裡，點點滴滴，都是花開的樣子。

　　她走了，在他一聲聲的呼喚裡，她眼角掛著清淚，她沒說出的是愛，如此簡單，也如此複雜，稍有不慎，便會遭到傷害。謝天謝地，她剎那間的一念之轉，終於讓他們愛的白帆，一直飄在了幸福無邊的海上。

轉身，便是天涯

　　沉浸於一場注定無望的愛，最感動的那個人，竟是自己。

　　在煙花三月，在細雨綿綿的河畔，一條幽深的小巷，讓孤獨的身影，又多了幾分楚楚的哀愁，又多了幾許令人心疼的美麗。

　　還記得，在擁擠的人流中，彼此在擦肩的那一刻，像小說中的某一個熟悉的情節那樣，她不禁怦然心動，為他一臉的超凡脫俗，為他身上

斜背的畫夾。

與他目光相對時，她燦然一笑，空氣彷彿凝住了，周邊那些喧嚷的遊客全都被她封鎖了，唯有他，占據著心中整張畫布的中央，讓她思緒可以恣意地蔓延。

那就是愛了，只那麼輕輕的一眼，她便一往情深了，像撲火的飛蛾，那麼不管不顧地朝他奔去，唐突得連她自己都臉紅心跳，儘管早已不是那個青春懵懂的小女孩，已見識過太多的轟轟烈烈與平平淡淡的愛，她卻依然無可遏制地愛了，激情澎湃，如那一壺沸騰的水。碧綠的新茶尚未沏好，氤氳的氣息已繚繞開來。

其實，她亦深深地知道，他或許是她永遠的白日夢，他最深的世界，或許一生都不會走進，但那何妨呢？就像一盆扶桑愛上了整個原野，像一枚鑽石愛上了寬闊的礦脈，她就那樣頭也不回地愛上了他。

當然，她愛得激情火烈，卻又理智如山。她只在那個距離上，愛他白山黑水餽贈的風骨，愛他穿越時光隧道的風度，愛他孩子般的天真和老榆樹一樣的滄桑。於她，他那樣簡單，似乎一覽無遺，又那樣神祕，似乎總是無法讀懂。像一個充滿誘惑的遊戲，一上手，她便很難罷手了。

他是一個遊走在天地間的畫家，他更多的熱情獻給了那些色彩和線條。當然，聰慧的他，早已明瞭她眸子裡盈盈的深情，他很感動，只是他與她畢竟隔著太多的山山水水，隔著太多的光陰，更何況他早已有了妻兒，幸福的家庭生活，讓他更加心無旁騖地攀登藝術的高峰。

就像是讀不懂他的畫，她不知道自己為何那樣一廂情願地愛上了他，明明知道結果是失望，她依然那樣無可救藥地愛了。

她請了假，在他租住的藝術家村旁，她也租了一個小屋，只為了能夠方便地看到他畫畫。

第七輯　轉身,便是天涯

　　她還開始留意電視上的飲食節目,跟著特邀嘉賓學了幾道容易做的家常菜,有模有樣地練習了好幾次,終於鼓足勇氣,拿與他品嘗。聽了他的誇讚,忐忑得垂首低眉的她,竟像中了大獎似的,快樂得心花顫動,幾欲跳起來。

　　他要去敦煌採風了,她多麼希望他像帶上水囊一樣,也帶上她。她願意和他一路風塵僕僕,讓西部漫卷的風沙,吹動她浪漫的嚮往。可是,他沒有邀請她一同前往,她也只能咬著緘默,故作灑脫地向他揮手,祝他一路平安。

　　在那些分離的日子裡,她從網路上找來他的那些畫作,一一地細細觀賞,他那好聞的氣息,就慢慢地從那畫作中散發出來,讓她情不自禁地陶醉,陶醉於一種美好簇擁的想像裡,像一個芳心初綻的少女,鏡中那一臉的潮紅,將無限的心事暴露無遺。

　　好幾次,她想給他打一個電話,或者發一個簡訊,可是,最終她還是強忍住了,她怕自己就此一發而不可收,也怕他由此輕看了她。

　　她回公司上班了。那個週末,英俊的上司給她送來一籃水靈靈的鮮花,她才恍然想起那是自己 27 歲的生日。面對一桌的好友熱情的祝福,她卻走神了,心裡特別渴望聽到他的聲音,甚至能夠收到他的一個問候的簡訊,也會讓她興奮起來的。但是,直到夜色闌珊,朋友們紛紛散去,他依然音信杳無。

　　聽著略含憂鬱的蘇格蘭古典樂曲,她獨自啜飲一杯紅酒,淚珠,滑落下來,一顆,一顆。

　　微醉時分,她顫抖的手撥動了那 11 位早已背熟的數字,那端傳來的,卻是平淡如水的提示:您撥打的號碼已關機。

　　關機?有說不出的涼,從頭頂壓過來,讓她身子不由自主地一顫。繼而,她苦澀地笑笑,為自己的自作多情。

那一夜，無眠。肯定不是因為那一杯紅酒，她許久不曾有過的頭痛，才忽然一點點地厲害起來。

再後來，他去了東南亞，又去了歐洲，似乎前面總有那麼多魅力無窮的東西，在深深地吸引著他，讓他樂此不疲地四處奔波。她仔細地閱讀他部落格裡的每一篇日誌，並幾乎每一篇都寫下了評論，而他，總是那麼禮貌地回覆兩個字：謝謝。語氣淡淡的，彷彿她只是一個普普通通的過客，只是偶爾地路過他。

不過，她還是無比甜蜜地幸福了一回。那是認識他兩年後的一天，他忽然從日本給她寄回來一條繡著淺色櫻花的絲巾，說感覺她繫上一定好看。

那是當然的，她相信他的審美眼光，更何況那是他千里迢迢的心意呢？

然而，她與他的故事，就像早已料到的那樣，彼此只有序言沒有正文，只有問題沒有答案，他依然走在自己選定的路上，遠遠地游離於她的視野之外。而她綽約的青春時光，也所剩不多了，同窗好友幾乎都嫁人了，父母早就焦急地催促了，熱烈追求她的兩個男子，也都轉身開始新的愛情了。

那一日，她翻開一本詩刊，一首詩的題目，驀地讓她僵住〈我只是路過你〉。

原來，自己一直固執地擁抱的，不過是一個美麗無比的白日夢，情真意切的自己，只是路過他，今生注定無緣與他並肩，甚至無法追隨他的腳步。

於是，釋然。她心清氣爽地轉身，不再關注他的行蹤，不再因他而隱隱地心疼。甚至只過了幾個月，他的容顏便模糊起來，而她原以為會深深地鏤刻在腦海裡，永遠無法抹去的。

第七輯　轉身，便是天涯

　　與一位作家聊起當年的那段無疾而終的愛，作家一語中的：轉身，便是天涯。

　　再精彩的一場戲，終要有散場的時刻，更何況那愛，不過是生命中的一段插曲，再美也抵不過光陰的沖洗。

　　若干年後，當別人提起他和他的畫作，她竟有恍若隔世的感覺。如今，她像他一樣，已經擁有幸福的婚姻。曾經的那些泛著青澀的情節，已像那個漸行漸遠的春天，屬於遙遙的往昔了。

愛是一杯卡布奇諾咖啡

　　就像讓一塊岩石碎裂的，或許只是幾粒細小的草籽。有時，一杯卡布奇諾，便足以改變愛情的走向。

　　她不是一個物質至上的女孩，偏偏遇見了一個事業成功的男人。記得第一次約會，他選了市中心的一個很有品味的咖啡廳，伴著輕柔的鋼琴曲，啜飲著上好的咖啡，兩人相對而坐，他說話不疾不徐，偶爾的一兩句幽默，讓她不禁莞爾。

　　他有過四年的海外留學經歷，舉手投足間，流露著一個成熟男人儒雅的氣質。

　　從他為她一擲千金的慷慨中，就可以明顯地感覺到他對她的好。認識她不久，他便開了賓士車，親自接送她上下班，他始終樂呵呵的，心甘情願地做她的車伕；那會兒，她為自己編寫的教材出版已犯愁好長時間了，他說了一句「小事情，交給我吧」拿了那書稿交到出版社，不過短短一個月的工夫，他便將裝幀和印刷都很精緻的書籍，放到了她的手上。

　　在他凌厲的愛情攻勢下，她沒理由不束手投降，因為他對她的愛，

陽光一樣無遮攔，連一向清高的女性友人都動了心。這麼優秀的男人不嫁，還要等什麼？

她依然矜持，不是不愛，而是還有一份特別的情懷，屬於青春歲月中的另一個男孩。甚至在與他約會的時候，她也會不自覺地想起那個有點青澀的男孩，會暗暗地在比較著，兩人似乎各有優長，就像同時面對一支紅玫瑰和一支白玫瑰，而她必須從中挑選一支，這是一個向左走還是向右走的難題，天生浪漫的她一時不知該如何取捨。

那個男孩，是她偶爾的一次旅遊時結識的。細雨輕風的小巷，濃郁的花香，燻得她詩情洋溢。暮色深了，她仍倚欄而眺，戀戀地不肯歸去。「念去去千里煙波，暮靄沉沉楚天闊。」背後突然傳來的一語，彷彿窺見了她細密的心思。驀然回首，那翩翩的少年，眸子裡含著青春的單純。

於是，由一首詞開始，兩人你一言、我一語，一點點地沉浸到古典的意境當中，直到夜色闌珊，仍意猶未盡。第二天，兩人又相約一同遊覽景點，一路上，兩人相談甚歡，頗有些千里遇知音的意味。

回到彼此的城市，她與他藉助網路和電話，繼續談詩論文，他寄給她的那些情意綿綿的詩歌，有一種的朦朧美，讓她在凡俗的生活裡，獲得了一種超脫的感覺。她的喜歡，洋溢在認真地回給他的一封封郵件中，融入到她精心編寫的一條條簡訊裡。

或許年輕的喜歡也是一種愛，像瓊瑤小說裡詩意的情節，也像金庸筆下俠客們的似水柔情，那無言的浪漫，只有他們心知肚明。

直到遇見傾心的他，她才惶惑地意識到：自己無意間已走到了愛情的十字路口，前行，抑或轉彎，必須馬上選擇。

男孩似乎已感覺到了她的猶豫不決，一次次焦慮地追問她，她是不

第七輯　轉身，便是天涯

是他今生的白日夢？其實，她和他一樣，這段時間一直困惑著，一直被煎熬著，她也不知該給出怎樣的答案。

終於，男孩坐不住了，他決定走出文字的青紗帳，要親手撥開詩句的帷幔，直接走到愛的櫃檯，坦言相問：她究竟選擇進，還是退？

在男孩選定的那個人聲嘈雜的避風塘，她再次見到了讓自己心意千轉百回的他。面對男孩急切的目光和失聲的催問，她心裡十分糾結，兩個心裡同樣喜歡的人，她一時不知該放棄哪一個。那一刻，似有一團火，在灼烤著她，讓她焦渴難耐。

她衝著服務生脫口喊了一聲：「請給我來一杯卡布奇諾咖啡」猛然驚醒，眼前所在不是講究品味的上等咖啡廳，這裡只有劣質的沖泡咖啡。

在服務生的呆愣中，男孩有些窘迫地遞給她一杯便宜的簡易咖啡。

捧著那杯一看便知是粗製濫造的咖啡，她的眼前一片迷濛。她不由得想起了他帶她去的那些咖啡廳，她每次都會點一杯卡布奇諾咖啡，五十元一小杯的那種，用銀質的小匙，輕輕攪動，那氤氳的氣息，蕩在笑靨相對的兩個人中間。

她想起了他買的法國名牌的包包，他買給她的耀眼的鑽戒，還有他那裝修得堪稱豪華的居室，一如他給她的愛：富有的，舒適的，雅緻的。正是遇見了他，一直在城市裡漂泊的弟弟，有了一份收入穩定的工作。也正是他的悉心呵護和寬容大度，她才能夠在那個浪漫的世界裡走了那麼遠，那麼久。

男孩贈她的詩句和玫瑰，的確有令她感動的愛。然而，他給她的卻是一生無憂的愛，讓她能夠擺脫柴米油鹽的煩擾，能在柔和的燈光下，躺在舒適的床上，慢慢品味那些經典之作，將幸福的日子過得精緻一些，高雅一些，一如那品質非凡的卡布奇諾咖啡。

她將那杯咖啡放下，輕輕地拭去眼角的淚花，轉身與男孩道別。

從此，他是她唯一的最愛，她的小資，她的凡俗，都展示在他的面前，喜歡被他寵著，也喜歡把一份小女人的愛，淋漓盡致地投向他。他們成了周圍的人們羨慕、讚嘆的神仙眷侶，結婚那麼多年了，還像初戀一樣。

而那個男孩，早已在歲月的長河中模糊了。她絲毫不後悔當年的抉擇，如果那天，男孩遞給她的是一杯卡布奇諾咖啡，後面的故事又會怎樣發展呢？

人生不相信假設，愛情亦是如此。

吻多少青蛙才能吻到王子

這是她的 N 次戀愛了。

有著青澀味道的初戀，在高中時代就結束了。此後的她，一直在愛情路上跌跌撞撞，一次次開始，一次次結束。她甩過別人，也被別人甩過，遍體鱗傷的她，沒有尤怨，沒有沉淪，而是屢敗屢戰，愈挫愈勇。她相信那句歌詞說的道理「不經歷風雨怎麼能見彩虹，沒有人能隨隨便便成功。」更何況，愛情這麼複雜的事情呢？她堅定地認為，等到千帆過盡，錯過了無數的春江月明，終會等到夢想中的王子。

那天，她跟我提及不久前結交的一個新男友，說了他的種種好，以為她這回終於遇到了知心戀人。出乎我的意料，接下來，她像講述別人的故事那樣，輕飄飄的一句「他和我還是沒緣」，便將分手的結果，輕描淡寫道地出。

望著她那略顯滄桑的面頰，我不無同情地問：「難道你真的相信一直吻下去，吻過無數的青蛙以後，最終就一定能夠吻到王子？」

第七輯　轉身，便是天涯

「當然相信了，要不然，我早就輕易地嫁掉了，怎麼會忍受一次次失敗的傷感。」她直言不諱。

「承認愛情路上有傷痛，你還有救。」我原以為她太苛求完美的愛情了，不會太在意那些失敗的愛情經歷。

「幸福的愛情為什麼總要百轉千迴，我愛的時候，他卻不愛，他愛的時候，我卻沒有感覺。彼此常常在擦肩時錯過，或者在錯誤的時間和錯誤的地點，愛上了，但只能悵然分開。每一次愛情的開啟，常常跟隨其後的，除了熱切的期待，就是莫名的憂慮。」她的眼睛裡分明有憂傷在流淌。

或許這就是愛情的魅力所在，讓人歡喜讓人疼。

愛情從來就不是糖罐，裡面只裝著甜蜜。而更像垂掛在枝頭的那些紅杏，即使最甜的那一顆，細細地嚼，也總會嚼出一絲苦澀。

世間美好無比的愛情，不可能總是風花雪月，既然誰都無法逃脫柴米油鹽，那麼，多一些苦辣酸甜，也就在所難免了。一帆風順的愛，少而又少，不是你那裡出了問題，就是我這裡有了不適，難怪有人慨嘆心與心之間的路，是世界上最難走的路。兩個原本各自追趕人生的陌路人，從相識到相知再到相戀，怎麼可能不遇到一些磕磕絆絆呢？

所以，遇見了，喜歡了，愛了，散了，甜蜜了，痛苦了……都是人生中尋常的景象。誰都不要指望幸福的愛情一蹴而就。

好萊塢巨星瑪麗蓮‧夢露（Marilyn Monroe），千嬌百媚聚於一身，走到哪裡，都被寵愛的目光追逐。一生中，她愛了好多回，每一次她都愛得那麼投入，像撲火的飛蛾，一往情深，義無反顧，愛得波瀾壯闊，愛得蕩氣迴腸。每一回，她都以為遇見了生命中的最愛。然而，就像一次次盛大的演出，歡樂總是那麼短短的一段時光，大幕落下時，她一個人

站在後臺，黯然落淚。那份孤獨與寂寞，像一朵飄墜的煙火。

聰慧的女子，能夠從一段愛情裡，汲取滋養生命的精華，而不是沉溺其中難以自拔。當一朵花從枝頭墜落下來時，不伸手接起，而是目送它委身與泥。一份愛凋零了，就像一個季節走遠了，若不能相信「春去春又來，花落花又開」，自然會陷入痛苦的泥淖中，不會去更遼闊的愛之海上，再次揚帆遠行。

能夠與心愛的人地老天荒，為何不能擦去眼角的淚水，鼓足勇氣，再去追求？

一位名牌大學的女博士，在邁過婚姻的紅地毯半年後的某一天，從15層的高樓，縱身跳下，在堅硬的水泥地上，濺出一片慘紅，濺出一片惋惜不已的唏噓。女博士如此決絕地赴死，竟是因為發現丈夫與別的女子曖昧。

死亡尚且無所畏懼，愛情和婚姻裡的那點疼與痛，又有什麼不可以面對的？可以忍受，可以割捨，可以挽救，也可以推倒重來一次，沒必要跟自己較勁，更不要認死理。

不是說，愛情是一棵不斷開花的樹嗎？這一季的花謝了，還有下一季的花開。愛不是一輩子只一次，愛也從來不是一勞永逸的事，哪一件愛情華衣上，都難免會有一兩個破洞。願意縫縫補補，就縫縫補補，若真的嫌麻煩，也可以乾脆扔掉，重置一件新的。

一位心理學家說過，療治愛情最好的方式，就是開始一段新的愛情。

著名影星姚晨，在一段幸福的愛情，被驟然攔腰截斷後，灑淚懊悔自己忙於事業而忽略了對婚姻的照料。但很快，她就從傷痛中走出來，繼續好好拍戲，認真戀愛，再次找到幸福的歸宿。姚晨這樣聰穎而堅強

第七輯　轉身，便是天涯

的女子，懂得：有些愛情，很像生命中的某些人，能陪自己走一程，就已是不淺的緣了，應該心懷感激，而不應抱怨什麼。

如是，遇到愛情時，應學會珍惜；愛情走開時，要學會平靜地面對。誰都有自己的遠方，誰都有自己的路要走，能一起並肩而行，當然要感謝命運的垂青，若不能如願，那麼，就相互致以祝福，灑脫道地別，就像彼此遇到以前那樣。

至於愛情路上的那些疼與痛，就當作是追求幸福時，上蒼贈與自己的禮物吧。經歷了太多風雨的老樹枝繁葉茂，經歷過太多電閃雷擊的巨石巍然屹立，吻過無數的青蛙，才能吻到夢想的王子。經歷過大大小小的苦痛，才更能品味出幸福愛情的美妙滋味。

玉碎了，還可以瓦全

這是我的朋友佟川和筱敏演繹的一段愛情故事，開始有幾分遺憾，結局卻是天遂人願的美好。我曾不止一次地向朋友講述過他們的故事，每每講述時，我都會情不自禁地自問自答一個老問題——既已玉碎，何不瓦全？

筱敏是一個有著很深的古典情懷的女孩，她出身書香門第，自幼飽覽中外名著，薰染出她鮮明的個性——認真而執著。

大三那年，她一見鍾情地愛上了教〈文藝理論〉的肖老師。儘管她知道肖老師當時已有女友，她仍義無反顧地向肖老師表白心中那份燃燒的熾愛。肖老師很是感動她的那份純潔之愛，儘管一再小心翼翼，但他委婉的拒絕，還是讓她心痛不已。

本以為隨著畢業的來臨，她那份注定不會有結果的愛情也將無疾而終，可她又報考了本校的研究生，只因為她愛的人在這裡。

後來，肖老師和女友結婚了，再後來他們去了南方的一座城市，她非但沒有因此割捨那份愛，反而變本加厲了，甚至放棄了碩士學位論文答辯，她又追到了肖老師工作的城市，在離他公司很近的地方租了一間小屋，只為著能夠經常見到他。

在那個純淨的距離上，她愛得那般投入，那般矜持，又是那樣的苦楚，那樣的憔悴，像一首傷感、動人的詩歌，在愛情和婚姻日漸實際化的現實當中，她顯得那樣的「另類」。

而這時，還有一個男孩，像她一樣的痴情，在苦苦地守望著對她的愛情。這個男孩就是好友佟川。

數年後的一個冬天，筱敏鍾愛的肖老師在一次暢遊大海時，被突如其來的巨大海浪吞沒了，沒給任何人留下片言隻語，包括她。

肖老師年輕的妻子都改嫁了，她卻仍抱著或許可以說是從未得到的愛情，不肯再涉愛河，任誰怎麼勸說，都無法讓她放棄那份多年堅持的固執。

「既然玉已經碎了，那何不讓瓦全呢？」我不禁為佟川和筱敏著急起來，他們是我的好朋友，尤其是文筆出眾的筱敏，更是我為數不多的幾個知心筆友之一。雖說我一次次無功而返，多次說再不管他們的事了，可我還是懷著熱情，企圖說服筱敏。結果，我再次碰壁。筱敏寧肯守著一份殘缺如玉的愛，也不想再擁有一份完美如瓦的愛了。

回過頭來，我又開導佟川：天涯何處無芳草，該放棄時就放棄吧。

「曾經滄海難為水了。」佟川竟然跟筱敏一樣認真而決絕。

於是，輪到我苦笑著攤開雙手，無可奈何地認輸了──恐怕我這兩位朋友要用行動，演繹勝過我筆下的那些愛情故事了。

然而，半年後，我驚喜地接到了佟川的新婚請柬，新娘子正是筱

第七輯　轉身，便是天涯

敏。婚禮上，看到筱敏與佟川那幸福無比的笑容，我忍不住上前逗她：「終於還是向佟川投降了？」

「不是向他，是向愛情。」一抹羞澀飛上筱敏的雙頰，讓她更加楚楚動人了。

後來，我知道了他們愛情的轉機竟是由於一場意外的大雨。

那天，筱敏到一個偏遠的山村採訪，突然來臨的傾盆大雨，把猝不及防的她澆了一個透心涼，她趕緊跑到就近的一戶農家避雨，偏偏那農家的屋頂又漏雨紛紛，冷得她渾身打，咬牙強忍著。直到外面的雨已停歇了，屋內依然是小雨綿綿。她問主人為何屋頂漏雨這麼嚴重，主人懊悔不迭道：「因為當時追求美觀，花了大價錢買了好看卻不實惠的鐵瓦，當初又沒釘好，若是鋪上經濟、實用的紅瓦，就不會這樣了。」

迎著雨後的陽光，她的目光不自覺地投向了那一片片緊密相連的或青或紅的瓦，看著縷縷飄著溫馨的炊煙升起，她的心不禁倏然一動——滾滾紅塵中，平凡的自己，多麼像一片孤獨的瓦，而一片瓦是無法抵禦風雨的，只有和其他的瓦緊緊牽手，組成完美的連結……

回來的晚上，筱敏第一次主動撥響了佟川的電話，告訴他——她心中的碎玉已經撒落於地，她現在想做一片完美的瓦了。

佟川激動得簡直語無倫次了——他也是一片瓦，兩片並肩承接風雨和陽光的全瓦，會呵護一份簇新的美好。

於是，很快有了他們美滿的結局。

舉目周遭，芸芸眾生多麼像萬間廣廈上片片相挨的瓦，簡單而生動地錯落著。那陽光和風雨中的愛情，因了一份自然、和諧而無比地美好起來，觸手可及的人間煙火裡，鋪展著綿延歲月的溫馨……

一 只想嫁給幸福

在印象咖啡廳，第一眼看到子浩，她的心明媚地燦爛了一下。

那天，他穿了一深色的短袖衫，眉宇間透著些許滄桑的幹練，他將寬厚的手掌伸向她：「希望我們經過愛情的短跑，很快就進入婚姻的馬拉松。」

她莞爾：「怎麼如此自信？」不過，她內心裡卻很喜歡他的直截了當。

「你的朋友，沒少在我面前美言你，一見到你，我就感覺到你身上有一種無法拒絕的美，你就是我今生願意牽手的人。」果真如朋友所言，他是一個不善掩飾自己的男人。

「但願我真的如你說的那樣好。」她知道自己有多麼優秀，矜持地笑笑，輕輕攪動咖啡，她的思緒不禁漫溢開來。

此前，她曾有過兩段很牽腸掛肚的愛情，最終卻沒能如期地走進婚姻的殿堂。很奇怪，幾乎每個熟悉的人都十分看好的那樣甜蜜的愛情，硬是抵不過無情的時光。轉眼間，身邊的女性友人紛紛披上了潔白的婚紗，走進了幸福的二人或三人世界，唯她仍在姻緣之外尋尋覓覓。

朋友替她找到由還是緣分太淺，她遇見的都是只喜歡愛情的男人，還沒碰上已到「婚點」的男人。

朋友所言頗有道理：她和初戀的男友，在大學裡熱戀了四年，像楊過與小龍女那般柔情似水，浪漫如斯。畢業後，又如願地分到了同一座城市。然而，當她再次向他提出結婚的請求時，他竟有些厭倦地拒絕：「我們這樣相愛，不是很好嗎？為什麼非要走進整天柴米油鹽、一地雞毛的婚姻呢？」

滿懷的渴望漸漸消退，終於心冷原來，他只是一個喜歡浪漫的長不大的小男人，恐懼婚姻，不願承擔責任，只貪戀愛情的輕鬆、自在。

第七輯　轉身，便是天涯

後來一次次相親，一次次失敗。有一次，兩個人找到了感覺，同居了一段日子後，開始談婚論嫁了，那個他又莫名其妙地動搖了，做了令她失望的逃兵。

口口聲聲說愛她的男人為何不願娶她？情路一再受挫的她，一度懷疑是自己出了問題。

直到遇見子浩，她才恍然發現，是相愛的兩個人的「婚點」不同，恰如一首詩中所寫的：「或許你我都沒有錯，錯就錯在這是春天，而我們對秋天有著不同的渴望。」

子浩是一位外科醫生，天生缺乏浪漫細胞，他似乎將神聖的婚姻看作了一次手術，一旦確定了手術方案，便要馬上實施：「我很喜歡你，我已準備好了，如果你不反對，我們年底就結婚吧。」剛剛認識一個月，他就急不可待了。

「為什麼不好好地相處一段時間呢？不怕我是一個壞女人啊？娶到手再後悔，可就遲啦。」她笑著逗他。

「就你這樣的，還能壞到哪去啊？我不會後悔的。」他不以為然。

「我還不想這麼快就披上婚紗。」此言一出，她的心裡猛地一顫好容易碰到一位心動的「婚點」男人，為何自己反而退卻了？難道是自己沒到「婚點」？

「哦，也許是我錯了，至今還沒有學會浪漫。」他有些氣餒地低下頭。

「也許你應該給愛情一點時間，我骨子裡可是一個喜歡浪漫的女子。」她也直言不諱。

「哦，我們性格是有些不同。」他嘆了一口氣，眼睛裡閃著令人心疼的迷離。

只想嫁給幸福

接下來，他們又不溫不火地相處了一段日子，子浩再次求婚，她仍是拒絕。儘管她知道他是一個好男人，知道他對她一往情深，可是，她總是覺得他們雲淡風輕的愛情裡面，少了一點重要的東西。而那，正是她內心裡特別渴望的，是風花雪月的浪漫還是如火的激情？抑或兼而有之？她也說不清楚。

那天，正趕上他休假。她興致勃勃地提議們去看極光，他很不解風情地：「極光不過是一種自然天象，沒啥看的，不如在家裡看看書。」

「你是真不懂情調啊！」她嗔怪了一句。

「我就是這樣一個沒情趣的男人，記得第一次見面，我就跟你說過。」

「我就是一個天生喜歡浪漫的女人，我也跟你說過。」她的眼淚欲奪眶而出。

本以為他會認錯，會像前男友那樣巧言哄她，為她小小的任性，找一個合適的臺階。但她失望了，他的心情似乎變得更壞了，轉頭盯著窗臺的那株蘭花。那一刻，她清晰地聽到了心碎的聲音，她知道，他們的緣分盡了。

朋友批評她：這麼好的一個「婚點」男人，怎麼不珍惜？再浪漫如詩的愛情，最後都得變成柴米油鹽的婚姻生活。

她理直氣壯：「我這輩子只想嫁給幸福，只想跟著心靈的召喚，奔赴最理想的愛情和婚姻。」

沒錯，她曾抱怨過自己沒遇到「婚點」男人，可當「婚點」男人真的站到面前時，她卻毅然地轉過身去。因為，遠離了她想要的愛情，遠離了她渴望的幸福，她都無法成為一個「婚點」女人，那樣的「婚點」男人，自然就成了「雞肋」，棄之也就順理成章了。

第七輯　轉身，便是天涯

一　幸福，謝絕轉身

　　漂亮的女同事又失戀了。七年的熱戀，從高中到大學，竟輕飄飄地說走就走了。她似乎早已預料到了那樣的結局，看不出一點的憂傷。

　　有些分手，有著不可抗拒的原因。女友天天卻一臉的見怪不怪。

　　不可抗拒的原因？分明是愛不再了，不想相伴著走下去了。我直替同事惋惜，畢竟曾那樣傾心地投入過。

　　或許，你看到的只是表象。有時，愛，是一個人的事情，愛情，是兩個人的事情；婚姻，則是一群人的事情。天天似是而非的歪理，好像在哪本書裡見過。

　　別把愛情和婚姻弄得那麼複雜，愛在的時候，好好珍惜就是了。我喜歡簡單的愛，清清純純，一眼見底。

　　和天天剛戀愛，我的父母曾強烈反對，因為我研究所畢業，是令人羨慕的公務員，而天天只是保險公司的普通業務員。還有，她那窘迫的家境，也實在無法與我家「門當戶對」。可我這個父母眼中的乖兒子，卻認準了天天，任是他們怎麼苦口婆心，也攔不住我和她相親相愛。

　　那天，我正聽著音樂，想像著自己的新房該如何布置，結婚那天要怎麼打扮……天天來電話了，她語氣很凝重地說：我們分手吧。

　　起初，我以為她開玩笑，沒心沒肺地回了一句：好啊，只要你過得比我好。

　　弄清楚她不是在開玩笑，我立刻在電話裡衝她大吼：別跟我解釋，你的任何理由，都不成立。我們早就說好了，執子之手，與子偕老。憑什麼你說分手就分手？告訴你，我堅決不同意。

　　眼淚立刻湧了出來，我的心開始隱隱地疼痛，天天公司的老闆欣賞

她的文筆，準備將她調到南部的公司，為她安排了一個非常好的職位。她心知肚明，這樣的機遇，實在是千載難逢。這也意味著我們的工作地點將遠隔萬里，因為我絕不會捨棄再難尋覓眼下這樣合適的工作。

聽說過一些因工作分配在兩地，而導致愛情戛然而止、婚姻破裂的故事，但沒想到，自己如今也站在了一個必須馬上抉擇的十字路口。

坐在熟悉的咖啡廳，我和天天的眼睛裡，滿滿的都是憂傷：她不願錯過手頭的大好機遇已習慣北部生活的我，也不能輕易地就丟下一份好工作。

異地工作，真的能成為分手不可抗拒的理由？

驀然，我斬釘截鐵道：你先去南邊發展，我還留在北方。如果隔著一萬多裡的空間，我們還能深深地相愛，就能想出解決難題的辦法。

天天不無擔憂地說：我怕空間的距離，會影響了我們的感情。

那就讓時間和事實，給我們寫出答案吧。那會兒，我情感熾烈如火，卻依然能理智如水。

人生有限，戀愛苦短，我不會輕易地說分手的，更何況我剛理順了磕磕絆絆的愛情。我的親朋好友，得知天天遠走他鄉，且前程明媚，紛紛勸我：既然誰都捨不掉自己的工作，那就現實一點吧，趁早轉身撤出，好重新開始。

可我相信時光不會辜負等待啊。我自信在握，在網路上跟天天：只許你愛本帥哥，你若敢偷偷移情別戀，我絕不會饒過你的。

天天半真半假地向我撒嬌：痛苦啊！現在就有一個帥哥在纏著我，該怎麼辦呢？

我乾脆俐落：很簡單，每天重複100遍「我愛你，帥哥」。

我嘴上說得輕鬆，心裡也不免有絲絲隱憂，聽說天天之所以得到重

第七輯　轉身，便是天涯

用，還因為老闆的姪子對她一見鍾情。天天去南部後，將她的媽媽也帶過去了，老人家雙腿患風溼病多年了，南部的氣候顯然更適宜她。

父母得知天天去了南部，像買樂透中了似開心：跟她拜拜，我們再給你介紹更好的。沒必要跟那小丫頭牽腸掛肚的。

我願意！誰說這年頭真愛越來越稀少了？我就是要懷抱著感動自己的痴情，與天天不離不棄。

眼瞅著身邊的男友紛紛地娶妻、生子，我與天天很文藝青年似的，隔著山一程水一程的遙距離，堅持著一份浪漫有加的愛情，甜蜜著，痛苦著。

一晃，三年過去了。天天已提升為公司總經理助理，我也當上了部門負責人。這時，我卻決計要辭職，要去找天天，給我們的馬拉松戀愛畫上一個漂亮的分號。

天天堅決地反對：我不要你扔掉了心愛的工作，等我，我一定盡快回到你身邊。

半年後，她主動要求降職降薪，只為調回我所在的城市。她說經歷了這些年的磨礪，自己已然明白只有跟心愛的人廝守在一起，才是最好的選擇。

接下來，真的像許多童話結局那樣歷經磨難的我們，真的過上了幸福而美好的婚姻生活。

沒錯，如果心中始終有真愛，任何分手的理由，都完全可以抗拒。

一位詩人說過：轉身的剎那，或許你已錯過一朵花。我慶幸，因為謝絕轉身，才避免了遺憾，擁有了四季明媚的幸福愛情。

走上你的桃花島

那天，她隨手翻閱一本旅遊雜誌，其中一位廚師講述自己在私人海島上的見聞，撥動了她的心弦若是今生也有那樣的機緣，登臨一個遠離紅塵喧囂的世外桃源般的小島，在那裡靜靜地住上一段日子，那該多麼愜意啊。

順著這個想法，她的思緒開始繽紛起來，許多武俠小說中描繪的那些幽祕、神奇的孤島，以及那些偶爾誤入其間的英雄的遭遇，讓她不禁對那樣理想的所在，更加心馳神往了。

美妙的幻想，瞬間便被打碎了，瞧著自己四處淘來的廉價服飾，她不由得搖頭一笑，自己不過是一家小旅行社普通的導遊，辛苦地東奔西走了七八年，並且一向節儉，也沒攢下多少積蓄，甚至連城市裡一棟位置稍好的住房頭期款都交不起，恐怕她今生都拿不出一筆錢，去租賃一個孤懸海上的小島，滿足一下自己的浪漫情懷了。

然而，偶爾飄過心海的那個迷人的嚮往，並未隨風而逝，只是被她藏在了心底。

波瀾不驚的日子，又靜靜地流淌了三年。她依然待字閨中，父母急得見到熟人便央求幫她介紹對象，甚至自作主張地替她去相親。她心裡著急，卻故作輕鬆地告訴老爸老媽：「令我動心的人，還沒出現呢，相信他一定在前面等我呢，我現在只管好好享受一個人生活的自由。」

眼看著身邊的好友紛紛步入了婚姻殿堂，她夢中的愛人仍未出現，不免開始東張西望了，更讓她煩惱的，還是手頭的工作，說不上喜歡，也說不上討厭。

一日，偶爾點開一個交友網站，單看那些介紹，裡面的確有不少優秀人士，她啞然一笑：「奇怪了，好人怎麼都跑到這裡來了？」十分懷疑

第七輯　轉身，便是天涯

中，她忽然決定也來遊戲一把，註冊，登記，完善個人資料，看著用文字和圖片精心包裝的自己，她暗自偷笑。

預想的效果，很快出現了。不少男士主動上來，要與她深入交流，她很淑女地與他們演著惡作劇，孩子般地快樂無比。尤其是看到那些男人比賽似的，向她炫耀自己的身分、地位、財富等，她真真假假，或矜持、或爽快、或穩重、或天真、機智地一一應對，為自己增加著一份虛擬的魅力。

真是一個好玩的遊戲，緊張的工作之餘，她陷在網路上，與那些不知真心還是假意的男士，輕鬆地在文字裡來來往往，聲東擊西，好像十分投入，卻情意難辨。她驚訝自己竟有如此的表演天賦，沒機會當演員，實在太可惜了。可轉念一想，生活不就是一場精彩無限的大戲嗎？每個人都在演著自己的戲份。

終於，還是倦了，為那無聊的遊戲。她正要全身而退，一封電子郵件，又撩起了她的好奇。一位陌生男子，給她發了一組照片，郵件的主題是：想到我的海島小屋坐坐嗎？

看著那些熱帶植物簇擁的幾棟簡樸而別緻的小屋，她的思緒又飛向了那些與世隔絕的海上孤島。她沒猶豫，立刻回了一個字想。

他回信了：「傻丫頭，不怕我騙你嗎？」

「能騙了我，算你聰明。」她竊笑，本姑娘走南闖北，什麼樣的人沒見過，什麼樣的事沒碰到過？

「那好啊，我努力一回，好好騙騙你。」他也來了興致，在她的臉書上留言。

「我準備接招了，把你拿手的本事都亮出來吧。」是女人的第六感覺告訴她，他是一個很實在的好男人，連撒謊都撒不好。

「那我得好好想想，得讓你心甘情願地認輸。」他像第一次玩捉迷藏的小朋友，認真得可愛。

接下來，他突然在她的牽掛中消失了，再沒了他的郵件，他的臉書也一直不線上。

究竟發生了什麼事情？她還沒猜出他是誰，在哪座城市生活，儘管他給過她提示他是她的同學。可是，梳理了一遍又一遍，她把從小學到大學所有能想起的同學，挨個在腦子裡過了一遍，也沒找到蛛絲馬跡。

近一個月的音訊杳無後，他突然告訴她，他途經她接團的那個城市，他有一個小時的空閒，希望見她一面。

她驚詫：「他怎麼會知道我的行程？又如何知曉我願意見他？」

帶著一大團疑問，她趕往約定的地點。半路上，她接到旅行社經理的電話，要她馬上去辦一件很棘手的事情。

她只得轉身，朝另一個方向匆匆趕去。儘管他就在不遠處的咖啡廳裡，她很想見到他的真面目。

半個月後，帶團回來，她正一身疲憊地想好好歇息一下，他邀請的簡訊到了「明天，去我的桃花島看看吧。」

「好啊，我正想好好放鬆一下呢。」回了簡訊，她的心空一片明媚。繼而，她又提醒自己：還不認識他呢，怎麼就敢貿然赴約，難道不怕發生什麼意外？但轉念一想，冒一點險，不更有意思嗎？為什麼非要把事情都往壞處想？

一見驚心。他英俊挺拔，一身考究的休閒裝，似乎在哪裡見過他，卻一時無從想起。她戀戀地望著他，像久別重逢的朋友。

「沒有騙你吧？我是你的小學同桌。」他笑容可掬。

「小學同桌？曾經那般貓三狗四的，如今也能長成明星的坯子，這世

第七輯　轉身，便是天涯

界真沒道理可言了。」她無論如何也沒法將風度優雅的他，與記憶裡的同桌聯想到一起。

「你這個小丫蛋，不也出落成一個大美女了嗎？」他居然還記得她的小名。

「你不是隨父母到新加坡定居了嗎？」她隱約地記起，三年級時，他就隨家人去國外了。

「因為心有所繫，所以就回來了。」他請她登上了一艘小遊艇，並向她介紹了艇上的幾位朋友。

遊艇在碧波蕩漾的南海破浪遠行，她是導遊，很快便與大家愉快地交流起來。

於是，她知道了距海南島 30 公里的七洲列島，由於地理和氣候的原因，有許多島嶼至今尚無人居住。他與幾個朋友便合租了其中的一個，命名為桃花島，作為度假休閒的場所，偶爾也邀請親朋好友，去體驗一下遠離喧囂的清靜生活。

下了遊艇，順著那條羊腸小徑，她一臉興奮地朝小島中心走去。島上樹木茂盛，繁花錦簇，鳥鳴啾啾，四面被大海擁抱，清風徐徐，真是一個難得的神仙寶地。

島上建了幾棟平房，紅磚青瓦，古樸典雅，房前屋後，遍栽花樹。當時，桃花開得正盛，沁人心脾的香氣，叫人陶醉，彷彿置身於陶淵明的世外桃源。不遠處，還有一畦菜地，守島的米師傅侍弄得奼紫嫣紅。院子裡居然還安了一個石磨，米師傅說用它碾過在島上種的穀子。米師傅帶她遊覽方圓不過五公里的小島，告訴她小島制高點上那個轉動的葉輪，是用來發電的，地下室裡還有備用的發電機；那些石子修砌的排水溝，可以把雨水迅速地排到海裡。那邊還有一個隱蔽的生活垃圾掩埋

坑，不宜掩埋的都累積著，一起被離島的人帶走。

她問米師傅一個人住在島上是否寂寞，米師傅笑呵呵地告訴她，有大黃這條忠厚的老狗陪著，能聽收音機，翻書閱報，能種菜種莊稼，種瓜果，還經常有人來島上，從來沒感到過寂寞。

一輪明月升起時，大家聚在屋前的石桌周圍，品嘗著米師傅做的純綠色菜餚，說說笑笑，宛若進入了古代詩人描繪的詩情畫境裡。

「感覺怎麼樣？」他笑呵呵地望著眼睛都用不過來的她。

「真好！什麼時候，我也能擁有這樣的一個小島啊？」她那浪漫的夢想，再次被點燃。

「喜歡，並不一定非要擁有啊。你還可以再來我們租賃的小島參觀，我還可以引見你去參觀別的小島。再說了，這裡再美，也只能短暫地停留一下，稍作歇息，我們還得回到喧囂的都市，那裡才是我們追求、奮鬥的地方⋯⋯」他非常聰慧，懂得分清楚理想與現實，懂得充分享受精彩人生的快樂。

「你說有道理，但我真的很想擁有這樣一個靜美如畫的小島。」常年在奔波，生活的陀螺被抽得團團轉，她十分渴望能夠有這樣的一方靜謐，讓身心清爽起來。

「其實，只要心靜，在喧囂的都市當中，你能找到這樣的桃花源。」他能理解她的心思，因為他也曾經焦躁地想要逃離城市。

「都市裡也有這樣的桃花源？」她不大相信。

「真的，等有時間，我領你去參觀我一個朋友的空中樓閣，保證你會喜歡的。」他什麼樣的朋友都有，富貴的，貧寒的，他喜歡他們的詩意人生。

很快，她便見到了他的朋友，見識了位於城市中心的那座空中樓

第七輯　轉身，便是天涯

閣。樓閣的主人截去了雙腿，他靠一支筆，寫出了許多讀者喜愛的童話，也寫出了自己充實而快樂的生活。那棟 31 層住宅樓最頂端有一個閣樓，沒人願意要，他欣然地買下來，因為它最便宜。

他請人背上來一些花土，對閣樓外面的那塊空地進行了綠色立體開發，用大大小小的吊盆栽種了好多的花草、果樹和蔬菜，還開大了閣樓的那扇玻璃門，讓精心美化的閣樓與外面的世界自然連通。

一走進那令她目不暇接的閣樓，她便驚訝地喊道：「這麼漂亮啊，真不愧是空中樓閣啊！」

「請幫著提提意見吧，這些都是我自己設計的，沒花多少錢。」主人滿臉自豪。

真的如他所言每個人都可以擁有自己心愛的桃花源，只要願意尋找，只要懂得慧心營造。

數年後，她創辦了自己的旅行社，最先開闢了幾條獨特的旅遊專線，很快便在業界產生了轟動。她在收穫事業巨大成功的同時，也收穫了幸福的愛情。

「應該特別感謝你，正是那次桃花島之行，讓我明白了當喧囂和嘈雜擋住了自己的目光時，不妨轉過頭來，先給心靈找一片淨土，然後靜靜地朝那裡走去，不久，你就會驚喜地發現，你所嚮往的浪漫，就真實地存在於你轉彎的地方。」她對他的祝福，這樣由衷地感激。

「沒錯，人生的每一座桃花島，可能都需繞過那些或隱或顯的大大小小的堡礁，才能曲徑通幽。」他開心地笑了，為了聰穎的她終於走出了曾經的情感失誤。

一 我只想到一首詩裡走走

　　那個夏日，莫名地燥熱難耐，綠葉上也積了厚厚的一層憂鬱，許多花也開得無精打采。她悵悵地走出辦公室，關閉了手機，開車出了公司，直接轉上高速公路。

　　她不知道自己究竟要去哪裡，只是不想回家，一點都不想。

　　結婚六年了，不記得她和他吵過嘴，即便是她雞蛋裡挑骨頭，故意找碴，要挑起事端，他也能用好脾氣，迅速撲滅剛剛燃起的一點火星。他絕對沒有豔遇，她也沒有一點感情出軌。他們的婚姻說不上十分甜美，至少也稱得上自然、和諧。

　　她似乎找不到離家出走的任何理由，然而，她還是抑制不住了，像一個得了癮症的患者，她執意地跟著心頭那個衝動，獨自朝一個陌生的方向走去，不管後面會發生什麼。

　　當然，她沒有忘了給他留下一個紙條：「我只是想一個人到詩歌裡走走，不要找我，也不要打電話，該回來時，我自然會回來。」

　　車內音響播放著美國經典的鄉村音樂，約翰・丹弗的（John Denver）〈鄉村路帶我回家〉（*Take Me Home, Country Roads*），曲調是那麼悠揚，那麼溫馨，她卻聽出了瀰漫其中的淡淡憂傷，她的家在華燈閃耀的都市，她卻在暗夜裡奔往幽靜處。

　　在那一大片葡萄園前，她停下車來，站在鄉村靜寂的夜幕裡，仰望月色朦朧的星空。突然，她內心湧過一股說不出的悲涼，她這個研究所畢業的白領，可憐的天文常識，甚至不如一個古代的農夫，她竟無法確認北斗七星，更別說辨出牛郎織女星了。

　　一隻螢火蟲在前面忽明忽滅，她的目光被牽引著，年輕的記憶便一點點地浮上來。

第七輯　轉身，便是天涯

「誰能做你一生浪漫的愛人？將每一個平淡的日子，過成一首婉約的宋詞，滿天閃爍的星辰，我只愛一生溫暖相依的兩顆。」那是愛情的火狐狸跑過 18 歲的夏夜，她寫下露珠般的詩句。

此刻，她梳不清、理還亂的思緒，像曠野上葳蕤的芳草。她乾脆坐到那條乾涸的溝坎上，裹著泥土氣息的清涼的夏夜風，徐徐地吹著她。不知道，那個渴望「歲月靜好，現世安穩」的現代奇女子張愛玲，漂泊在異國他鄉時，是否也曾如她這樣莫名地孤獨、莫名地輕鬆？

她的一位好友第二次婚姻又結束了，因為忍受不了一眼就能看到底的平淡。

「難道你要像莒哈絲（Marguerite Duras）那樣，直到滿臉皺紋，牙齒掉光，還愛得那麼激情澎湃，恣肆汪洋，像一朵開不敗的荼蘼花？」她特別喜歡莒哈絲輕鬆地就把愛情演繹成了曠世絕唱。

「總是不能辜負了今生，哪怕愛到千瘡百孔。」好友的痴情著實令人感動。

「愛得太烈，難免會灼傷自己。」她早已變得小心翼翼，不敢輕易地踰越雷池。

那個週末，兩個女人家中喝了一大瓶紅酒，喝得色眼迷離，心扉洞開。於是，她便知道了好友與一位大學教授私奔到國外三個月的石破天驚。但後來，那位博士生導師沒能陪她將那份愛情進行到底，他丟掉了那所名牌大學重點學科帶頭人的位置，屈尊到了一所不知名的三流學院，又回到了妻子身邊。好友作為那場沸沸揚揚的情事的策劃人和女主角，很自然地成了「網路紅人」，成了眾人目光和心思曖昧的焦點。

不過，好友絲毫不後悔自己的選擇，談起那次私奔的前前後後，好友像吸食了海洛因一樣興奮，她舞動著手臂，像一株蓬勃的熱帶植物，

講到那些激情蕩漾的情節，她的眼睛裡放出迷人的亮光，甚至可以聽到她身體綻開的聲音……或許，那才是真正的愛情，煙火一樣目地綻開，雖然只是短短的一瞬，但有多少人，終其一生也不曾綻開過一次啊。

她這次獨自遠走，肯定與好友的交流有關。只是，她選擇了一個人上路，跟著心頭那一聲詩意的召喚，義無反顧地與所有關心她的人們，玩了一次「人間蒸發」。

她驅車漫遊了呼倫貝爾草原，去拜訪了額爾古納河，還鑽進了小興安嶺深處。一路上既有美景相伴，也有煩惱叢生，譬如，車陷進了泥坑，兩次遭到搶劫，還有毒蚊子留下的印痕……

兩個月後，她回到家中。憔悴滿面的他緊緊抱住她：「傻丫頭，你可害苦我了，你再不回來，我就徹底崩潰了。」

「我只是想到一首詩裡走走，跟著自己的靈魂私奔一回。」

「以後再私奔，一定要帶上我啊。」他做了那麼多她喜歡吃的，迷戀地看著她大快朵頤。

「這個嘛？可以考慮。」她心裡暖暖的，更強烈地覺得，他們此刻凡塵味道的愛，就是最浪漫的，最熱烈的，一點也不遜色於好友張揚的那種。

愛情是一部合著的書

炎夏的一天，坐在臨街五樓的一間幽靜的咖啡廳，白領麗人婉茹向我傾訴了自己坎坷的愛情遭遇。此前，我曾羨慕她事業上的巨大成功，沒想到她內心深處，竟隱藏了那麼多無以言說的傷痛。

在大學裡，她就曾是男同學爭相追逐的「系花」，幾個私企老闆也曾慕名向她獻殷勤。她卻沒有受寵若驚，而是選了一個各方面均很平平的

第七輯　轉身，便是天涯

戀人，令不少失望的男士對她的愛情標準感到莫名其妙。

　　婚後短短幾年間，她便因工作出色，被提拔為那家大型外貿公司的一名中層主管。她丈夫卻仍是部門裡的一個普通職員，升遷的希望似乎十分渺茫，急得他天天煩躁不安，而妻子事業的成功，彷彿又在有意地刺激著他。他感到娶一個漂亮又能幹的妻子，只能襯托出自己的窩囊。於是，他想方設法地尋找邁之路。後來，他和高層的女兒曖昧起來，如意地官升三級。婉茹不能容忍丈夫的感情出軌，她憤然地離開了越來越熱衷仕途的丈夫。

　　婉茹的第二任丈夫伯庚是一位編劇，在城裡也較有名氣，兩人過了一段夫唱婦隨的日子。但伯庚心胸狹窄，他對漂亮妻子經常出入交際場合，跟別的男人打交道，經常醋意大發常唸叨著讓她換一份工作或乾脆回家做全職太太，婉茹偏偏要保持自己的一份自由，不願成為丈夫的附屬品。於是，兩人為一些雞毛蒜皮的小事經常吵嘴，吵了一年多，只得分手。

　　兩度婚姻失敗，婉茹不敢再輕易言愛。雖說身邊仍不乏條件優異的追求者，但變得異常敏感的她，總覺得追求她的那些男人難免別有用心，其愛需要推敲。

　　後來，她遇到了各方面條件都不錯的梁子，兩人很合得來，事業有成的梁子像一位兄長，百般地呵護她，又像一位知心朋友理解她。於是，她又對美好的愛情有了憧憬。

　　但不久，婉茹玫瑰色的愛情夢幻又破滅了——梁子已成家，雖說如他解釋的那樣，已是死亡婚姻，但畢竟是仍存在的婚姻，梁子目前尚無勇氣打碎婚姻枷鎖，因為他今日的成功，離不開妻子一家的鼎力幫助。他如果執意離婚，會輸得很慘。這時，已墜入愛河的婉茹，想退出感情

愛情是一部合著的書

漩渦，也難以輕鬆了。兩個人那樣不即不離地相處著，甜蜜中夾著難以形容的苦澀。

在落寞的午夜，她常常對鏡自嘲——這麼漂亮，這麼有才能，人品又這麼好的女人，難道只能悲哀地做一個情人嗎？

婉茹啜了一口咖啡，對我苦笑了一下：「沒想到吧？我的愛情竟然這般慘淡。現在，我很羨慕大學裡的那些女同學，她們沒有我這麼好的條件，但大都有一個幸福的家庭。」

「也許她們也有自己的不幸，是我們所不知道的。」我安慰她。

於是，我向婉茹講述了一位老畫家的愛情遭遇：當年，才華橫溢的畫家，曾娶了一位貌美如花的妻子，兩人的幸福婚姻只持續了五年，他便開始了移情別戀，任妻子怎樣規勸，也不肯回頭。他沒想到自己後來遇到的好幾個女子，都是衝著他的名和利去的，竟沒有一個是真心地愛上他的⋯⋯在他暮年時，一個人孤苦伶仃地守著一大棟房子，望著窗外那些挽著手臂散步的老人，滿眼裡都是羨慕，滿心裡都是懊悔⋯⋯

「看來，愛情真的需要兩個人一起好好地經營啊！」婉茹若有所悟地感慨道。

晚上，柔和的燈光下，手捧朋友剛剛郵來的一本新書，輕輕翻閱，我的眼前再次浮現婉茹憂鬱的面容——其實，愛情是一部合著書啊，那是兩個人愛與智慧的凝聚。不僅需要一個漂亮的封面，更需要擁有精彩的內容。平庸的愛情就像那些滯銷的書籍，最主要的是沒有精彩的內容。一部充實的愛情之書，需要相愛的人齊心協力地認真構思、認真設計、認真書寫，而貫穿全書的必然是愛的主題。

第七輯　轉身，便是天涯

一 別將你的愛低到塵埃裡

　　作家張愛玲見到風流才子胡蘭成，一向高傲的她居然立刻放下自己，在贈給胡蘭成的照片背後，寫下這樣的告白：見了他，她變得很低很低，低到塵埃裡，但她心裡是歡喜的，從塵埃裡開出花來。

　　可惜，那幸福的花朵只短短地開了一瞬，便凋謝了，宛若曇花一現。張愛玲最終還是無奈地離開了胡蘭成，因她實在無法忍受他的四處濫情。

　　看人、看事都入木三分的張愛玲，一旦愛上了，滿懷的便只有歡喜了，入眼的，全是他的好，他舒展的笑，是她心頭盈盈的甜，他蹙起的眉，會牽扯她的惴惴不安。

　　只是，張愛玲那般慧心玲瓏的女子，一時竟也忘了那樣卑微地低頭，低到塵埃裡，到頭來卻難贏得尊重，終被無情拋棄。

　　一位愛情失意的年輕女子向情感專家哭訴自己的遭遇：

　　其實，她本來很優秀，品學兼優，相貌出眾，家境也相當不錯。可是，自從愛上了與自己旗鼓相當的他，她一下子就軟了下來，時時、處處都謙讓著他，不管對還是錯，她像一個低眉順眼的小丫鬟，一味地嬌寵他，任他的傲氣不知不覺地生長起來。而她，似乎毫無察覺，只要他高興，她就開心。

　　有好友十分驚訝：你上大學時振振有詞地強調平等，如今為何如此放低了自己？

　　她不以為然道：因為愛啊，愛他，縱然是做他的僕人，也幸福啊。

　　好友搖頭：你那樣輕易地放低了自己，難道供奉的是一位赫赫的君王？

　　也許是應了那句老話：陷入愛情漩渦的女人，智商有時會降至零點。

碩士畢業的她,也被愛弄暈了頭,只要他需要,只要她有,她便毫無怨言地給,心甘情願得讓別人實在無話可說。

然而,她不知道男人是不能過分寵溺的,日子久了,他會習慣成自然,以為她為他做的那一切都天經地義,他在盡情享受她的那些愛時,會漸漸麻木了,忘了應該感恩。

果然,她自覺地低到塵埃裡,再仰頭看他時,驚訝地發現,他的面容已有些模糊,努力擦亮眼睛,她看到的卻是一個楚楚可憐的自己:他說想吃餃子,她就樂地剁菜,拌餡,擀皮,包好,煮好,端到他面前,他只吃了兩個,便放下筷子。

她了小心問他:為什麼不多吃一點,我做不好?

他沒好氣地回了一句:沒胃口。

她奇怪他剛才還好好的,怎麼突然間臉色陰轉多雲了?難道是自己做錯了什麼?

他不耐煩地說,沒胃口就是沒胃口,什麼?

她含著眼淚:什麼時候,我成了讓你心煩的女人?

見她落淚,他的脾氣更烈了:看你一天天地圍著我轉,心裡就堵得慌。

嘖嘖,她整天以他為中心,連洗腳水都為他打來,再幫他倒掉,他不說感謝就罷了,還嫌她礙眼了。

她委屈地爭辯了一句,兩個人便吵了起來。沒吵幾句,他起身要走,她攔住他:不走好嗎?難道你真的不愛我了?

他推開她,虎著臉走了。她淚如雨下,但沒過多久,她又開始為他擔心起來,一遍遍打電話,通了,他卻不接。她就給他發簡訊,向他道歉、求饒,他回來了,繼續心安理得地享受她恭敬有加的疼愛。

只是，她自甘低頭的愛，他非但不珍惜，還變本加厲，甚至在外面有了花惹草的舉動……

她真的很愛很愛他啊，她願意為他去做任何事情，她所需要的，僅僅是他能懂得她的一片真情。

情感專家聽了她的傾訴，一語中的：愛情和婚姻裡，因為愛，彼此可以相互低頭，但無論男人還是女人，誰都不能讓自己低到塵埃裡，更不能低得太久，低得太沒原則。那樣，時間一長，對方就看不到自己的愛了，或者對自己傾心奉上的愛熟視無睹了。

驟然，她如醍醐灌頂：原來，一味地放低，低到塵埃裡的自己，已無法開出一朵耀眼的花，由此令自己所愛的人視而不見，也是自然而然的。使愛情和婚姻持久芬芳的，唯有彼此相互的尊重、呵護和關心，而絕不是自我的迷失。

記得一位哲人說過，不要在太陽下點燃蠟燭。的確，陽光裡的蠟燭，無論怎樣燃燒，都是一種毫無必要的損失，就像她當初那些沒分寸的低頭。

微甜女人

微甜的女人，有著婉約而不失豪放的美。微微的甜，彷彿一首清純而優雅耐讀的古典詩詞，深邃的意境，別緻的格調，迷人的情趣，就在那平平仄仄中，散著濃淡相宜的清芬。如一脈青蔥的遠山，濃墨重彩又清新淡雅，若銀碗裡的素雪，於寂靜的山坳裡，也聽得見遠方澎湃的濤聲。

還有比微甜女人還要令人浮想聯翩的俏麗嗎？那燦然的一抹笑，恰似出牆的那一枝紅杏，滿園的春色若隱若現。無扣門，只輕輕地走過，便能嗅得那縷縷醉人的馨香。

微甜女人

　　微甜的女人，若是愛了，不會像激情四射的舞女那般，一目了然，直指熱烈的主題。而更像歐洲的藝術沙龍裡的一位書女，明亮的眸子裡，有閃爍的流盼，也有適可而止的羞赧，如牆角那株枝蔓柔轉的牽牛花，不乏晨曦裡奪目的綻放，亦不缺驕陽下的低調，一切都那麼收放自如，一副自信在握的淡定與從容。

　　許多男人都喜歡美女加才女林徽因，其實，一個很重要的原因，是林徽因的確稱得上一個典型的微甜女人，她美麗得既不張揚，也不過於羞澀，既有大家閨秀的端莊、矜持，又不失田間少女的率真、活潑，她是柔情似水的人間四月天，可以在此岸駐足欣賞，亦可在彼岸引發無數美好的憧憬。所以，無論是讀得懂天籟之音的建築大師梁思成，還是情思漫溢的浪漫詩人徐志摩，抑或是貫通天地人文的哲學大家金嶽霖，無不為她傾倒，為她展示出男人動人的品性和優卓的風度。

　　有一類濃甜的女人，一旦愛了，便滿眼滿心都是濃得化不開的熾愛，連女人自己也被那愛迷醉了，她只管一味濃烈地甜下去，甜如濃蜜，以為自己奔放無拘的滾滾熱情，一定會讓所愛的人大受感動，定會贏得更多的愛情加分。殊不知，任是怎樣一個喜歡甜味的男人，若始終被那樣高濃度的甜蜜包圍著，難免不會在某一天感覺那甜已發膩，已有些甜不堪言，甚而有了些許苦的味道。自然地，男人會開始有所畏懼，並由此心生倦意。

　　還有一類太過清淡的女人，則像草海裡的一朵素白的小花，像桌上的一杯尋常無比的白水，心裡明明愛得很深，卻依然那樣淡淡如風，令人感覺幾近於無。久而久之，這樣的女人便清淡得乏味了，縱然再有耐性的男人，也被磨去了繼續探訪的興趣，難以靜下心來，慢慢品鑑深藏在其中的那份清雅的味道。

　　沒錯，濃甜的女人容易絢爛成紅罌粟，叫人始迷終棄；清淡的女人

第七輯　轉身，便是天涯

則容易單調成原上草，叫人熟視無睹。微甜女人，卻是濃淡相間，是塵埃裡的花朵，是月光下的雲簫，可近賞，亦可遠鑑。

如果愛，請做一個微甜的女人。

不恣肆汪洋，不熾烈如火，我只以適度的情感與你的世界相對，彷彿輕風吹拂的潮汐，沒有高舉的潮頭，卻有著韌性的執。每一次清晰的推進，都在沙灘上寫下真誠的誓言。你能夠懂得，那嘴角抿住的歡喜，多麼像活潑的山溪，像四面被紙圍攏的火焰。

當然，我也絕不故作清高，不善解不風情，絕不枯燥乏味，不清湯寡水的。喜歡了，愛上了，我也會直截了當，也會偶爾撒撒嬌，有時天真爛漫，有時靜若止水。但這一切，我都自自然然，從不刻意地拿捏，更不會巧妙地掩飾。我只是聽從來自心靈的召喚，與心儀的你智慧地對話，與你情真意切地相伴，一如高天流雲，幾多繾綣，又幾多疏離，淡如水，又濃如酒。

那便是微甜女人超凡的魅力深深地喜歡了，不管多麼羞澀的女子，也會脈脈含情地放電，酥了彼此的身與心，卻不會灼傷了彼此。真真地愛上了，無論多麼一往情深，也懂得給彼此留一個不遠不近的距離，那樣美美地對視，在悠悠的幸福時光裡，驀然發覺：愛情裡的那些濃墨重彩和那些意味深長的留白，其實都是為著讓愛情走得更穩、走得更好。

遇見一個微甜的女人，會沉浸，會纏綿，會平靜，可以曲徑通幽，波瀾起伏，也可以不疾不徐，剛柔並濟。愛上一個微甜的女人，可以一個人雲淡風輕，也可以兩個人心有靈犀，那樣的愛，能不斷地綿延熱情，卻不必擔心走火入魔。如果和時光比賽，微甜的女人，會伸出化骨綿掌，輕輕地一揮，任是怎樣的萬水千山，都可以讓愛情一路美美地行走下去，如詩，如歌。

第八輯
只記得你的好

那麼多的時光已經走遠,那麼多的面容已經改變,我還記得你的好,那麼的真,那麼的美。就像那些老照片,每一次深情的撫摸,都會感覺到歲月徐徐吹送的溫暖,讓懷戀的心,盈滿感動與感恩。

一 流淚的散沫花

那是一個尋常的秋日,陽光靜靜地灑在利比亞的邊境小鎮。

哈桑老人跟跟蹌蹌地走出低矮的房門,顫巍巍地走到大門口,青筋暴起的手,緩緩地撫摸著那兩枚砲彈殼做的花盆,微瞇著眼睛,看著裡面栽種的三株散沫花。似乎那美麗的花瓣,正散著美妙的香味。

那砲彈殼是兒子德薩四年前從山谷裡撿回來的,散沫花也是他親手栽下的。那年,他剛剛十五歲,長得黑瘦,還有些木訥。但是,哈桑記得德薩說過,散沫花又叫指甲花,花和果實都是上好的染料,他還說等花開了,先給母親的指甲染漂亮了。

哈桑開心地笑了,她知道兒子會做得很棒,儘管兒子的音容笑貌,在她最清晰的記憶中,永遠地停留在了他三歲時,她的雙眼幾乎什麼都看不見了,她在模糊中已摸索了十二年,因為白內障。

她沒想到,德薩栽下散沫花沒多久,便在一個雨夜,被一夥拿槍的人連哄帶嚇地帶走了,從此再沒回來。在她心中,德薩還是一個需要她

第八輯　只記得你的好

照顧的孩子呢。

　　散沫花開出了淡淡的小花。德薩託人捎信回來，說他加入了一支為和平而戰的隊伍，說他現在能吃飽飯了，還胖了一點，叫她不用牽掛他，只管在家裡安心地等他回來。

　　兒子信裡說的很多話，哈桑不明白，因為那些話像廣播裡說的那麼冠冕堂皇。她清楚，兒子的智商明顯地低於同齡的孩子，他學說話晚，歲才去學校，但只念了兩個月的書，因受不了小朋友的嘲笑，加上家裡又沒錢，他就輟學回家了。那信是別人代寫的，有些句子，她得慢慢咀嚼，才能似懂非懂。所以，她懇請鄰居替她將那信念了一遍又一遍，才寶貝似將它塞到床底下。

　　德薩走後，哈桑經常失眠。聰明、健康的孩子出去當兵，家長都要牽掛，何況兒子還是那個樣子。只是，她不能把擔心說出來，她還要驕傲地告訴鄰里鄉親，她的兒子自立了。

　　那天，哈桑對著散沫花又說起了心裡話。自從德薩離開家以後，她就習慣了和散沫花說話，似乎它們懂得她的心思，能夠看得到她的喜怒哀樂，儘管它們始終默默無語。而她，更懂得它們的心思，她與它們可以無話不說。

　　其實，家裡還有一個叫阿莎的女兒。只是阿莎先天痴呆，比德薩還大兩歲，卻一直需要她照顧。德薩在家時，哈桑可以輕鬆一些，他一離開，阿莎頻頻惹禍，先是被熱水燙傷了大腿，無錢醫治，變成了一個瘸子。接著，她又玩火，點著了家裡的草房，差一點活活燒死母女二人。

　　最令哈桑難過的，是在她午睡時，阿莎淘氣地將三株開得正盛的散沫花全從砲彈殼裡薅出來，將它們攤在陽光裡曝晒。

　　待哈桑發現，她趕緊將它們重新栽回去，她還新填了些沙土，澆了

水，心裡默默地祈禱上蒼，讓它們重新活過來。

那天，哈桑第一次狠狠地打了女兒兩巴掌。打完了，她便抱著女兒一起不停地流淚。

還好，在她精心呵護下，那一株已發蔫的散沫花，又恢復了生機。

哈桑忐忑不安的是，德薩的信斷了快兩年了。兒子最後一封信裡，說他奉命去執行一項重要任務，如果有機會路過家門，他一定回家看看母親，看看自己栽的散沫花長多高了，開的花多不多。他還說，他回家要做的第一件事，就是給母親染指甲。

哈桑相信兒子的話，更相信自己塗了散沫花的十指，一定會很漂亮。獨自的時候，她就幸福地想像著那個甜蜜的時刻德薩怎樣細心地給她塗指甲，自己又怎麼用那漂亮的十指，溫柔地撫摸著德薩和阿莎那泛黃、捲曲的頭髮，再把他們一一地摟在懷裡，聽著他們年輕的心跳，嗅他們身上各種好聞的味道，汗味、草味、沙土味⋯⋯

十年前，她差一點隨丈夫一同在那場車禍中離開人世。她本來已被放進棺木裡了，可固執的德薩哭叫著不讓下葬，或許是他太想留住母親了，不相信她會撇下他和姐姐。而奇蹟，真的就誕生了，就像那晒蔫的散沫花，昏睡了一整天後，她竟又活了過來。

有人感嘆哈桑的命真大，她卻輕描淡寫道：「我是母親，還有兩個需要照顧的孩子，單是為了孩子，我就得努力地活長一點⋯⋯」

儘管醫生早就宣布她患了嚴重的心臟病，需要住院治療。可是，生活始終拮据的她，只是服用過一點點廉價的草藥，從未到醫院住過一天。她曾兩次突然暈倒，不省人事，最終卻頑強地從死神那裡掙脫出來。

她笑呵呵地告訴鄰里，她還不能死，她還得等著兒子回來給她塗指甲，還要幫他娶媳婦，何況女兒也離不開她啊⋯⋯

第八輯　只記得你的好

然而，她最終沒能等到兒子回來。那天，她像往常一樣，慢慢地採著散沫花。忽然，她眼前一黑，便一頭栽倒在地上。這一次，她沒能奇蹟般地甦醒過來。

哈桑不知道，一年前，德薩就在執行任務中遇難了。

但願，在另一個世界裡，她能夠遇見朝思暮想的兒子，欣然地將捧在手裡的散沫花瓣遞給他，微笑著攤開雙手，慈愛地望著這個四歲才開口喊媽媽的兒子，看著他將自己的十指塗得漂漂亮亮⋯⋯

在利比亞的很多地方，都能見到美麗的散沫花。可是，我卻願意將那一株散沫花叫母親花。聽到去利比亞旅遊的朋友，向我講了哈桑老人的故事後，我立刻有了這樣的命名衝動。我相信，天堂裡的德薩會同意的，人間的阿莎也會同意的。

一　母親在看著我

陽春三月，溫柔的陽光輕撫著樓前的綠草坪。一個走路搖搖晃晃的兩三歲的幼兒，正推著她的童車，獨自在甬道上津津有味地玩著，她跟前沒有一個看護的大人。

雖說這個社區裡特別安全，可那畢竟是一個太幼小的孩子啊，有一點閃失該怎麼辦？在一家大公司當總經理的他，心裡正奇怪幼兒家長的粗心大意。猛抬頭，二樓陽臺上一位年輕的母親，正一臉慈愛地望著自己的寶寶盡情地玩耍。

哦，原來那位母親呵護的目光從來就沒有離開過自己的孩子啊。

當他把這一幕講給妻子聽時，妻子感慨道：「其實，天下做母親的都是一樣的，都在關注著自己孩子的一舉一動，而很多的孩子並不知曉。你每天上班出去，母親都會趴在陽臺上看著你走遠，猜想你快要下班

了,母親就會到陽臺上張望。」

「是嗎?我還真不知道呢。」整天忙忙碌碌的他,來去總是腳步匆匆,自從把母親從鄉下接到城市裡以後,他看到的總是母親慈愛的笑容,聽到的總是母親倖福的感慨,但不知母親的目光每天都在跟隨著自己走出家門、走進家門,不知道母親心裡藏了多少的牽掛,從沒有跟自己說起。

一天,公司突發了一件重大事故,司機小王火速駕車趕到他住的樓前,接他趕往事發現場。為了抓緊時間,車一停,小王便開啟旁邊的車門迎接他。可是,小王看到他神態自若地從樓裡走出,跟往常一樣慢慢悠悠地走過來,好像根本就不知道公司發生的重大事件。

走到車前,他小聲地叮囑了小王一句:「別慌,一定要慢慢地開,要像往常一樣。」

小王不禁心生納悶:在公司裡一向雷厲風行的他,遇到這麼重大的事件,怎麼還能這般鎮靜?

等小車剛一緩緩地駛出社區,他臉上立刻布滿了焦急的神色,大聲地催促小王:「保證安全,能多快就多快,火速趕到現場。」

車子一路疾馳。他不停地打著手機,果斷而急切地給公司各個部門布置著應急工作。

事後,小王滿臉困惑地問他:「那天,公司出了那麼大的事故,您走出家門時,為什麼還像往常一樣閒庭信步,好像什麼事情都沒有發生似的,為什麼車一出小區您整個人就都變了?」

他笑道:「因為母親在看著我。」

「母親在看著您?」小王仍不大明白。

「你不知道,母親每天都趴在陽臺上看著我上下班,我不想讓母親看

第八輯　只記得你的好

到我緊張的神態和慌亂的腳步。那樣，她會為我牽掛一整天的。我知道情況很緊急，可也沒有理由讓母親跟著我擔心啊。」他沒有跟小王講，母親這一輩子為了他吃了很多的苦，為他操了很多心，一直看著他的成長。他的每一個細微的變化，都逃不出母親關注的目光。

那天，當朋友在酒桌上講完上面的這些瑣事後，一位大學教授激動地說出了在座所有人共同的心聲：「沒錯，我們的母親都在看著我們，單單是為了母親關心的目光，我們都應該做得更優秀一些。」

是啊，永遠不要忘了，在我們的背後，母親愛意充盈的目光，一直在追隨著我們，一直在關切地看著我們向前延伸的人生之路……

你的美，我知道

很偶然地，我闖入了一個專門祭奠亡靈的網站，上面有很多修葺得漂亮而肅穆的墓地，人們隨時可以祭奠逝去的親人，可以方便地燒冥幣，可以從容地獻花，還可以自由地抒寫留言……我的目光緩緩流過那些別緻的墓誌銘和那些懷念性文字，品味著那些長長短短的真情告白，一個個曾經鮮活的生命，便自然地穿過文字，清晰地朝我走來。

驀然，我遊走的目光定格在一塊潔白的墓碑上。逝者是一個叫天天的小女孩，她在人間只生長了五個春秋，便蓓蕾般地凋謝了。墓碑上那張精選的照片，怎麼也看不出女孩的漂亮，倒是很容易看出明顯的醜小鴨的味道，而年輕的母親為女孩撰寫的碑文，卻驚雷般地將我震住「你的美，我知道。」

是不是出於母愛，她才這樣自戀地讚嘆自己並不美麗的女兒？揣著好奇，我開始閱讀她近一年來斷斷續續寫下的那些深情盈盈的文字。

天天，我美麗的女兒，你是櫻花綻開的三月睜開好奇的雙眼的，迎

接你的是明媚的春光，是爸爸媽媽整天都合不攏嘴的笑。

然而，我們一家的幸福很快被攔腰斬斷，天天，你三歲那年，竟得了醫學界至今仍最棘手的不治之症。你不知道，爸爸媽媽捧著那冰冷的診斷書，那種刀割的感覺，是多麼痛苦。

我們抱著你輾轉國內各大著名醫院，帶著奇蹟出現的渴望，一次次地走來，又一次次地黯然離去。天天，我們眼睜睜地看著你要離我們而去，我們卻只能無助地祈禱上蒼。

天天，你那麼聰明，只住了兩次醫院，你就好像完全明白了自己的病情。有一天，你還像一個小大人似的，認真地跟我探討起是否有來生的問題。

天天，你那麼堅強，注射刺激性很強的干擾素時，你疼得直咧嘴，卻還一副毫不在乎的樣子，說你能夠挺住，甚至在你剛剛劇烈地嘔吐完了，淚花還在眼眶裡面盈著，你還安慰我說，等睡一覺醒來就好了。

天天，你那麼愛美，瞅著小小的白色病服，你跟護士阿姨建議上面應該繡上漂亮的卡通圖案；對著鏡子，你自己梳理那脫落得稀疏的頭髮，一次次努力想別住那個紅色的蝴蝶髮飾。

天天，你是一個文靜的女孩，一本畫報可以讓你靜靜地翻閱幾個小時，一堆積木可以讓你悄無聲息地擺弄半天。

天天，你是一個喜歡勞動的女孩，拎著小噴壺幫我澆花，坐在小板凳上幫我擇菜，舉著撣子幫我給衣櫃除塵……每次看到我幹工作，總要插插手，總要幫我分擔一點點。

天天，你畫的草地真漂亮啊，那麼多鮮豔的小花，還有會跳舞的小兔子，會唱歌的風箏……你想像的世界絢麗、美好。

天天，你還會寫詩呢，比如，你說小溪想媽媽了，就去找大海，大

海想小樹了，就變成雨水回來了；再比如，你說媽媽的愛像頭髮那樣多，你總也不清。多好的詩句啊，連學中文的媽媽都驚訝了。

　　天天，你的眼睛有點小，可我看到了一泓澄淨的湖水；你的嘴有點大，可我覺得特別像那個現在正火的影視明星；你的手掌有點厚，可在我的掌心裡，軟軟的，感覺特好；天天，你的齙齒生得真逗，左一個，右一個，很對稱。

　　天天，你多麼美，只有我最知道。

　　天天，想著你的美，爸爸媽媽的心裡都是暖暖的。

　　天天，說說你的美，爸爸媽媽更懂得怎樣熱愛生活了。

　　天天，謝謝你給我們留下了那麼多的美，讓我們每每提及有關幸福的話題時，我們總可以自豪地說，曾經和現在我們都很富有⋯⋯

　　讀著讀著，我的眼睛溼潤了：原來，每個孩子都是綻放在母親心頭最美的花朵，都在接納著母親博大而深邃的愛。「你的美，我知道。」簡簡單單的話語，卻蘊藏著回味無盡的濃情厚意。

母親的驕傲

　　她辭去工作10多年了，剛剛40歲出頭，髮間便已點點斑白。然而，一提起女兒，她的眼睛立刻亮了起來，語氣裡也滿是自豪。女兒今年20歲了，從6歲那年開始學彈鋼琴，她就一直陪伴在身邊。從西部那個偏遠的小城，到都市裡，最後跨海越洋到倫敦。女兒一路拜師學琴，她一路風塵僕僕地跟隨。

　　還好，女兒懂得她的那番苦心，很用功地練琴，不斷地提高彈奏水準。雖說，因為練琴，女兒的其他功課幾乎都荒廢了，她也不惋惜。因

為在她看來，要有所得，總是要捨棄許多。就像她這個研究所畢業的母親，當年毅然地捨棄了那個令許多人羨慕的工作，至今她仍無悔無怨，雖說偶爾也會感到有一點點的遺憾。

在倫敦市郊，她租住的房子是非常便宜的，因為面積小，設施簡陋。她和女兒平常的衣、食、用、行，都很節儉，甚至節儉到了令人吃驚的地步。但在為女兒請名師輔導方面的花費，她卻十分慷慨，彷彿一個億萬富翁。她認為，自己可以把最美好的時光，都毫不猶豫地投入了，花大錢為女兒輔導，那是理所當然的。

三年前，磕磕絆絆多年的婚姻破碎了。丈夫實在無法忍受聚少離多的生活，終於與別的女人走到了一起。家庭的解體，並沒有給她帶來多大的悲傷，因為她的心思幾乎都放在女兒成長上面了。只是，沒有了丈夫在經濟方面的支撐，捉襟見肘的她，才感覺到有一份穩定的婚姻，該有多好。

那天，在泰晤士河畔的一個社區，她邂逅了一位名叫艾米麗的英國母親。她六十多歲，是倫敦大學的心理學教授。每個週末，她都會到社區大學做義師，給那些年齡、教育程度參差不齊的學員上課。她很奇怪，艾米麗不要一分的報酬，不僅上課很認真課下完全免費的心理諮商和輔導，她也居然熱情滿懷，做得津津有味。

不經意間，她與艾米麗聊起了女兒，說到女兒在前不久舉辦的一次國際鋼琴大賽上獲得了銅獎，她眼裡滿滿的都是幸福，宛若自己站在領獎臺上，在接受鮮花和掌聲的簇擁。

艾米麗誇讚了她一句：「您的女兒很優秀！」

「原來她並不喜歡彈鋼琴，現在也談不上十分喜歡，是我的巨大付出，感動了她，讓她彈琴越來越刻苦。」她想說自己這些年來的辛苦沒白付出。

第八輯　只記得你的好

「哦，原來是您設計並引導了女兒的道路。可以想像，您的女兒和您，一定都很辛苦了。」艾米麗的眼睛裡流露出明顯的不解。

「辛苦也值得，我為女兒的成功驕傲。」她沒有聽出艾米麗語氣裡的惋惜。

「您的女兒為你驕傲嗎？」艾米麗

「她能成功，內心裡感激我，我就十分知足了。」她眼裡有一絲的慚愧，趕緊轉了話題：「能說說您的孩子嗎？」

「噢，我有兩個兒子，他們都有自己喜歡做的事情，都做得很棒。」艾米麗微笑著。

「他們都是做什麼的？」她好奇地追問。

「最棒的小兒子，就是那個。」順著艾米麗手指的方向，她看到前面的草坪上，一個小夥子正手執一個剪草機，全神貫注地修剪著草坪。

「那是他的工作？」她一時無法理解艾米麗怎麼會說這樣的兒子「很棒」。

「對啊，他從小就喜歡擺弄那些除草機器，大學畢業就找了這份工作，做得很開心。」艾米麗的眼睛裡滿是自豪。

「他哥哥做什麼？」

「他哥哥是倫敦法院的首席大法官。」艾米麗輕聲說道。

「那你感覺哥哥比弟弟是不是更優秀一些？」

「不！他們同樣優秀，因為他們都選擇了自己最喜歡做的事情，而且都願意為此付出自己的努力。我認為，他們都是最棒的。」艾米麗不容置疑地回答。

她還想說什麼，忽然覺得心裡有什麼東西被掏去了，不由得陷入了沉思當中。

後來，她不無懊悔地告訴筆者，原來，她一直為自己在女兒培養上的犧牲和奉獻驕傲，但與艾米麗交談後，她才驀然發覺，最該驕傲的母親是艾米麗，而不是自己。因為艾米麗懂得尊重孩子，懂得孩子選擇自己的人生，而自己卻在設計和綁架女兒的未來……

其實，在亞洲，有相當多的父母，像她那樣，把自己的夢想和心願，都一股腦地加在了孩子的身上，以愛的名義，設計了孩子的成長道路，並為此付出了不該付出的巨大代價。

沒錯，每個孩子的人生，都要靠自己去走，任何理由的越俎代庖，都不是對孩子的愛，而是一種無形的傷害。

愛誰都好

凱薩琳是一位年過七旬的芬蘭老太太。

最近幾年，凱薩琳一直在給偏遠山區的孩子們捐贈書本和衣物，她的每一份捐贈的署名，都是「愛與你們在一起」。

一位記者，偶然得知了凱薩琳的善舉，希望能夠透過越洋電話採訪她。可是，不管記者如何誠懇地請求，她都固執地謝絕採訪，她的理由是：自己喜歡給別人一點愛，也僅僅是給了一點點的愛，不值得宣傳報導。

今年春天，那位心生敬意的記者以一位遊客的身分來到芬蘭。不經意間，記者來到凱薩琳的家鄉，邂逅了已79歲的老人。

凱薩琳獨自居住在一片茂密樹林裡的一棟小屋，屋前有條潺潺的小河，屋後是一條往來車輛不多的公路。

退休後，她一直住在這裡，她收留了好多小動物，它們給了她許多快樂。她原先駕駛過一臺老舊的別克車，三年前報廢了。現在，她每週

第八輯　只記得你的好

要搭車去 10 公里外的一個小鎮購置生活必用品。

其實，她原本可以去首都赫爾辛基，與當法官的女兒一起安享晚年幸福時光的。但是，老人始終放心不下自己收養的那五隻流浪貓和兩條流浪狗，還有樹林裡一些需要幫助的鳥。每到大雪紛飛的日子，她都會為它們撒一些早早準備好的食物，幫它們抵禦嚴寒。

雖說她多年遠離繁華的都市，她的心卻牽掛著五湖四海的人們。多年來，她為非洲的難民捐過衣物，為阿富汗被地雷炸傷的村民寄過藥品，為遭遇地震的海地災民郵寄過帳篷。每當在電視裡看到有受災的人，她總想幫一下。儘管她的退休金並不高，有限的積蓄已幾乎全都捐了出去，但她還是願意伸出援助之手，雖然很多人並不知曉她的名字，不知道她的生活境遇。

記者驚訝凱薩琳：「為何自己那樣省吃儉用，還要去幫助遠方的那些人？」

「因為他們需要愛。」老人平靜地回答。

「你愛那些小動物，愛身邊的人，這都容易理解，可那些如此遙遠的素昧平生的人，為何還要去愛呢？」望著滿頭銀髮的凱薩琳，記者還是有些不解。

「愛誰都好，不管遠近。」凱薩琳臉上有神一樣的慈祥。

原來如此！

驟然，記者的心似被什麼東西，重重地撞了一下，有些疼，有些暖。

是的，我們許多人的愛，往往是範圍比較小的愛，而胸藏大愛的凱薩琳，卻視野開闊，能夠發自肺腑地愛上每一個需要愛的對象，無論愛誰，滿懷的都是幸福。

一 無法刪掉的手機號碼

手機通訊錄又滿了,我決定將那些幾乎一直沒撥打過的號碼,轉移到紙質電話本上,以便騰出空間,補充常用的新號碼。

逐一篩選著,一個熟稔的號碼,令我的心驟然一顫:哦,我敬愛的姜老師,您在那邊,還好嗎?

我不知道,姜老師這個手機號碼如今是否有人還在使用,但我再未撥過。只要一看到這個號碼,我的心就立刻飛到了姜老師身邊,就能看到她溫馨的微笑,聽到她清爽的聲音⋯⋯紛紛往事便不邀而至,瞬間便攪得我心海難平。

姜老師是我生命中很特別的一位老師。當年,在那所破爛不堪的鄉村中學,在幾乎看不到任何升學希望的時候,她天使般地到來,以自己超負荷的努力,托起了我和許多同學的夢想,讓我考上了明星高中,並讓我由此更加努力,考上大學,有了精彩的人生走向⋯⋯

只是,多年在外打拚的我,一度失去了與姜老師的聯繫,只是偶爾從同學那裡得知她越來越優秀的消息,知道她當上了校長,成了教育專家。

三年前,我因公出差,路過母校,便去看望那裡的老師們。在簡直已天翻地覆變化的母校,聽著頭髮斑白的教數學的李老師,介紹母校二十多年來坎坷而輝煌的發展歷程。我們不約而同地提到了姜老師,慨嘆她當年不僅改變了我們那一批學生的命運,甚至還改變了一所中學的命運。正是那年升學榜單令人驚訝優異,讓老師、家長、學生們都開始重視那所長久被忽略的中學⋯⋯

李老師幫我撥通了姜老師的手機。聽到我的聲音,已在城市裡一所中學當校長的她,驚喜道:「我剛才還在閱讀你發表在《讀者》雜誌上的

第八輯　只記得你的好

文章呢，寫得真好，老師很驕傲有你這樣的學生。」

我激動地告訴她：「我一定會盡快去看望您。」

她也很興奮：「好啊，我也想看看你，個頭長高了嗎？還那麼瘦嗎？」

隨後，我們又聊起了其他同學，沒想到她那麼關心我們的成長。往昔的許多瑣碎的小事，她都記得清清楚楚。更沒想到的是，那天晚上，她竟搭計程車，趕了七十多公里的山路來看我。她說：「放下電話，就忍不住想來看看現在的你，想著想著，就出門了。」

我感動而羞愧：「應該是學生去看望您的！」

「一樣的，一樣的。」她還是那麼美麗、爽朗。

那天晚上，我們師生暢飲，暢言，快樂無比。

告別時，我與姜老師相約：第二年夏天，我要和在其他地區工作的她一直未曾見面的幾位學生，一同回來看望她。

然而，我怎麼也不會想到，我們那次「再見」，竟是我們的永訣。數月後，她猝然辭世，因為乳腺癌，發現時已是晚期。

據說，她在生命最後的一個月裡，常常翻看著一張張的畢業生合影，唸叨著一個個學生的名字……但是，她沒有驚動任何一個她想念的學生。

噩耗傳來，我驚愕地呆住了。好長一段時間，我都不願相信那是真的。

再次看到姜老師留給我的手機號碼，我的心隱隱地痛。我毫不遲疑地越過這個號碼，繼續朝下面翻去。

是的，我無法刪掉這個手機號碼，儘管我知道自己不會再去撥打這個號碼，但我一定要保留著它。因為看到它，我就會想到姜老師，就會

想到那些注定要刻骨銘心的往事……

那一串早已記熟的數字，是一根最實在的紐帶，只那麼輕輕地一眼，我就可以立刻看到天堂裡的姜老師，就能聽到她永遠年輕的笑聲，不管時光怎樣老去……

無法刪去的手機號碼，牽著我的懷戀，也激勵著我。只有我真切地知道，那10位絕對不普通的數字，對於我來說，有著怎樣神奇的力量。

─ 只記得你的好 ─

她和他曾一起在那些艱難的日子裡，相濡以沫，頑強打拚，終於苦盡甘來，收穫了令人羨慕的成功。但快樂沒持續多久，他便移情別戀了。他們那被眾人看好的婚姻，轉瞬便如瓷器一樣破碎了。

分手時，兩個人都很平靜，誰也沒有吵，沒有鬧。畢竟曾深深愛過，好長一段時間，每當想起苦日子裡的那些幸福，她的心都會有絲絲的痛。

好友同情她，指責那位負心漢：「這樣的男人真可惡，他願意跟你共苦，卻不願意與你同甘。」

她卻為他開脫：「他不是一個壞男人，我們的婚姻出了問題，我也有責任。」

好友奇怪地盯著她：「明明是他喜新厭舊了，你怎麼還替他說話？」

她深情地追憶：「你不知道，他當年對我有多麼好。我懷孕時，想吃荔枝，那會兒還不是吃荔枝的季節，我們所在的小城，也根本沒有賣荔枝的，這並沒難倒他，他居然求朋友從南方快遞過來幾公斤荔枝，那是我吃過的最甜的荔枝；那年冬天，我感冒加重了，大半夜的，他出去敲了好幾家藥店的門，給我買回藥來，整整一宿都沒睡，一直照顧著我，

第八輯　只記得你的好

而他第二天還得去上班,因為是好不容易找到的一份工作,他不能失去;還有,他自己的衣服破了,可以縫補一下繼續穿,而我的衣服只要有一個小洞,他就嚷著要給我換新的;還有⋯⋯」她絮絮地說著他曾經待她的種種好,眼睛裡滿是晶瑩的溫暖。

看她那沉浸在幸福中的樣子,好友的心一顫:是啊,雖然愛情走遠了,但他曾經的那些好,她依然清晰地記得。如此,她沒了譴責,沒了怨恨,並不空落的內心裡,唯有不忘的美好。

只記得別人的好,很多時候,不單是一種可貴的為人處世的方式,還是一種令人肅然起敬的品性。

每次回到老家,母親總會跟我絮絮地念叨鄰里鄉親們的種種好:誰幫著收了秋菜,誰給了治療關節炎的偏方,誰去幫著找走失的大鵝,誰提供消息把豆子賣了好價錢⋯⋯

當然,大家對父母不好的事情,我也心知肚明,隨手便可拈來幾件,譬如:一向愛占便宜的大伯,偷拿了母親曬的乾豆角絲;鄰居老張圖方便,將自家田裡的水排進我家的田裡⋯⋯

而這些事情,父母從未提起過,似乎根本就沒發生過。我偶爾提及時,他們甚至還有些難為情地說,都不記得了,即使有那些事,也都過去了。

沒有受過多少教育的父母,他們始終堅持以德報怨,將別人點點滴滴的好,都感恩地記得;而別人對他們的不好,都被蛛網一樣輕輕抹去了。他們活得快樂,活得健康。

高中畢業20週年的聚會上,同學們簇擁著年過七旬的班導師,回憶青春歲月裡的那些難忘的往事。一個當年很淘氣的學生問老師,是否還記得當年的自己,老師笑呵呵地:「當然記得,那會兒,你特別有號召力,

好幾個男生，天天跟在你身後，心甘情願做你的小跟班。你講義氣，有一次，你給一個女生當保鏢，還打傷了校外那個騷擾她的流氓。」

學生不好意思地問：「老師，難道您不記得我當年多麼淘氣了？不記得我給您惹的那一大堆麻煩？」

老師認真地：「你說的那些，我一點都不記得了。」

學生滿懷感動：「老師，您只記得我的那些好了。」

老師一臉的慈祥：「是的，我的心裡，只記得每個學生的好。」

人生路上，我們每個人都難免會承受別人給的種種不好，有意的，或無意的。當別人以痛吻我時，我卻真誠地回報以歌，果斷地拋掉那些怨恨的種子，以寬厚之心，仁愛之心，多多記得別人給予自己的那些好。那樣，生活自然會添了許多陽光，少了許多陰霾。

用金錢買到幸福

那個週末，我和十幾位朋友一起欣然地做了一回「背包客」，每人背了一大包書籍和衣物，坐幾小時的客運，再步行一段山路，前往一所山區小學，向那裡的孩子們獻上一份愛心。

雖說大家是臨時集結到一起的，年齡、身分、職業、性格等各不相同，但每個人都懷著一樣的心願，都背了統一購置的背包，組成了一個和諧的小團隊。一路上，大家說說笑笑，彷彿在參加一次愉快的春遊。

我身旁那位氣質特好的中年女士，談吐溫文爾雅，我驚訝地得知她是一家跨國公司的總經理，手下管著數千名員工。前面那位背了最沉的大包，臉漲得紅撲撲的胖男孩，則是一位典型的「官二代」，他的父母都是電視上經常拋頭露面的顯赫人物。我知道，我們每個人，都是自願選擇當「背包客」的，我們都覺得自己是在做一件有意義的事情。

第八輯　只記得你的好

一走進那所山中的小學，孩子們呼啦啦地湧過來，拿著我們背來的課外讀物，邊翻邊交流，快樂得像一群唧唧喳喳的小麻雀，簡樸的教室立刻變成了一個歡樂的海洋。孩子們那一覽無遺的幸福，也深深地感染了我們。我們和孩子們一同且歌且舞，開心得似乎又回到了難忘的童年時光。那個紮著蝴蝶結的小女孩，一直捧著那本厚厚的字典，她激動地告訴我們：「有了它，我以後再也不怕遇到生字了。」

暮色蒼茫時，我們戀戀不捨地踏上了歸程。每個人仍沉浸於興奮之中，大家紛紛表示：以後一定多參加這樣有意思的公益活動，可以給別人帶去一份快樂，自己也分享一份快樂。

「誰還說金錢買不到幸福？只要金錢用好了方向、用對了地方，就肯定能買到幸福。」這次活動的發起者小王，是一家小餐廳的老闆，他堅決否定「金錢買不到幸福」這一觀點。這次活動，他出資 30,000 元，親自去書店選購了適合孩子們閱讀的圖書。

沒錯，「要是有人說金錢買不到幸福，那他只是還沒有找到上哪裡去買。」我不禁想起了「股神」巴菲特擲地有聲的宣言。

隨著交談的深入，我才得知：小王小時候家境十分貧寒，是因為家裡交不起學費，他才含淚輟學的 17 歲便到城市打工吃了無數的辛苦，賺的錢雖然不是很多，但他喜歡拿錢買東西，送給那些特別需要的人，像這類的活動，他安排了好多次，他直言不諱：「我還要努力地工作，多多賺錢，有錢真好，可以給別人買到幸福，也給自己買到幸福。」

那天，在電視上看到一則令人感動的新聞：一位年輕的加拿大富豪，購置了大量的帳篷和生活用品，組織了一個愛心車隊，浩浩蕩蕩地開赴非洲的一些貧困部落，給當地飢寒交迫的人們送上真誠的關愛。當有記者盛讚他是「愛的天使」時，他連連搖頭：「我不是天使，我只是拿了一些我賺到的錢出來，幫助需要的人，買一點點的幸福。」

原來，幸福真的是可以用金錢買到的。只要一個人內心中充滿了盈盈的愛意，就會慷慨地付出金錢，實實在在地去實現一個個天使善美的心願，讓更多的人享受到金錢帶來的幸福。

賺取金錢和消費金錢，都應該著眼於獲得幸福。如果一個人擁有了很多金錢，卻缺少幸福甚至沒有幸福，那他一定是不會使用金錢，將金錢用錯了地方。須知：用金錢買到幸福，不僅能展現出一個人的高貴品性，還能反映出一個人的人生智慧。

一 把我的明媚送給你

站在地鐵站進出口通道裡，他斜挎一把廉價的吉他，像立於舞臺中央的歌手，聲情並茂地自彈自唱，經典的、現代的、民族的、流行的，一曲接一曲，那些飄動的音符和跳蕩的歌詞，不斷地向過往的行人傳送。偶爾有人駐足，有人喊一聲「好」或送上響亮的掌聲，他唱得更加賣力。他身前那個紙箱裡，散落著行人隨手放進去的少許零錢。

他沒上過任何藝術科系的學校，也沒有拜過任何老師，更沒有專門學習過發聲技巧。他是一個國中便因貧困輟學的農民，只因喜歡唱歌，他揹著簡單的行囊，從遙遠的一座山裡，獨自來到城市。像他這樣「街頭歌手」的很多，但他很特別，瘦弱的他底氣十足地一亮嗓子，整個人也立刻神采煥發，眼睛裡滿是熱情，那忘我的陶醉，讓人覺得他也是這個世界上的富豪。

其實，他每天的收入非常有限，扣除租住地下室和最低的生活費，他每個月只能寄給家裡一些錢。而他，似乎十分知足，一直堅持了五年，無論是汗流浹背的夏日，還是寒風刺骨的冬季，他的歌聲始終飄蕩在通道裡。

第八輯　只記得你的好

問他為何唱歌時那麼有精神？他回答：因為一進入音樂的世界，眼睛和心裡就多了明媚，就忘卻了日子的窘迫和艱澀，只感覺生活裡還有那麼多的美好，陽光一樣隨手就能摸到。

於是，許多人便看到了他明媚的笑容，聽到了他明媚的歌聲。

那是一個賣手工藝品的女孩，因患有先天小兒麻痺症，她跛腳跛得很厲害，走路都十分費力，她的小店也沒有什麼奇異之處，但還是有許多人繞了遠來她的小店，只因喜歡看她整天掛著笑意的面容，喜歡聽她溫婉的話語，和她在一起，似乎那些憂愁、煩躁、焦慮等，都突然消失了影蹤，只有清新和舒暢，連空氣裡都充溢了快樂。

獨自的時候，她會手捧一本喜愛的書，靜靜地閱讀，那些美妙的句子，彷彿是神奇的魔法師，帶她走進了一個又一個精彩的世界，讓她興奮地留連其間。當時，她的身前背後，簇擁的都是美麗。

後來，她不可遏止地拿起筆來，開始書寫起心中翻湧的那些奇思妙想。很快，她的那些純淨的文字走進了更多的心靈，人們在她的文章裡面，讀到了許多令人心暖的故事，讀出了夢想、熱愛、奮鬥、堅韌等等，一如她陽光般的笑靨，叫熟悉的和陌生的人，都發現了生活的色彩，原來如此繽紛，如此令人迷戀。

她說過，連死亡都無法阻攔那些花朵明媚地綻開，那小小的疾病又怎能擋住渴望美好的心靈。她從不以愁容示人，從不讓悲苦感染他人，因為生命的每一天，都是上帝的恩賜，都是不應該辜負的。

一位作家朋友講過一個故事：他和她剛剛新婚不久，突如其來的一場車禍，讓他在加護病房裡整整躺了一個月。醫生斷言他即使能夠活過來，恐怕也會成為一個植物人。他年輕的妻子聽了，眼淚滾落如斷線的珠子。然而，擦掉淚痕後，她每天都穿了漂亮的衣服，都精心地打理好自己，守護在病榻前，一聲聲地輕喚他，絮絮地說著他們愛情路上的種種美

他終於睜開了眼睛，卻失卻了記憶，連面前嬌媚的她也認不出來了。可她還是笑了，仍不時地換了漂亮的衣服，仔細描了眉眼，雖然衣服都是平價的品牌，但都很適合她，她也穿出自己的風格，也添了不少的魅力。她用的那些化妝品，也都是平價的，可還是為容顏增了幾分美麗。最重要的是，她臉上始終洋溢的讓憂傷退卻的微笑，任是誰見了，都要心生敬佩。

有人問她：他已經那樣了，為何要如此用心地化妝，打扮得如此漂亮？她一語堅定地答道：我把我的明媚送給他，等他和我一起明媚我們的生活。

滾滾紅塵中，還有很多像上面提到的平凡人物，他們面對的是大堆的不如意，甚至是被令人悲傷的無奈包圍著，但他們都沒有抱怨，更沒有消沉，而是以明媚的笑容，迎接生活拋來的種種不幸，在艱難中唱一首歡樂的歌，在寂寞裡寫一篇幸福的美文，在悲苦時還不忘給世界添一份美麗……他們深知：即使命運只給了自己兩塊石頭，也要用它擦出耀眼的火花，點亮美麗的人生。

沉浸在一片靜美裡

夏日的午後，走過街角那個修鞋的小攤，我沒有看到一個顧客，只看見那位年近七旬的老人，正倚靠在一把竹椅上，微瞇著眼睛，輕輕搖晃著頭，伴著收音機裡面播放的歌仔戲，很愜意地哼唱著。

一曲唱罷，老人拿起那個裝了茶水的大罐頭瓶子，美美地喝了一大口茶，舒坦地長舒了一口氣，又調了一個波段，津津有味地聽起了現代評書，一會兒的工夫，便讓自己陶醉於那書中的世界，全然沒在意全天還沒有一個顧客光臨他的修鞋攤。

第八輯　只記得你的好

　　悠然的老人，真讓人羨慕。走出很遠了，我仍情不自禁地迴轉頭來，朝老人那邊望去。我知道，他退休後便擺了這個鞋攤，生意不好不壞。他就住在對面的小區裡，他有一個智能不足的兒子，四十多歲了，還要靠他賺錢養活。可是，我從沒見過他愁眉不展，倒是常見他樂呵呵，有顧客光臨如此，一個人也如此。

　　回到一樓的家中，我站到窗前，看到住頂樓的小黃老師，穿一件乾淨的短袖衫，正在小區的院子裡，滿臉慈愛地看著五歲的女兒，將他準備裝修房子用的那堆沙子，用一個紅色塑膠小桶，一桶一桶地運到花壇邊，饒有興致地堆沙堡。女兒的臉紅撲撲的，有亮晶晶的汗珠滾落，她胖乎乎的小手上去一抹，細細的沙子，便金粉一樣黏在了臉上。父親看見了，笑得更燦爛了，他似乎想起了自己童年，也湊到女兒跟前，與女兒一道玩起了沙子，就像當年與小朋友們在一起玩泥巴那樣，臉上也黏上了沙子，父女倆相視而笑。

　　沙堡堆好了，女兒只欣賞了一小會兒，便推倒了，又在小黃的指導下，開始信心十足地堆房子。她手中揮舞著一把小鏟，像一個聰明而勤快的建築師，在忙忙碌碌中，享受著滿懷的快樂。

　　一隻翩翩的蝴蝶，忽然從身邊飛過，將女兒的目光吸引過去。她追逐著蝴蝶，兩條高高翹起的小辮，可愛地搖擺著。蝴蝶飛走了，她又對花壇裡那些花朵產生了興趣。小黃走過去，指點著那些花朵，一一地向女兒報著花名：芍藥、月季、打碗花、蔻藍、雞冠花、掃帚梅……女兒崇拜地問父親怎麼認識那麼多花啊？小黃笑著告訴她，都是自己在書上認識的，想要認識更多的花，就要好好讀書。女兒似有所悟地說，我長大了也要讀好多好多的書，也認識好多好多的花。小黃讚許地說，好孩子，我相信你將來一定會好好讀書，會做一個熱愛生活的人。

　　什麼才算是熱愛生活的人呢？女兒仰起笑臉，眼睛裡盈滿了天真。

沉浸在一片靜美裡

熱愛生活的人啊,就像你現在這樣,對很多事情好奇,做事情投入,快快樂樂的,沒有煩惱,也沒有憂愁。

那就是一個幸福的人啊!女兒的嘴裡突然蹦出這麼有意味的一句。

對,對,就是做一個幸福的人。小黃讚賞地撫摸著女兒的頭。明亮的陽光裡,似乎也滲入了淡淡的花香。

望著陽光裡的小黃老師和女兒那副旁若無人的投入,我的心裡暖暖的,還有一縷縷的疼痛。我知道,小黃老師得了肝癌,醫生說他的生命最多還能維持半年。可是,我從沒有見到他悲傷過,更沒聽到他抱怨過。他跟我說過,他只想讓自己沉浸幸福中,多留一些美好的記憶給妻子和女兒。

修鞋的老人和小黃老師,是我身邊熟悉的兩個人,也是令我十分敬佩的兩個人。他們或是被生活的困頓纏繞,或是被宣告生命將提前謝幕,但他們沒有愁容,沒有抱怨,他們仍微笑著沉浸在一支唱段和一節評書裡,微笑著沉浸在一堆細沙一朵小花裡,那該是怎樣的一種氣度啊?唯有懂得從滄桑歲月中讀出詩意的生命,才能如此滿懷愛意地,以如花的笑靨,坦然地迎接人生的不幸。

請憂傷和哀愁走遠,沉浸在一片靜美裡,我聽到了花開的聲音,看到了美好在綻開,一束一束的。

此岸情，彼岸花：
情深緣淺間的甜蜜與苦澀，在繁複人生中細膩捕捉每一段愛的足跡

作　　　者：	詹唯欣	
發 行 人：	黃振庭	
出 版 者：	崧燁文化事業有限公司	
發 行 者：	崧燁文化事業有限公司	
E-mail：	sonbookservice@gmail.com	
粉 絲 頁：	https://www.facebook.com/sonbookss/	
網　　　址：	https://sonbook.net/	
地　　　址：	台北市中正區重慶南路一段 61 號 8 樓	

8F., No.61, Sec. 1, Chongqing S. Rd., Zhongzheng Dist., Taipei City 100, Taiwan

電　　　話：(02)2370-3310
傳　　　真：(02)2388-1990
印　　　刷：京峯數位服務有限公司
律師顧問：廣華律師事務所 張珮琦律師

-版權聲明-

本書版權為出版策劃人：孔寧所有授權崧博出版事業有限公司獨家發行電子書及繁體書繁體字版。若有其他相關權利及授權需求請與本公司聯繫。

未經書面許可，不得複製、發行。

定　　　價：375 元
發行日期：2024 年 09 月第一版
◎本書以 POD 印製
Design Assets from Freepik.com

國家圖書館出版品預行編目資料

此岸情，彼岸花：情深緣淺間的甜蜜與苦澀，在繁複人生中細膩捕捉每一段愛的足跡 / 詹唯欣 著．-- 第一版．-- 臺北市：崧燁文化事業有限公司, 2024.09
面；　公分
POD 版
ISBN 978-626-394-851-8(平裝)
855　　113013079

電子書購買

爽讀 APP　　臉書